Über die Autorin:

Mehr auf: www.melisa-schwermer.de

Melisa Schwermer, geb. 1983 in Offenbach, verschenkte schon als Kind lieber selbst Verfasstes anstatt selbst Gebasteltes an die Verwandtschaft. Nach einer Lehre als Industriekauffrau und dem Abitur am Abendgymnasium studierte sie Germanistik und Philosophie. Mit ihrem Thriller „Injektion" gelang ihr 2014 der Sprung in die Top 20 der Amazon-Kindle-Charts. Nach dem zweiten Teil, „Die Rache", erschien 2015 der Thriller „Abgewiesen", der es bis auf Platz 2 der Kindle-Charts schaffte und sich wochenlang in den Top 10 hielt. „So bitter die Schuld" war sechs Wochen lang in den Top 10 der BILD-Bestsellercharts und mehrere Wochen an der Spitze der Kindle-Charts und wurde außerdem unter die fünf Finalisten des Storyteller-Awards gewählt.

Weitere lieferbare Titel:

So bitter die Schuld
So dunkel die Angst
So kalt der Zorn
So tödlich die Stille
Gequälte Seelen
Aus dem Verborgenen
Abgewiesen
Der Tod uns scheidet

Über das Buch:

Dieser Albtraum endet tödlich – und du bist ganz allein!

Nach einer durchzechten Nacht mit einer Freundin in den Frankfurter Clubs taucht die achtzehnjährige Alina Sander nicht wieder zu Hause auf. Am nächsten Tag wird die entsetzlich zugerichtete Leiche ihrer Freundin in einem Waldstück gefunden. Der Mörder hat das Mädchen brutal geschlagen und anschließend erwürgt. Von Alina fehlt jede Spur.

Der Kommissar Fabian Prior und sein Team übernehmen die Ermittlungen in dem Mordfall und stoßen bei ihren Nachforschungen auf einen Sumpf aus Drogen, Gewalt und Menschenhandel. Während die Ermittler dem Täter immer näherkommen, erlebt Alina ihren persönlichen Albtraum, aus dem es kein Entrinnen gibt. Ihr Entführer spielt ein grausames Spiel, das mit ihrem Tod enden soll. Wird Fabian Prior es schaffen, Alina lebend aus den Fängen des Psychopathen zu befreien?

1. Kapitel

Meikes Hals war wie zugeschnürt, als sie einen der Notausgänge der Disco passierte. Unter ihren Schuhen knirschte der Kies. Der Parkplatz war verlassen, nur wenig Licht der Straßenlaternen drang zu dieser dunklen Ecke vor. Früher war das hier angeblich der größte und einer der bekanntesten Technoclubs Deutschlands gewesen, so hatte man ihr erzählt. Das war allerdings lange her, damals war sie noch nicht mal auf der Welt gewesen. Heute fand sie das schwer vorstellbar. In den Neunzigern hatte man wohl noch nicht so hohe Ansprüche.

Weiter vorne sah Meike einen Schatten. Ein unangenehmes Gefühl kroch ihr den Nacken hoch. Die Drogen in ihrem Blut dämpften die Angst etwas und doch spürte sie das nahende Unheil. Sie zog den Kopf zwischen die Schultern und ging weiter. Beim nächsten Notausgang packte sie jemand am Arm und zog sie in die dunkle Nische. Ihr Herz hämmerte gegen die Rippen.

»Nein, nicht …«, bat sie, doch ihre Stimme war durch die Drogen so verwaschen, dass sie sich selbst kaum verstand. Der Mann drängte sie mit seinem ganzen Gewicht gegen die Wand. Sie hatte keine Chance, sich aus seinem Griff zu winden.

»Oh doch«, raunte er, grapschte nach ihrer Brust und knetete sie brutal. »Ich nehme mir immer, was ich will.«

Er ließ ihre Brust wieder los, dann auch ihren Arm, drückte sie jedoch weiter mit seiner Schulter gegen die

Wand. Sie hörte das Ratschen seines Reißverschlusses. Dann ein Knistern. Er zog ein Kondom über.

Als er damit fertig war, schob er ihren Rock hoch. Mit seinem Knie drängte er ihre Beine auseinander und zerrte gierig an ihrem Höschen.

»Du willst es doch auch, du kleine Schlampe«, murmelte er an ihrem Hals. »Warum sonst trägst du so ein kleines, dreckiges Höschen, wenn nicht, um die Männer scharfzumachen.«

Meike hob ihren Arm und drückte gegen seine Brust, um ihn von sich wegzuschieben. Er war zu stark, presste ihr mit seinem Gewicht die Luft aus den Lungen, während er in sie eindrang.

Sie drehte den Kopf zur Seite. *Nicht ins rote Licht schauen.* Ihr Körper wurde von seinen Stößen durchgerüttelt. Ihre Gegenwehr erlahmte. Wenn sie es über sich ergehen ließ, wäre es schnell vorbei.

2. Kapitel

»Au, verdammt!«, schrie Alina schmerzerfüllt auf und schüttelte ihr Handgelenk. Sie war mit dem heißen Lockenstab an ihre Haut gekommen.

Vorsichtig entwirrte sie die darumgewickelte Haarsträhne, zog den Stecker und warf das Ding ins Waschbecken. Dann nahm sie eine Bürste und kämmte sich die wenigen Locken, die sie bisher zustande bekommen hatte, wieder aus. Dabei verfluchte sie insgeheim ihre Mutter, deren Haarstruktur – »Schnittlauchlocken«, wie sie es immer nannte – sie geerbt hatte. Was gäbe sie dafür, mit der Lockenpracht ihres Vaters gesegnet zu sein. Immerhin hatte sie durch die Aktion etwas mehr Volumen fabriziert und verzichtete darauf, sich den üblichen Dutt zu machen.

Es klopfte an der Badezimmertür.

»Papa«, seufzte Alina genervt, als ihr Vater, ohne eine Antwort abzuwarten, die Tür öffnete und seinen Kopf hindurchsteckte. »Vielleicht sitze ich ja gerade auf dem Klo.«

Er grinste. »Dann hätte ich jetzt auch nichts gesehen, was ich nicht schon vor achtzehn Jahren gesehen habe«, sagte er.

Sie schenkte ihm ein gequältes Lächeln für diesen typischen Elternspruch. »Was gibt es denn? Ich mach mich gerade fertig ...«

»Ach, du willst noch weg? Ich dachte, wir schauen uns *The Voice of Germany* an. Damit du auf andere Gedanken kommst.« Er sah sie erwartungsvoll an. Da sie nicht reagierte, fügte er hinzu: »Die neue Staffel läuft und dieser Rapper Sido ist mit dabei. Den mochtest du doch früher so gerne.«

Alina kaute auf ihrer Unterlippe. Sie hasste es, ihren Vater zu enttäuschen. In letzter Zeit hatte sie ihm viel zu häufig abgesagt. Er meinte es ja nur gut, doch sie war heute wirklich nicht in der Stimmung, sich eine Castingshow mit ihm anzusehen. Außerdem war sie mit Meike verabredet.

»Okay, ich seh schon. Mein Vorschlag stößt nicht gerade auf Begeisterung.« Mit diesen Worten nahm er es ihr ab, ihm einen direkten Korb zu geben.

»Sorry, Papa«, sagte sie und fühlte sich mies. »Wir wollten heute Abend mit ein paar Freunden feiern gehen. Sonst gerne, das weißt du.«

»Jaja, ich verstehe schon. Es ist einfach nicht cool, am Wochenende mit seinen Eltern abzuhängen. Hat bei dir eh länger gedauert, bis es so weit war. Ich muss mich eben noch dran gewöhnen.«

Er lächelte sie an, doch Alina konnte die Enttäuschung in seinem Blick erkennen.

»Daran liegt es nicht. Beim nächsten Mal gerne, okay? Wir wollten in den neuen Club und ich glaube, die Ablenkung wird mir guttun. Neue Leute und so.«

»Keine Sorge, es ist vollkommen in Ordnung. Ich freue mich ja, wenn du endlich mal wieder etwas rausgehst und nicht immer nur hier rumsitzt, weil sonst jemand ...« Ihr Vater stockte, als er sah, was sie für eine

Grimasse zog. »Tut mir leid, ich wollte ihn ja gar nicht erwähnen. Hab deinen Spaß und mach dir keine Gedanken um deinen alten Vater. Brauchst du Geld für ein Taxi?«

Alina schüttelte den Kopf. »Ich penne bei Meike, da können wir sogar hinlaufen.«

Das Gesicht ihres Vaters verfinsterte sich. »Bei Meike also. Du weißt, was deine Mutter und ich davon halten.«

»Ja, aber sie ist meine Freundin und das müsst ihr akzeptieren.«

»Dann komm wenigstens nach Hause. Zur Not rufst du an, dann hole ich dich. Egal, wie spät es wird.«

»Wir haben aber ausgemacht, dass ich bei ihr bleibe und wir morgen Früh noch gemütlich frühstücken. Ich bin achtzehn! Wann versteht ihr das endlich?«

Es war ihm anzusehen, dass ihre Worte ihn wütend machten und es tat ihr leid, dass sie ihn so angegangen hatte. Andererseits wurde es Zeit, dass ihre Eltern mit den Versuchen aufhörten, ihr den Kontakt zu Meike zu verbieten.

»Dann versprich mir wenigstens, dass du anrufst, wenn etwas ist, okay?«, sagte er geknickt.

»Alles klar, Papa. Kann ich mich jetzt weiter fertigmachen?«

»Du sollst es mir versprechen.«

Alina verdrehte die Augen. »Versprochen.«

»Braves Mädchen«, sagte er grinsend und versuchte, ihr durch die Haare zu wuscheln. Geschickt wich Alina aus und streckte ihm die Zunge raus. Er lachte und ließ sie endlich allein.

Alina schminkte sich noch schnell die Augen, legte etwas von ihrem Lieblingsparfum auf und packte ihre Zahnbürste ein. Dann ging sie in ihr Zimmer, um die Klamotten zu holen, die sie sich rausgelegt hatte. Sie würde sich erst bei Meike umziehen, denn sie hatte keine Lust, am helllichten Tag in ihrem Disco-Outfit herumzulaufen. Am Fuß der Treppe rief sie »Bis morgen!« in Richtung Wohnzimmer. Von ihrer Mutter kam lediglich ein Grummeln, ihr Vater wünschte ihr noch viel Spaß, dann verließ sie das Haus.

Das Nächste, was sie bewusst wahrnahm, war Dunkelheit. Einen Moment lang wusste sie nicht, ob sie die Augen wirklich geöffnet hatte, oder ob sie noch geschlossen waren. Verwirrt schaute sie sich um, erkannte jedoch nichts als Schwärze. Gerade hatte sie doch noch auf der Straße vor ihrem Elternhaus gestanden – und jetzt? Wo war sie und warum schmerzten ihre Schultern so? Vorsichtig bewegte sie den Kopf. Sie lag rücklings auf einem harten Untergrund. Beim Versuch, ihre Arme zu bewegen, merkte sie, dass diese unter ihrem Körper eingeklemmt waren. Anscheinend befand sie sich schon eine ganze Weile in dieser Position, denn sie spürte ihre Hände nicht.

»Hallo?«, wollte sie rufen, doch es kam nur ein unterdrückter Laut aus ihrem Mund. Jemand hatte ihr etwas über die Lippen geklebt. Panik fuhr wie eine heiße Nadel durch ihren Körper. Was zur Hölle war mit ihr passiert? Krampfhaft versuchte sie, sich an die letzten Stunden zu erinnern. Sie hatte sich auf den Weg zu Meike gemacht. War sie dort auch angekommen?

Ein paar Bilder schossen ihr durch den Kopf. Sie und Meike, die sich um den kleinen Badezimmerspiegel drängten und sich fertig machten, wie sie sich umzogen und losgingen. Doch sie konnte nicht zuordnen, ob es nun frische Erinnerungen waren oder ob sie länger zurücklagen.

Ihre Gedanken wurden jäh unterbrochen, als es plötzlich schepperte. Eine Lampe sprang an und Alina blinzelte. Anscheinend befand sie sich im Kofferraum eines Autos und jemand hatte die Klappe aufgerissen. Noch bevor sie sich orientieren konnte, erschien ein Schatten, packte ihren Arm und drehte sie brutal auf den Bauch. Alina hob ihren Kopf, doch er drückte ihn herunter. Dann spürte sie einen Einstich in der Kuhle ihres Ellenbogens. Nur Sekunden danach wurde ihr übel und ihr Blick verschwamm. Sie wurde hochgehoben oder fiel, so ganz konnte sie das nicht unterscheiden. Auf jeden Fall wurde sie irgendwie bewegt. Der Fond des Wagens um sie herum verschwand und sie war an der frischen Luft. Mit einem Mal fühlte sie sich ganz leicht. Bäume zogen an ihr vorbei, verschwommen erkannte sie einen Schotterweg, dann eine Hecke. Plötzlich wurde es wieder dunkler. Anscheinend hatte man sie in irgendeinen Raum gebracht.

Jemand stellte sie auf die Füße und sie schwankte leicht. Nur mit Mühe konnte sie sich auf den Beinen halten. Ihre Knie fühlten sich an, als wären sie aus Gummi und in ihrem Kopf drehte sich alles. Jemand sagte etwas zu ihr. Eine tiefe, angenehme Stimme, die ihr vage bekannt vorkam. Sie verstand nicht, was der Mann wollte, konnte keinen Sinn aus seinen Worten ziehen.

Er musste hinter ihr stehen, denn etwas drückte sich schmerzhaft in ihren Rücken. Alina taumelte ein paar Schritte nach vorn und stieß gegen einen harten Gegenstand. Sie versuchte, ihren Blick darauf zu fokussieren, doch sie schaffte es einfach nicht. Alles war verschwommen und die Umgebung waberte vor ihren Augen.

Derjenige, der sie in den Rücken gestoßen hatte, packte sie nun unter dem Oberschenkel und hob ihr Bein an, um es dann erhöht wieder abzustellen. War da eine Treppe? Alina wollte ihre Hände ausstrecken, doch die waren noch immer gefesselt. Der Mann hinter ihr sagte wieder etwas, drängte sich nun dicht an sie heran. Kurz wusste sie nicht, ob sie sich geborgen fühlen sollte oder angeekelt von dieser Nähe war. Dann schob der Fremde sie nach oben. Erklomm sie mit seiner Hilfe da gerade eine steile Treppe oder eine Leiter? Plötzlich brach Panik in ihr aus und sorgte für einen wachen Moment. Wo brachte er sie hin? Hier drin war alles dunkel und es roch muffig. Was hatte er mit ihr vor?

Bevor sie sich einen Reim darauf machen konnte, setzte die Wirkung des Mittels wieder ein und dieses Mal mit voller Wucht. Ihr Kopf sackte nach vorne und sie war nicht mehr in der Lage, ihn anzuheben. Ihre Lider wurden schwer und sie bekam nur noch am Rande ihres Bewusstseins mit, wie sie vornüber auf ein paar alte Holzdielen kippte.

3. Kapitel

Die Haut an Meikes Handgelenken brannte, in ihrem Schienbein breitete sich ein dumpfer Schmerz aus. Der Kabelbinder schnürte ihr das Blut ab und sie spürte ihre Finger kaum noch. Doch sie durfte nicht aufgeben. Obwohl ihr der Schweiß in Strömen den Rücken hinablief und sie vor Anstrengung schnaufte, zitterte sie am ganzen Körper. Sie ließ die Arme sinken und versuchte, ruhig zu atmen. Kurz ausruhen, Kraft sammeln. Dann versuchte sie es wieder. Sie zog ihr Knie an ihren Oberkörper, streckte die Arme, so weit sie konnte, nach vorne und zog sie mit einem Ruck an sich, sodass sie ihr Schienbein zwischen die Handgelenke rammte.

Noch mal und noch mal und dann endlich: Es knackte und ihre Hände waren frei. Eine Sekunde lang kapierte sie es gar nicht, dann traten ihr Tränen der Erleichterung in die Augen. Sie schüttelte ihre Arme aus und wartete, bis das Gefühl in ihre Hände zurückgekehrt war. Dann bewegte sie sich auf allen vieren durch den stockfinsteren Raum, eine Hand nach vorne gestreckt, damit sie nicht irgendwo anstieß.

Es dauerte nicht lange, bis ihre Hände auf ein kühles Metallgestell trafen. Sie hörte ein leises Schnaufen. Alina! Da war sie!

Langsam stand Meike auf und tastete in der Schwärze herum, bis sie etwas Warmes berührte. Alinas Bein. Sie rüttelte daran.

»Hey, wach auf«, flüsterte sie.

Keine Reaktion. Das Schnaufen blieb gleichmäßig und ruhig. Meike war schwindelig. Sie wusste nicht, ob sie schwankte oder es sich wegen der Dunkelheit nur so anfühlte. Noch einmal schüttelte sie, dieses Mal heftiger, um ihre Freundin zu wecken, aber ohne Erfolg.

Sie sank zu Boden und schlug die Hände vors Gesicht. Hemmungslos heulte sie los, schluchzte und jammerte über die Ungerechtigkeit. Warum hatten sie Alina mitgenommen? Sie war schuld daran, dass sich ihre beste Freundin nun in den Fängen dieser Mistkerle befand!

Während sie so dasaß, wurden ihre Augenlider schwer. Die Wirkung der Droge war noch nicht ganz verflogen. Der Mann hatte bei der letzten Spritze ihren Arm nicht richtig erwischt und auch nicht wirklich aufgepasst. So hatte er nicht gemerkt, dass sie sich der Nadel entzogen hatte, bevor die gesamte Ladung in ihren Körper gepumpt worden war. Alina hingegen hatte er offensichtlich voll erwischt. Sie war völlig weggetreten.

Entschlossen stand Meike auf. Sie konnte hier nicht untätig rumsitzen und darauf warten, dass Alina aufwachte. Was, wenn der Mann zurückkam? Sie musste Hilfe holen.

Erneut tappte sie durch die Dunkelheit, bis sie an eine Wand stieß. Mit einer Hand tastete sie sich daran entlang und fand schließlich eine Tür. Sie suchte nach den Scharnieren und fand keine, die Tür musste also nach außen aufgehen. Das kam ihr entgegen. Sie packte die Klinke, lehnte sich nach hinten und warf sich mit voller Wucht gegen das Holz. Es polterte und knackte, doch die Tür gab nicht nach. Noch ein Versuch, dasselbe Ergebnis.

Ihre Schulter brannte, ihr Herz raste so sehr, als würde es jeden Moment ihren Brustkorb sprengen und ihr Mund war trockener als eine Wüste. Doch sie durfte jetzt nicht aufgeben. Das war sie Alina schuldig.

Der Gedanke daran, was die Männer ihr bereits angetan hatten, trieb sie an. Sie hockte sich auf den Boden und stützte sich mit den Händen hinter ihrem Oberkörper ab. Mit dem Fuß tastete sie nach der Türklinke, setzte ihre Ferse darunter an und trat zu. Wieder krachte es, wieder blieb die Tür geschlossen. Doch dieses Mal war das ganze weniger schmerzhaft. Sie holte erneut aus, trat zu. Wieder und wieder, bis die Tür endlich aufsprang.

Einen Moment starrte sie ins Leere, ihr Gehirn war wie auf Pause gestellt. Regungslos atmete sie die staubige Luft ein. Dann realisierte sie, dass sie frei war. Ungläubig schlug sie eine Hand vor den Mund und unterdrückte einen Jubelschrei. Dann rappelte sie sich schnell hoch und trat aus der Tür auf die Empore einer Scheune. Vorsichtig tastete sie sich durch die Dunkelheit. Als sie den Rand der Empore erreicht hatte, suchte sie nach der Leiter. Natürlich war keine da.

Wenn diese Schweine glaubten, dass sie ein Sprung aus vielleicht drei Metern Höhe jetzt noch von ihrer Flucht abhalten würde, dann hatten sie sich aber gewaltig getäuscht. Damit sie es sich nicht anders überlegen konnte, sprang sie, ohne zu zögern, ins Nichts. Mit einem dumpfen Geräusch schlug sie auf dem Boden auf, ihr linker Knöchel knickte um und sie fiel hin.

Vor Schmerzen stöhnte sie auf. Aber auch das würde sie nicht aufhalten. Mit zusammengebissenen Zähnen und Tränen in den Augen stand sie auf und humpelte mit ausgestreckten Armen los. Sie schleppte sich durch die Scheune auf das Tor zu, suchte zitternd nach dem Griff und zerrte daran. Nichts rührte sich. Von draußen war ein leises metallisches Klappern zu hören. Vermutlich ein Vorhängeschloss, mit dem sie das Tor gesichert hatten.

»Nein!«, rief sie und schlug mit der Faust auf das Holz. Natürlich hatten die sich nicht allein auf die Tür oben verlassen, sondern ihre Gefangenen doppelt eingeschlossen.

Aber Meike war noch nicht bereit, aufzugeben. Sie würde nicht zulassen, dass diese Schweine Alina das antaten, was sie mit ihr gemacht hatten. Irgendeinen Ausweg musste es geben. Fieberhaft überlegte sie, als ihr ein schwaches Licht auffiel, das durch die Ritzen des Holztores drang.

Und dann hörte sie Schritte.

Eine Welle der Panik überrollte sie. Jemand hatte sie gehört und war auf dem Weg zu ihr. Sie musste sich verstecken. Vielleicht war er so blöd und würde auf der Empore nachsehen, dann könnte sie aus der Scheune schlüpfen, während er die Leiter hinaufkletterte.

Die Schmerzen in ihren Füßen ignorierend sprang sie nach rechts, ertastete dort eine Kiste und duckte sich dahinter. Gerade rechtzeitig, denn kurz darauf klapperten vor dem Tor Schlüssel und es wurde mit einem lauten Quietschen aufgezogen.

Vor Angst hielt sie die Luft an, als ein alter Mann schnaufend an ihr vorbeischlurfte. Obwohl sie wusste, dass sie besser warten sollte, bis er die Leiter aufgestellt und zumindest ein paar Sprossen hinaufgestiegen war, konnte sie sich nicht zurückhalten und stürmte aus ihrem Versteck. So schnell es ihre Schmerzen zuließen, rannte sie auf das Tor zu. Doch bevor sie einen Fuß unter den Nachthimmel gesetzt hatte, packte der Alte sie am Arm. Sein Griff war eisern und in der nächsten Sekunde hatte er seine freie Hand in ihren Haaren vergraben und zerrte daran, dass sie glaubte, er würde sie jeden Moment skalpieren.

»Hab ich dich«, sagte er und zog sie hinter sich her zurück in die Scheune.

Sie schlug wild um sich, bis ihre Faust sein Kinn erwischte. Er gab ihre Haare frei und sofort stürmte Meike los, preschte auf das Tor zu und raus ins Freie.

Vor ihr war ein Zaun. Gehetzt schaute sie sich um und erkannte im Mondlicht ein etwa hüfthohes Gartentor. Sie schlug die Richtung ein, rannte, so schnell ihre Beine sie trugen. Hinter sich hörte sie die Schritte des Alten.

»Bleib stehen! Sofort«, rief er.

Meike schaute sich um. Sie gewann an Vorsprung, denn er war langsam. Da war das Tor. Sie umfasste die obere Latte mit den Händen, schwang ihre Hüften darüber, zog die Beine nach. Erstaunlicherweise landete sie, ohne zu stürzen, auf der anderen Seite. Ein Feldweg, Wald. Das war ihre Rettung. Zwischen den Bäumen konnte sie sich verstecken.

Das Tor hinter ihr quietschte, gleich wäre er bei ihr. Sie sprintete los. Steine und spitze Stöcke bohrten sich in ihre nackten Füße. Ihre Lunge brannte wie Feuer. Meike ignorierte den Schmerz. Eisern rannte sie immer weiter, schlug Haken, wechselte so oft die Richtung, dass sie sich nicht mehr sicher war, ob sie nicht auf direktem Weg zur Scheune zurücklief.

Dann hörte sie in der Ferne einen Motor. Eine Straße. Sie hielt darauf zu. Bald tauchte ein Licht zwischen den Bäumen auf, aber es war noch zu weit entfernt. Das Auto fuhr vorbei. Meike blieb stehen. Ihr wurde schwindelig. Die Bäume um sie herum drehten sich. Sie schleppte sich noch ein paar Schritte in Richtung Straße, dann musste sie sich hinsetzen. Die Drogen ... Sie hatte einen Flashback. Nicht jetzt! Sie musste es zur Straße schaffen.

Alinas Mundwinkel waren eingerissen und ihre Kiefer schmerzten. Der Drang, ihren Mund zu schließen, war übermächtig, doch der Knebel zwischen ihren Lippen verhinderte es. Mit aller Kraft biss Alina die Zähne zusammen und drückte mit ihrer Zunge gegen den Ball, bis ihre Muskeln streikten. Nichts half. Das verdammte Ding bewegte sich keinen Millimeter, die Lederriemen, mit denen es um ihren Kopf geschnallt war, waren unnachgiebig. Es war zum Wahnsinnigwerden.

Sie legte ihren Kopf in den Nacken, starrte in die Dunkelheit und versuchte, ihre Gedanken in eine andere Richtung zu zwingen. Sie rief sich ihre Familie vor Augen, stellte sich vor, wie sie sich glücklich in den Armen liegen würden, wenn sie erst befreit wäre. Das funktionierte allerdings nur für wenige Augenblicke, dann konzentrierte sie sich wie automatisch auf das Ding in ihrem Mund. Tränen traten ihr in die Augen.

Alina schüttelte den Kopf. Nicht weinen, auf keinen Fall. Wenn ihre Nase verstopfte, würde sie keine Luft mehr bekommen und auf diesem verdammten Bett verrecken. Irgendwie musste sie sich beruhigen. Sie atmete tief durch, in einem regelmäßigen Rhythmus, fokussierte sich nur darauf. Vier Sekunden einatmen, zwei Sekunden halten, sechs Sekunden ausatmen und wieder von vorne.

Draußen näherten sich Schritte. Sie wurden langsamer und hielten dann an. Ein Schlüsselbund klapperte, kurz darauf wurde die Tür aufgeschlossen und das Licht eingeschaltet. Ein älterer Mann kam auf sie zu. Er trug Jeans, ein hellgrünes Poloshirt und Crocs aus dunkelgrünem Plastik. Wer war er und wie zum Teufel kam sie hierher? Ihr Kopf war nicht fähig, eine Erinnerung heraufzubeschwören. Dann dachte sie an Meike. War sie nicht zuletzt mit ihr zusammen gewesen? Sie schaute sich panisch um, während der Typ mit unbewegter Miene auf sie zukam, doch Meike war nirgends zu sehen. Was hatte er mit ihr gemacht?

»Wird Zeit für deine Dosis«, sagte der Kerl und nahm eine Spritze vom Nachttisch, der neben dem Bett stand, auf dem Alina lag.

Sie schüttelte den Kopf, wand sich auf der Matratze. »Bitte nicht«, presste sie gegen ihren Knebel. Heraus kamen nur unverständliche, erstickte Laute.

Der Mann strich ihr zärtlich über die Haare. Bei seiner Berührung wurde ihr schlecht. Er beugte sich herunter, kam ganz dicht an ihr Ohr und flüsterte: »Nicht wehren! So machst du alles nur noch schlimmer.«

Er zog die Schlinge an ihrem Oberarm zu, packte ihr Handgelenk und streckte ihren Arm durch. Schon nach kurzer Zeit zeigte sich eine Vene.

»Jetzt nicht zappeln«, sagte er lächelnd. »Am Ende brauche ich mehrere Versuche, sie zu treffen. Es schadet im Endeffekt nur dir selbst, du kommst so oder so nicht drum herum.«

Alina wusste, dass er recht hatte, also hielt sie still, während er ihr die Injektionsnadel in den Arm stach und die Flüssigkeit in ihren Blutkreislauf pumpte.

Fürs nächste Mal brauche ich einen Plan, damit ich mich befreien kann, dachte sie noch, dann erreichte die Droge ihr Gehirn und benebelte ihre Sinne.

4. Kapitel

Nicht ohne Neid schaute Fabian auf das Foto, das Thomas ihm über WhatsApp geschickt hatte. Es sah aus wie ein kitschiges Plakat aus den Achtzigerjahren: ein Stück Sandstrand, etwas Meer mit seichten Wellen, ein tieflilafarbener Himmel und am Rand eine Palme. Doch trotz des Übermaßes an Kitsch weckte es in Fabian den Drang, sich sofort an den Computer zu setzen und für sich und Josi einen Urlaub auf Bali zu buchen. Das Handy vibrierte erneut und Fabian drückte den Zurück-Button.

Ein weiteres Bild von Thomas. Er öffnete es. Derselbe Hintergrund, doch dieses Mal waren Thomas und seine Freundin im Vordergrund zu sehen. Jana grinste fröhlich und machte mit ihren Fingern ein Peace-Zeichen in die Kamera. Thomas hielt eine Banane in der Hand und zeigte den zerkauten Inhalt seines Mundes. *Die Bananen schmecken hier so was von geil, das sag ich dir. In Deutschland werde ich nach diesem Urlaub keine mehr essen,* stand darunter.

Fabian konnte sich ein Grinsen nicht verkneifen. *Ich müsste lügen, wenn ich sagen würde, dass ich traurig darüber bin,* antwortete er. Von Thomas kam ein Emoji, das vor Lachen weinte.

Ihr seht gut aus. Habt ihr euch ausgesprochen?, fragte Fabian und spielte damit auf Thomas' Affäre an, die ihn seit einem One-Night-Stand stalkte. Er hatte mit seiner Freundin Jana vor dem Urlaub darüber sprechen wollen, weil er Angst hatte, dass es sonst die andere Frau irgendwann tat. Seit Thomas ihr mitgeteilt hatte, dass die gemeinsame Nacht für ihn nicht mehr als ein Ausrutscher gewesen war, bombardierte sie ihn beinahe täglich mit Nachrichten und wurde nicht müde, ihn immer wieder um eine Verabredung zu bitten. Einmal hatte sie sogar morgens in der Nähe seiner Wohnung auf ihn gewartet.

Thomas schreibt …, vermeldete das Handy. Während Fabian gespannt auf die Antwort wartete, überlegte er, dass es ganz schön leichtsinnig gewesen war, diese Frage zu stellen. Er hatte ja keine Ahnung, ob Jana nicht vielleicht mitlas. Glücklicherweise war das anscheinend nicht der Fall.

Ich habe das doch nicht vor dem Urlaub gemacht, bist du verrückt? Und jetzt Themenwechsel, wir gehen Abendessen. Wenn du willst, halte ich dich auf dem Laufenden, was es gibt. Dahinter ein zwinkerndes Emoji.

Nein, danke. Lass den Mund lieber zu, schrieb Fabian und schaltete das Display seines Handys aus.

Es klopfte an der Tür, die kurz darauf von Kommissariatsleiter Peitsch aufgestoßen wurde. Mit jemandem im Schlepptau betrat er das Büro.

»Morgen«, grüßte er knapp und trat zur Seite.

Hinter ihm kam eine Frau mit einem Kurzhaarschnitt zum Vorschein. Mit einem Nicken grüßte sie Fabian und schaute sich um. Sie trug Jeans und ein Longsleeve mit einer Weste darüber, was in Fabians Augen viel zu warm war für die Temperaturen, die jetzt im Spätsommer noch herrschten. Beinahe dreiunddreißig Grad und nachts sank das Thermometer nicht unter zweiundzwanzig. Und da sollte noch einmal einer behaupten, der Klimawandel wäre eine Erfindung der Chinesen.

»Ich bringe Ihnen die Urlaubsvertretung für Herrn Wendtner«, sagte Peitsch.

Fabian stand auf und streckte der Frau seine Hand hin. »Fabian Prior«, stellte er sich vor.

»Kannengießer«, antwortete die Frau, merkte aber offenbar, wie unhöflich sie rüberkam, und fügte hinzu: »Helga. Freue mich auf die Zusammenarbeit.«

»Frau Kannengießer ist im letzten Jahr vom Drogendezernat rübergewechselt. Wir sind gerade auf der Suche nach einem neuen Ermittlerteam für sie. Ihr derzeitiger Partner kommt nicht so wirklich mit ihrer Gesinnung zurecht«, erklärte Peitsch, woraufhin ihn Helga wütend anstarrte.

Fabian fragte sich, was er damit meinte, sagte aber nichts. Das würde er noch früh genug herausfinden. Eigentlich war es ihm auch herzlich egal, viel wichtiger war, dass er auf keinen Fall einen neuen Partner wollte. Seit er im K10 angefangen hatte, hatte er mit wenigen Unterbrechungen wegen Urlaubs oder Krankheit ausschließlich mit Thomas zusammengearbeitet, und er wollte auf keinen Fall, dass sich daran etwas änderte. Da er dies aber unmöglich in Helgas Anwesenheit mit Peitsch diskutieren konnte, sagte er dazu nichts, sondern setzte sich auf seinen Schreibtischstuhl. Ein unangenehmer Moment der Stille entstand und Peitsch verabschiedete sich mit den Worten: »Sie werden schon zurechtkommen.«

Nachdem Peitsch den Raum verlassen hatte, deutete Helga auf Thomas' Platz und fragte: »Und das ist mein Schreibtisch?«

Fabian nickte und sie ließ sich schnaufend auf Thomas' Stuhl fallen. »Gesinnung«, murmelte sie verächtlich.

»Was meinte er denn damit, wenn ich fragen darf?«, nutzte Fabian die Gelegenheit.

»Ich könnte ihn dafür erwürgen«, sagte Helga, lächelte gequält und rang die Hände. »Als hätte meine sexuelle Orientierung etwas von einer Gesinnung. Und wenn es ständig zum Thema gemacht wird, dann wird sich das Geschwätz darüber nie legen! Das grenzt schon an Diskriminierung.«

Helga musterte Fabian mit einem starren Blick. Er versuchte, einen möglichst unbeteiligten Gesichtsausdruck aufzusetzen, was ihm wohl nur so mittelmäßig gelang, denn Helga polterte: »Ja, ich bin lesbisch. Du meine Güte, das sollte doch heutzutage wohl kein Problem mehr sein, oder?«

Fabian hob abwehrend die Hände und wollte gerade zu einer Verteidigungsrede ansetzen, da klingelte glücklicherweise Helgas Handy. Sie wandte sich ab und nahm den Anruf mürrisch entgegen. Das konnten ja heitere drei Wochen werden. Hoffentlich überlegte Peitsch nicht, sie dauerhaft für Thomas einzusetzen. Er wechselte gerne mal die Teams durch, um, wie er immer sagte, »frischen Wind reinzubringen«.

Fabian bemerkte, dass Helgas Stimme weicher geworden war. Sie saß mit dem Rücken zu ihm und strich sich mit dem Zeigefinger über ihren ausrasierten Nacken.

»Soll das eine Einladung zu einem Date sein?«, fragte sie.

Offensichtlich bekam sie eine Abfuhr. »War ja nur Spaß ... So ernst? Okay, ich schaue, dass ich gleich rumkomme ... Ja, ich sag dir Bescheid. Bis gleich.«

Sie drehte sich wieder zu Fabian und schaute demonstrativ auf die Uhr. »Wenn es in Ordnung für dich ist, würde ich meine Mittagspause vorziehen. Es gibt da etwas, das ich mir dringend anschauen sollte.«

Ohne auf eine Antwort zu warten, stand sie auf und schob sich das Handy in die hintere Hosentasche. »Wir sehen uns später«, sagte sie und verschwand aus dem Büro.

Fabian schaute ihr kopfschüttelnd hinterher und widmete sich dann den Akten, die auf seinem Tisch darauf warteten, bearbeitet zu werden.

Nicht mal zwanzig Minuten später stürmte Helga zurück ins Büro, im Schlepptau eine attraktive Schwarzhaarige. Sie trug eine Jeanshorts und ein schwarzes Tanktop, das ihre volltätowierten Arme entblößte. Ohne Fabian zu beachten, klappte Helga ihren Laptop auf, den sie vorhin auf Thomas' Schreibtisch abgestellt hatte. Die Schwarzhaarige nickte ihm zumindest zur Begrüßung zu. Fabian nickte zurück und erwischte sich dabei, wie er einen Moment zu lange auf ihren Hintern starrte, nachdem sie sich umgedreht hatte.

Er rief sich ins Gedächtnis, dass Helga am Handy vorhin von einer Einladung zu einem Date gesprochen hatte. Vermutlich war die Frau mehr als nur eine Freundin. Außerdem war er vergeben, selbst wenn seine

Beziehung zu Josi seit ihrem Streit übers Zusammenziehen irgendwie nicht mehr so wie früher war. Er hatte eingesehen, dass seine Herangehensweise dumm gewesen war: Ihr den Vorschlag zu machen, als er gerade eine Mieterhöhung bekommen hatte, war alles andere als feinfühlig gewesen. Doch sie hatte ihm angeblich verziehen, also verstand er nicht, warum sie sich in letzter Zeit ihm gegenüber so zurückhaltend gab. Er musste sie regelrecht überreden, bei ihm zu übernachten, wenn sie sich mal sahen.

»Scheiße, du hattest recht. Das sieht ziemlich übel aus«, sagte Helga und erregte damit Fabians Aufmerksamkeit. Er lehnte sich etwas nach vorne, um auf den Monitor schauen zu können. Die Bilder waren verwackelt und schienen beim Laufen irgendwo im tiefen Gras oder in einem Feld mit einer Infrarotkamera aufgenommen worden zu sein. Viel erkannte er nicht und schon gar nichts, das *richtig übel* aussah.

»Spul mal zurück und spiel die Stelle noch mal mit halber Geschwindigkeit ab«, sagte die Schwarzhaarige. Dann wandte sie sich an Fabian. »Und Sie können ruhig auch ein Auge drauf werfen. Könnte vielleicht ein interessanter Fall sein.«

Fabian fühlte sich ertappt, nahm das Angebot aber gerne an und ging um seinen Schreibtisch herum. Helga startete das Video neu. Da die Kamera in diesem Moment ruhig gehalten wurde, erkannte Fabian, dass im Weitwinkel aus einer sehr niedrigen Perspektive gefilmt worden war. Am oberen Bildrand verdeckte etwas Schwarzes die Umgebung.

»Wer hat das aufgenommen?«, fragte er.

»Pst. Zusehen!«, antwortete die Schwarzhaarige.

Fabian richtete seine Aufmerksamkeit wieder auf den Monitor. Dort fuhr gerade ein schwarzer Geländewagen ins Bild und hielt an. Kurze Zeit später erschienen zwei Beine, die aus der Fahrertür geschwungen wurden. Das Bild wackelte, zeigte kurz Baumkronen, einen Weg und dann wieder das Auto – ein Porsche Cayenne, wie Fabian auffiel. Ein Mann hatte eine Person aus dem hinteren Teil des Wagens gezogen und trug sie zu einem Zaun aus Holzlatten. Sie schien ohnmächtig zu sein oder zu schlafen, denn ihre Beine baumelten bei jeder Bewegung schlaff umher.

Der schwarze Fleck am oberen Rand der Aufnahme vergrößerte sich und man sah jetzt nur noch die Schuhe des Mannes. Das Bild bewegte sich plötzlich wackelnd nach vorne und für einen Moment konnte man ins Innere des Cayennes sehen. Fabian glaubte zu erkennen, dass dort jemand lag. Dann machte das Bild einen Satz nach vorne, unter dem Bretterzaun hindurch und zeigte einen Moment eine Scheune oder eine Art Schuppen, dessen Tür offen stand. Schließlich schien die Kamera über eine Wiese zu hüpfen und man sah nur noch vertrocknete Gräser. Helga stoppte das Video.

»Mehr gibt es nicht?«, fragte sie die Schwarzhaarige.

»Das ist leider alles. Die nächsten zwei Stunden nur Feld, Wald und Wiese, dann bricht es ab. Akku leer«, antwortete sie.

»Und was haben wir da jetzt gerade gesehen?« Fabian konnte sich noch keinen Reim auf das Video machen.

»Sagen Sie es mir.«

Fabian überlegte kurz. Er wollte hier keine schlafenden Hunde wecken, aber die Szenerie war ihm seltsam vorgekommen. »Ich bin mir nicht sicher«, blieb er vage. »Könnte eine Entführung sein, könnte aber genauso gut ein Vater sein, der seine schlafende Tochter ins Haus trägt.«

»Eine etwas große Tochter, finden Sie nicht?«, fragte die Schwarzhaarige schnippisch.

»Deshalb sagte ich, dass ich mir nicht sicher bin. Wollen Sie mir nicht erst mal verraten, wer Sie sind und wo Sie das herhaben?«

»Tut mir leid, ich dachte, Helga hätte Sie vorgewarnt ...«

»Ich kenne Helga gerade mal seit einer halben Stunde, wenn Sie so wollen«, unterbrach Fabian.

»Ach, wirklich? Dann sind Sie gar nicht das Arschloch, von dem sie immer erzählt?« Die Frau warf Fabians Kollegin einen amüsierten Blick zu, dann streckte sie ihm ihre Hand hin. »Ich bin Mona Balzer, Privatdetektivin. Das Video habe ich von einem Klienten bekommen. In seinen Schrebergarten wird immer wieder eingebrochen. Deshalb hat er einer Katze, die in der Kleingartensiedlung streunt und die er in seiner Parzelle regelmäßig füttert, eine Kamera um den Hals gebunden.«

»Sie meinen, das Video wurde von einer Katze gedreht?« So etwas Verrücktes hatte Fabian noch nie gehört. Immerhin erklärte das die merkwürdige Perspektive. Er schaute noch einmal auf den Monitor und machte bei genauerem Hinsehen am oberen

Bildrand ein paar Schnurrhaare aus. Der schwarze Rand war offensichtlich der Kopf des Tieres.

»Klingt verrückt, ist aber so«, bestätigte Mona.

»Das sieht aber nicht nach einer Kleingartenkolonie aus«, merkte Fabian an.

»So eine Katze läuft ja auch ein wenig rum«, klinkte sich endlich auch Helga in das Gespräch ein. »Kater haben einen Radius von mehreren Kilometern.«

»Also gut. Das macht die Bilder jedenfalls nicht eindeutiger. Was erwarten Sie jetzt von uns?«

»Wir können ruhig zum Du übergehen, wenn du nicht der homophobe Kollege bist, über den Helga sich ständig beschwert. Und von *euch* erwarte ich gar nichts. Ich wollte hören, was Helga davon hält.«

Fabian und Mona drehten sich beide wie auf Kommando zu Helga, die mit den Schultern zuckte. »Ich finde, es sieht schon ziemlich danach aus, als hätten wir hier jemanden, der sich zwei Frauen gekrallt hat und sie in seine Waldhütte bringt. Aber wie Fabian schon sagte, es kann auch völlig harmlos sein. Und um das vorwegzunehmen, Mona, es ist kein Fall. Nicht, wenn wir nicht mehr haben.«

»Ich habe schon mehr«, sagte Mona und grinste einen Moment triumphierend, bis ihr anscheinend bewusst wurde, wie unangebracht es war. »Eine Vermisstenanzeige, die dazu passt. Kam die Tage bei euch rein, sagt meine Quelle.«

Fabian hob die Augenbrauen und sah Helga fragend an.

Die winkte ab. »Guck nicht so, ich bin's nicht«, sagte sie.

»Ist doch auch egal, woher ich das weiß. Der Fall existiert. Alina Sander, achtzehn Jahre alt, seit zwei Tagen vermisst. Anscheinend wurde bisher noch nicht viel unternommen, um sie zu suchen.«

»Und Sie ... du ermittelst bereits in dieser Sache?«, fragte Fabian an Mona gerichtet.

»Nicht in dem Vermisstenfall, nein. Wie gesagt, mein Klient ist der Besitzer der Kamera. Ich habe nur ein paar Erkundigungen eingeholt und eins und eins zusammengezählt. Allerdings kann ich kaum zu den Eltern gehen und mich anbiedern. Ab hier wäre es eure Aufgabe.«

Er ging zurück zu seinem Schreibtisch, setzte sich und weckte den Computer aus dem Ruhezustand. Dann rief er die Datenbank für vermisste Personen auf und gab den Namen ein, den Mona genannt hatte.

»Sehen wir doch mal, was wir bisher haben«, murmelte er und wartete, bis die Datei geladen war. »Die Meldung ging erst vorgestern ein. Da Alina Sander volljährig ist und es keine Anzeichen für ein Verbrechen gibt, wurde bisher noch nichts unternommen«, erklärte Fabian, obwohl er davon ausging, dass alle Anwesenden das Prozedere kannten. »Ein genauer Zeitpunkt, wann sie verschwunden ist, kann nicht ausgemacht werden. Laut den Eltern war sie mit einer Freundin verabredet, wollte bei ihr übernachten. Erst als sie am nächsten Abend noch nicht zurück und das Handy die ganze Zeit über ausgeschaltet war, hat der Vater sie vermisst gemeldet.«

»Mit einer Freundin, interessant«, sagte Helga und tippte auf ihren Monitor. »Wir haben hier definitiv zwei Personen im Laderaum eines Geländewagens.«

»Na also, da hätten wir doch den Anhaltspunkt«, sagte Mona.

»Anhaltspunkt hin oder her, das reicht nicht, um Ermittlungen einzuleiten. Dafür erkennt man auf dem Video viel zu wenig. Wir müssten das in die Technik geben und sehen, ob die mehr rausholen kann. Und selbst dann ist es erst mal ein Fall für die Vermisstenabteilung, nicht für uns.«

»Kannst du denn sehen, ob die Freundin bereits kontaktiert wurde?«

»Dafür müsste ich in die Akte schauen, aber ich gehe nicht davon aus. Es war Wochenende und das Mädchen ist über achtzehn. Ich schätze, dass erst die Tage etwas passieren wird.«

Mona verschränkte die Arme vor der Brust. Mit zusammengekniffenen Augenbrauen stierte sie Fabian an. »Mein Gott, dass du dich so querstellen musst. Es geht hier vielleicht um das Leben einer jungen Frau.«

Bevor Fabian antworten konnte, sprang ihm Helga bei. »Das hat nichts mit Querstellen zu tun. Wir müssen uns an die Vorschriften und vor allem an unser Ermittlungsgebiet halten. Wenn überhaupt, müssten wir vorher mit dem Chef sprechen und dafür haben wir noch zu wenig in der Hand, auch wenn wir uns hier alle einig sind, dass die Bilder eindeutig erscheinen.«

»Ist ja schon gut.« Mona pustete lautstark die Luft durch ihre Lippen.

»Tut mir leid, uns sind die Hände gebunden«, sagte Helga.

»Ich weiß schon, warum ich lieber unabhängig arbeite. Vielleicht mache ich mich auf die Suche nach diesem Ort da auf dem Video.« Sie warf Helga einen langen Blick zu. »Seid dann aber nicht beleidigt, wenn ich die Heldin bin, die die Mädchen gerettet hat.« Damit drehte sie sich um, verschwand aus dem Büro und warf die Tür hinter sich zu.

»Oh je«, sagte Fabian und verzog das Gesicht. »Ich hoffe, der Streit weitet sich jetzt nicht auf dein Privatleben aus. Deine Freundin scheint ja richtig geladen zu sein.«

»Sie ist nicht meine Freundin«, gab Helga bissig zurück. »Jedenfalls nicht so.«

»Ach, entschuldige. Ich ... ähm. Hattest du nicht gesagt, dass du ... ist sie nicht ...«, stammelte Fabian verlegen. Er war einfach davon ausgegangen, dass Mona Helgas Partnerin war.

»Genau, ich habe gesagt, dass ich lesbisch bin. Und sie ist das meines Wissens auch. Aber deswegen muss ich noch lange nicht ihre Freundin sein. Es gibt noch mehr hübsche Frauen auf dieser Welt. Du bespringst doch auch nicht jede attraktive Frau, die du siehst, oder?«

Fabian nickte. Dass es eine Zeit gegeben hatte, in der das durchaus so gewesen war, verschwieg er lieber. Feministinnen – und als solche schätzte er Helga definitiv ein – konnten mit so einem »toxischen Verhalten« von Männern, wie sie es nannten, gar nicht umgehen. Er hatte sich oft genug mit Josi deswegen in die Haare bekommen und passte seitdem auf, was er zu solchen Themen sagte.

»Alles klar, stürzen wir uns in die Arbeit, damit ich nicht ständig an diese Sache hier denken muss«, sagte

Helga nach einem unangenehmen Moment des Schweigens.

»Sehr gern. Ich habe hier einiges liegen, das abgearbeitet werden muss.« Fabian deutete auf den Aktenstapel auf seinem Schreibtisch. Helga warf noch einen letzten Blick auf ihren Laptop und Fabian wurde das Gefühl nicht los, dass sie so schnell nicht die Finger von dem Fall lassen würde.

5. Kapitel

Als Helga bei der Kleingartenanlage am Rand des Frankfurter Stadtwalds ankam, war ein leichter Wind aufgekommen und trieb eine Wolkenfront in Richtung der Stadt. Mona erwartete sie bereits. Sie stand neben ihrem Motorrad an ein Straßenschild gelehnt, hatte eine Zigarette im Mundwinkel und starrte auf das Tablet in ihren Händen.

»Da bist du ja endlich«, sagte sie ohne aufzuschauen.

»Tut mir leid, früher ging es nicht. Ich kann ja kaum am ersten Tag mit dem neuen Kollegen überpünktlich verschwinden.«

»Nun ja.« Mona zog genüsslich an ihrer Zigarette und blinzelte Helga durch den ausgepusteten Rauch hinweg an.

»Es ging wirklich nicht ...«

»Wenn dir jemand sagt, es geht nicht, dann sind das seine Grenzen, nicht deine«, trug Mona mit viel Pathos vor.

»Du willst mir jetzt nicht echt mit Sprüchen von Wandtattoos kommen, oder?«

Einen Moment zuckten Monas Mundwinkel, dann prustete sie los. Sie machte einen Schritt nach vorne und boxte Helga freundschaftlich auf die Schulter. »Jetzt lass dich doch nicht so von mir veräppeln. Ich bin selbst erst seit fünf Minuten hier. Habe das Video vorher noch auf mein Tablet gezogen. Vielleicht schaffen wir's, den Weg der Katze nachzuvollziehen.«

Helga nickte anerkennend. »Gute Idee, das spart uns sicher eine Menge Zeit. Ich wäre jetzt einfach drauflos gegangen und hätte versucht, den Zaun zu finden.«

»Ist das jetzt Ironie oder echtes Lob?«

»Nein, das ist wirklich ernst gemeint. Nach Feierabend bin ich nicht mehr zu gedanklichen Höchstleistungen im Stande.«

»Okay, doch bloß Ironie. Aber lass uns loslegen, das hier kann eine Weile dauern. Ich hab mal die letzten zwanzig Minuten genommen, bevor der Wagen auftaucht. Wir sollten also erst nach diesem Garten Ausschau halten.«

Helga seufzte und rieb sich über das Gesicht. Sie hatte nach Feierabend zwar einen Kaffee getrunken, fühlte sich aber wie gerädert. »Wie viele Gärten gibt es hier?«, fragte sie und unterdrückte mühsam ein Gähnen.

»Puh, schätzungsweise über zweihundert. Hör mal, wenn du nicht mitmachen willst, ist das in Ordnung. Mir ist schon klar, dass dein Arbeitstag nicht erst um zwei angefangen hat.«

»Quatsch. Ich hab's angeboten, also komme ich auch mit. Etwas Bewegung tut mir bestimmt gut ...«

Mona grinste und zwickte Helga in die Hüfte. »Da hast du allerdings recht. Seit deinem Probetraining hast du dich nicht mehr ins Studio getraut.«

Trotz der Spitze musste auch Helga lächeln, wenn sie daran dachte, wie sie und Mona sich das erste Mal begegnet waren. Der Zufall hatte sie nur ein paar Tage später mitten im Frankfurter Bahnhofsviertel wieder zusammengeführt. Seitdem war eine tiefe Freundschaft zwischen ihnen entstanden, die sich ständig an der Grenze zu mehr bewegte. »Ich weiß, ich bin faul. Und genau deswegen sehe ich jetzt zu, wie ich uns die Sache ein wenig einfacher machen kann. Zeig mir noch mal das Standbild.«

Mona hielt ihr das Tablet hin und Helga machte ein Foto davon.

»Was wird das jetzt?«, fragte Mona skeptisch.

»Mein Vater hat seit über dreißig Jahren seine Parzelle hier. Es würde mich nicht wundern, wenn er den Garten erkennt.«

»Gute Idee. Faulheit ist manchmal doch zu etwas gut, das stelle ich immer wieder fest.«

»Ja, sie bringt einen dazu, nach Lösungen zu suchen, mit denen man schneller ans Ziel kommt.«

»Und dein Vater hat ein Smartphone?«

»Nie im Leben. ›Teufelszeug‹ nennt er die Dinger. Aber er hat einen Laptop, den er den halben Abend auf den Knien hat, um ja keine Nachrichten über die Eintracht zu verpassen. Um was wetten wir, dass er in weniger als einer Viertelstunde antwortet?«

Helga behielt recht, es dauerte nicht mal fünf Minuten, bis sich ihr Handy meldete. Ihr Vater hatte eine ziemlich genaue Vorstellung, um welchen Garten es sich handelte und die beiden machten sich auf den Weg. Die Parzelle lag am anderen Ende der Anlage direkt an den Bahnschienen, die nur durch einen Feldweg von den idyllischen Grünflächen getrennt wurden.

»Hier hat man bestimmt seine Ruhe«, murmelte Helga.

Mona antwortete nicht, sondern konzentrierte sich auf das Tablet. »Ich glaube, dein Vater hat recht. Hier sind wir richtig«, sagte sie und deutete auf einen Rosenbogen. Die Blumen blühten in einem prächtigen Pink. Dahinter stand ein Tisch, auf dem die Katze von dem Video saß. Mona drückte auf Play.

Die Katze bewegte sich ruckartig und lief über die Wiese. Die Kamera wackelte dabei dermaßen, dass es unmöglich war, die eingeschlagene Richtung zu erkennen. Nachdem sie sich durch ein Gebüsch gezwängt hatte, blieb sie kurz an Bahnschienen sitzen. Anscheinend beobachtete sie einen kleinen Vogel, der auf der anderen Seite herumhüpfte. Eine S-Bahn ratterte von links heran und Helga beschwor das Tier in Gedanken, sitzen zu bleiben, obwohl sie wusste, dass es nicht überfahren worden war.

»Wie ein Krimi«, sagte Mona, die ihre Anspannung bemerkt haben musste. »Aber keine Sorge, die überlebt hier draußen schon einige Jahre, da wird sie nicht so blöd sein, vor eine Bahn zu rennen.«

Die Katze schüttelte sich, drehte um und lief am Rand der Anlage vorbei in den Wald. Mona drückte auf Pause und setzte sich in Bewegung. Als sie die Stelle erreicht hatten, drückte sie wieder auf Play. »Ab jetzt wird es schwieriger«, sagte sie.

Wie zum Beweis erhöhte die Katze ihr Tempo. Sie sprang über einen umgestürzten Baum, den Helga am Waldrand liegen sah, dann drückte sie sich eine Weile durchs Unterholz. Hier konnten sie nur mutmaßen, welche Richtung das Tier eingeschlagen hatte, denn es gab wenig eindeutige Anhaltspunkte.

»Da am Rand sind noch die Schienen, sie dürfte also quer da rüber gelaufen sein«, sagte Helga und ging los.

Mona folgte ihr langsam. Bei ihr angekommen spulte sie einige Sekunden zurück. »Hier, siehst du diesen Stumpf? Das könnte der dahinten sein.«

Sie setzten sich wieder in Bewegung. Mona wurde langsamer, da sie beim Laufen auf das Display schaute. Als Helga sich nach ihr umdrehte, stolperte sie gerade und stürzte. Das Tablet glitt ihr aus den Händen und landete im Laub.

»So ein verdammter Mist«, fluchte Mona und rappelte sich hoch. Ihr Knie war aufgeschlagen und sie hatte einen fiesen Kratzer am Schienbein. »Ich nehme an, dass ich dich nicht nach einem Taschentuch fragen muss, oder?«

Helga schüttelte den Kopf. Eine Handtasche war für sie nur ein lästiges Anhängsel und so hatte sie meist nur ihr Handy, ihren Geldbeutel und ihre Schlüssel dabei. Während sie sich bückte, um das Tablet aufzuheben, sah Mona sich nach dem um, was sie zu Fall gebracht hatte.

»Ach du Scheiße!«, rief sie aus und taumelte einige Schritte zurück. Helga schaute sie fragend an. Mona hatte die Augen aufgerissen und die Hand auf den Mund gelegt.

»Was ist denn?«

»Das ... oh Mann! Da ist eine Hand!« Zitternd zeigte Mona auf eine Stelle im Unterholz. Helga folgte ihrem Blick und tatsächlich: Eine Frauenhand mit rot lackierten Fingernägeln ragte aus dem Laub. Bei genauerem Hinsehen zeichnete sich auch der dazugehörige Arm ab und ein paar braune Haare lugten zwischen den Blättern hervor. Wie hatte sie das nur übersehen können?

Helga zückte ihr Handy. Natürlich hatte sie keinen Empfang.

»Komm mit, wir müssen die Kollegen anrufen«, sagte sie und stapfte los. Als sie merkte, dass Mona ihr nicht folgte, kehrte sie um und packte sie am Handgelenk. Die Privatdetektivin war leichenblass und schüttelte kaum merklich den Kopf. Offensichtlich stand sie unter Schock. Verständlich, sollte das hier ihre erste Leiche sein.

»Los, komm schon! Ich kann dich nicht hier stehen lassen, sonst kippst du mir noch um.«

»Aber ... Wir können sie doch nicht allein ... So unter den Blättern ...«

»Oh doch, das müssen wir sogar. Wir dürfen den Fundort auf keinen Fall verändern. Und jetzt komm.«

Mona trottete hinter ihr her. »Das ist bestimmt ... das Mädchen. Ich habe ihren Namen vergessen.«

»Das wird sich herausstellen.«

»Scheiße.«

Sie traten aus dem Wald und endlich zeigte Helgas Handy Empfang. Kurz überlegte sie, ob sie den Notruf wählen sollte, entschied sich dann aber für Peitsch. Diesen Fall wollte sie unbedingt übernehmen und nicht an Kollegen abgeben.

Außerdem sollte der Kommissariatsleiter unbedingt Fabian mit dem Team mitschicken, bevor jemand auf die Idee kam, ihr wieder Dieter zuzuteilen.

»Puh, sorry für eben«, sagte Mona, als Helga das Telefonat beendet hatte. »Ich habe heute noch nicht viel gegessen und mir ist ein bisschen schwindelig geworden. Nicht, dass ich jetzt wie ein Weichei dastehe.«

»Also hör mal, eine Leiche zu sehen, ist wirklich nichts Alltägliches. Dafür musst du dich nicht entschuldigen«, sagte Helga und legte ihr eine Hand auf die Schulter.

Mona schüttelte sie ab. »Ich hab doch gesagt, dass ich noch nicht viel gegessen habe. Als hätte ich mit einer Leiche ein Problem. Hast du mal überlegt, was ich beruflich mache? Glaubst du vielleicht, ich würde nur außereheliche Affären oder Einbrüche in Gartenlauben aufklären, Frau Kommissarin?«

»Jetzt komm mal runter. Ich will dich doch nicht angreifen oder deinen Beruf schlechtmachen.«

»Das klang eben aber anders für mich. Wenn du mich für so eine Lusche hältst, dann kannst du mich mal am Arsch lecken, echt. Ich verpiss mich jetzt hier.«

»Halt, das geht nicht«, sagte Helga, doch Mona war schon auf dem Weg zur Kleingartenanlage.

»Für meine Aussage kannst du mich ja dann anrufen«, rief sie Helga noch zu, dann verschwand sie in dem Tor.

Helga blieb verdutzt zurück. Was war das gerade gewesen? Hatte sie Mona so sehr in ihrer Berufsehre verletzt? So empfindlich kannte sie die Detektivin gar nicht. Sie schüttelte den Kopf und zündete sich eine Zigarette an. Es würde noch ein wenig dauern, bis die Kollegen eintrafen.

6. Kapitel

Fabian parkte seinen Wagen neben zwei Vans der Spurensicherung. Weiter hinten entdeckte er auch den Kombi von Gerichtsmediziner Gering. Hoffentlich hatte er nicht Nadine Wolf mitgebracht, die Frau, mit der Thomas seine Affäre gehabt hatte. Eigentlich hatte sich Fabian vorgenommen, ihr zumindest im beruflichen Kontext neutral gegenüberzutreten, doch wann immer er daran dachte, was Thomas über sie erzählt hatte, wurde er sofort wütend. Wie konnte man nur so sehr in seiner Eitelkeit gekränkt sein, dass man eine Abfuhr nicht akzeptierte und stattdessen unaufhörlich versuchte, sich in das Leben des anderen zu drängen?

Er stieg aus, zückte sein Handy und rief den Standort auf, den Helga ihm geschickt hatte. Von Weitem hörte er ein Donnergrollen und beschwor das Wetter, zumindest noch so lange zu halten, bis sie alle Spuren gesichert hatten. Nachdem er etwa fünf Minuten orientierungslos durch den Wald gestapft war und ein leichter Nieselregen eingesetzt hatte, entdeckte Fabian zwischen den Bäumen den weißen Anzug eines Mitarbeiters der Spurensicherung. Er ging darauf zu und sah bald schon Helga, die ihm zuwinkte.

»Na endlich! Ich dachte schon, du hättest dich verlaufen«, begrüßte sie ihn, als er sie erreichte. »Scheiße mit dem Regen, aber die Geister sind zum Glück bald durch.«

»Die Geister?«, fragte Fabian verwirrt. War Helga irgendwie spirituell drauf? Dann konnte ihre Zusammenarbeit ja ein Abenteuer werden.

»Na, die Jungs von der Spurensicherung. Wegen der Anzüge nenne ich sie immer Geister. Geben wir ihnen noch einen Moment, dann können wir uns mit Gering ansehen, was wir hier haben.«

»Ach so!« Fabian lächelte erleichtert. »Und du hast die Leiche gefunden? Was zur Hölle hast du hier draußen im Nirgendwo gemacht?«

Helga schaute ihn einen Moment prüfend an, dann sagte sie: »Willst du die Wahrheit wissen oder die Antwort hören, die ich Peitsch gegeben habe?«

Fabian zog die Augenbrauen hoch. »Die Wahrheit natürlich.«

»Ich war mit Mona unterwegs. Wir haben nach dem Tor auf dem Video gesucht und sind dabei dem Weg der Katze gefolgt. Mona ist dann plötzlich über die Hand der Toten gestolpert.«

»Mona? Die Privatdetektivin? Wo ist sie?«

Helga zuckte die Schultern. »Abgehauen. Ich hab sie wohl beleidigt, weil ich davon ausgegangen bin, dass jemand beim Anblick seiner ersten Leiche mitgenommen sein könnte. Für eine Aussage steht sie natürlich zur Verfügung, wir sollen uns bei ihr melden, wenn wir sie brauchen.«

»Aha.« Fabian schüttelte den Kopf. Frauen würden für ihn wohl immer ein unergründliches Mysterium bleiben. »Und wie lautet die Version für Peitsch?«

»Dass ich mit meiner Freundin und ihrem Hund spazieren gegangen bin. Ich dachte mir, dass er erst mal nichts von dem Video erfahren muss. Das reicht später auch noch.«

Fabian nickte. Das war keine dumme Idee. Peitsch stand nicht auf Alleingänge, erst recht nicht, wenn sie Fälle betrafen, für die das K10 eigentlich gar nicht zuständig war. Eine Leiche änderte die ganze Sache natürlich. Ob sie mit der vermeintlichen Entführung auf dem Video und dem verschwundenen Mädchen zu tun hatte, würde sich erst noch herausstellen.

Fabian schaute sich um und entdeckte Gering. Natürlich hatte er Nadine Wolf dabei. Die hatte sich zu seiner Lieblingsassistentin gemausert, sodass er sie überall mit hinschleppte. Fabian war nur froh, dass Thomas gerade im Urlaub war, sonst wäre die Begegnung noch unangenehmer geworden. Wie auf Zuruf kam Nadine auf ihn zu.

»Na, Herr Prior, ganz alleine unterwegs? Wo ist denn der Kollege?«, säuselte sie mit einem bitteren Lächeln auf den Lippen.

»Die Kollegin steht direkt neben ihm«, sagte Helga pampig und Fabian gab ihr im Geiste ein *High five*, denn Nadine verzog peinlich berührt das Gesicht.

»Herr Wendtner arbeitet nicht mehr mit Ihnen zusammen?«, fragte sie, ohne auf Helgas Kommentar einzugehen.

»Wie Sie sehen.« Fabian würde den Teufel tun und ihr verraten, dass Thomas gerade im Urlaub war. »Aber privat sind wir in Kontakt. Kann ich ihm etwas ausrichten?«

»Nein, schon gut«, antwortete Nadine zickig und verschwand wieder in Richtung Gering.

»Was ist das denn für eine?«, fragte Helga, als sie außer Hörweite war.

»Gerings Sektionsassistentin«, antwortete Fabian nur knapp, denn ein Mitarbeiter der Spurensicherung kam zu ihnen herüber.

»Wir suchen noch die nähere Umgebung ab, aber Sie können jetzt zur Leiche, wenn Sie wollen«, sagte der Mann unter seiner Maske. »Wir haben sie freigelegt und nehmen das Laub, unter dem sie verscharrt war, mit ins Labor. Die Fotos von der Auffindesituation mailen wir Ihnen später zu.«

Fabian bedankte sich und gemeinsam gingen sie zu dem abgesperrten Bereich, wo sich der Leichnam befand. Für den Fall, dass gleich das Unwetter über sie hereinbrach, hatte die Kriminaltechnik einen Pavillon aufgestellt. Der Wind war mittlerweile stärker geworden und zerrte an dem Dach und den Seitenwänden. Gering kniete bereits neben der Toten, während sich Nadine bemühte, ein Diktiergerät in die Nähe seines Kopfes zu halten.

»Die Leiche ist relativ frisch. Bei den Temperaturen würde ich schätzen, dass sie maximal einen Tag hier liegt, vermutlich erst seit letzter Nacht. Das wird der Insektenbefall zeigen«, sagte Gering. »Weiblich, jung, vermutlich zwischen achtzehn und zwanzig. Wir haben Glück, dass sie noch nicht von irgendwelchen Tieren entdeckt und angefressen wurde.«

Fabian betrachtete das Opfer. Hätte sie nicht eine große Platzwunde auf der Stirn gehabt, hätte man meinen können, sie würde nur schlafen. Ihr braunes Haar fiel wie ein Vorhang über ihren Hals und ihre

Schultern, die Augen waren geschlossen. Verkrustetes Blut klebte in den Augenbrauen und an der Schläfe, außerdem in ihren Haaren. Sie lag auf der rechten Seite, hatte den Arm nach oben ausgestreckt und den Kopf darauf gebettet. Der Linke lag über ihrer Brust und es sah aus, als würde sie sich darauf stützen, um nicht auf den Bauch zu rollen. Die Beine hatte sie angewinkelt. Sie trug einen kurzen Rock mit Pailletten, der hochgerutscht war, und eine Netzstrumpfhose, aber keine Schuhe. Ihre Fußsohlen waren dreckig und aufgeschürft.

Anscheinend war sie eine Weile barfuß durch den Wald gelaufen. Die Hände mit den langen, rot lackierten Nägeln waren von der Kriminaltechnik in durchsichtige Plastiktüten gesteckt worden, die mit Klebeband um die Handgelenke verschlossen waren, um mögliche Spuren zu sichern. An ihrer rechten Hand war einer der Nägel abgebrochen.

»Sie hat sich anscheinend heftig gewehrt«, murmelte Fabian mit Blick auf ihr zerrissenes Oberteil und die Schürfwunden an den Unterarmen.

»Wenn wir Glück haben, finden wir unter ihren Nägeln DNS«, sagte Gering.

»Sieht so aus, als wäre sie erschlagen worden«, mutmaßte Helga, die neben dem Kopf der Frau in die Hocke gegangen war. Sie deutete auf einen Ast, den die Kriminaltechniker mit einem gelben Pfeil aus Pappe markiert hatten. Blutreste waren daran zu erkennen und bei genauerem Hinsehen auch ein paar Haare. »Und das hier ist dann vermutlich die Tatwaffe.«

Ein Blitz zuckte über den Himmel, kurz darauf folgte Donner, der sie alle zusammenzucken ließ. Nadine Wolf zog den Kopf zwischen die Schultern und sah sich unbehaglich um.

»Auf den ersten Blick ja, aber schauen Sie«, sagte Gering und strich der Leiche die Haare nach hinten, wobei ein paar Fliegen aufgescheucht wurden, die den Leichnam bereits als Brutplatz auserkoren hatten. »Hier sind eindeutige Würgemale zu erkennen. Es wurde vermutlich kein Werkzeug benutzt, sondern mit den Händen gewürgt.« Er beugte sich vor und zog ein Augenlid nach oben. Sogar von Fabians Position aus waren die Einblutungen zu sehen.

»Die Kopfwunde wurde ihr vor dem Tod zugefügt, sonst wäre nicht so viel Blut ausgetreten. Das Laub um sie herum ist voll davon. Sie wurde also vermutlich erst niedergeschlagen und dann, als der Täter gemerkt hat, dass sie noch lebt, hat er sie erwürgt«, erläuterte Gering.

»Wurde sie vergewaltigt?«, fragte Helga, die mittlerweile aufgestanden war.

»So weit war ich noch nicht«, sagte Gering. Auf Knien rutschte er in Richtung Unterkörper. »Keine Verletzungen an den Oberschenkeln.« Er schob den Rock hoch. Die junge Frau trug einen Tanga, der unversehrt war. »Ich würde auf nein tippen, aber Näheres wird erst die Obduktion zeigen.«

»Wie es aussieht, ist das hier auch der Tatort, wenn sie mit dem Ast niedergeschlagen wurde«, sagte Fabian. »Ich frage mich, was sie in diesem Outfit hier draußen zu suchen hatte. In der näheren Umgebung gibt es keine Disco oder Ähnliches.«

»Da hinten in dem Wohngebiet gibt es schon ein paar Kneipen und so«, warf Helga ein.

»Aber so geht man doch nicht in eine Kneipe, oder?« Fabian hatte sich daran gewöhnt, dass er mit Ende dreißig nicht mehr auf dem neuesten Stand der Mode war, dennoch wunderte ihn diese Freizügigkeit.

Helga zuckte die Achseln. »Die jungen Leute sehen das vielleicht anders.«

»Du klingst ja, als würden wir zu den Alten gehören«, entgegnete Fabian mit gespieltem Entsetzen.

»Nun ja.« Helga musterte ihn eindringlich von oben bis unten. »Bis zur Vierzig hast du es mit Sicherheit nicht mehr weit und ich hab auch schon die Hälfte der Dreißiger hinter mir.«

Es blitzte erneut und dieses Mal folgte der Donner schneller. Das Gewitter kam näher. Nadine Wolf machte ein paar nervöse Schritte weg von der Leiche. Anscheinend suchte sie eine Stelle, die möglichst weit von Bäumen entfernt war. Mitten im Wald ein unmögliches Unterfangen.

Fabian verschränkte die Arme vor der Brust. »Ich sehe schon, unsere Zusammenarbeit geht nicht gut los.«

»So leicht zu kränken?«

»Wenn ich euer Geplänkel unterbrechen dürfte«, meldete Gering sich zu Wort. »Bevor hier die Hölle losbricht, würde ich die junge Frau gern abtransportieren lassen. Wir sehen uns dann morgen früh zur Obduktion, wenn Sie einverstanden sind.«

Fabian sah Helga fragend an und sie nickte.

»Halb zehn?«, fragte Gering und winkte die Bestatter, die in angemessener Entfernung auf ihren Einsatz warteten, herbei.

»Einverstanden«, sagte Helga.

»Vielleicht war sie eine Prostituierte«, kam Fabian noch mal auf das Outfit des Opfers zu sprechen, während die Bestatter mit der Bahre heranstapften.

»Oder sie war einfach nur selbstbestimmt. Mein Gott, eine Netzstrumpfhose ist doch heute nichts Anzügliches mehr.« Helga klang ein wenig, als hätte er sie persönlich beleidigt.

»Ich frage mich einfach nur, was sie mit diesen Klamotten mitten im Wald zu suchen hatte. Kannst du dich erinnern, ob auf dem Video eine solche Strumpfhose zu erkennen war?«

Helga zog anerkennend die Augenbrauen hoch. »Guter Einwand. Das sollten wir auf jeden Fall überprüfen.«

»Du hast es hoffentlich auf deinen Laptop gezogen?«

»Sprichst du zufällig von dem Video, mit dem wir gar nichts zu tun haben, weil es kein Mord ist und auch sonst gar nicht klar ist, was darauf genau zu sehen ist?«

»Das ging doch nicht gegen dich ...«, wollte Fabian sich verteidigen, doch dann sah er Helgas Grinsen.

»Natürlich habe ich das Video auf dem Laptop.«

Sie verabredeten sich für den nächsten Morgen vor der Obduktion im Büro und gingen zu ihren Wagen, als ein sintflutartiger Regen losbrach.

7. Kapitel

Alina öffnete die Augen, doch um sie herum blieb alles schwarz. Ihre Arme drückten ihr schmerzhaft in den Rücken und als sie versuchte, sie unter sich hervorzuziehen, durchzuckte ein Krampf ihre Schulter. Es war also nicht nur ein böser Traum gewesen, sie war wirklich in diesem Raum gefangen. Jetzt nahm sie auch den Geruch der versifften Matratze wahr. Sie stank nach Schweiß und Urin und irgendwie muffig. Vorhin, als das Licht noch an gewesen war, hatte sie außerdem Blutflecken darauf gesehen.

Als der Krampf wieder nachließ, zog sie ihre Beine an und hob ihren Hintern ein wenig, um den Druck von ihren Armen zu nehmen. Langsam kehrte das Gefühl in ihre Finger zurück. Sie versuchte, ihre gefesselten Hände unter dem Hintern durchzuführen. Vielleicht schaffte sie es, sie vor den Körper zu holen, damit sie wenigstens bequem liegen konnte.

Du hast momentan ganz andere Probleme, schoss es ihr durch den Kopf.

Probleme, an denen sie nichts ändern konnte. Zumindest nicht, solange ihre Arme auf dem Rücken gefesselt waren. Vielleicht konnte sie einen Weg finden, von hier zu fliehen, aber dazu brauchte sie ihre Hände. Sonst würde sie schon an der Tür scheitern.

Ein Geräusch ließ Alina aufhorchen. Es schien nah zu sein, auf jeden Fall in diesem Raum. War das Meike? Hatte er sie zurückgebracht? Sie rief nach ihrer

Freundin, doch wegen des verdammten Knebels kamen nur erstickte Laute aus ihrem Mund. Mittlerweile nahm sie den Schmerz in ihrem Kiefer nur noch am Rande ihres Bewusstseins wahr, und dafür war sie dankbar.

Wieder das Geräusch, dieses Mal näher. Dann ging flackernd das Licht an. Der alte Kerl von vorhin stand neben der Tür. Dieses Mal trug er nichts als eine weiße Unterhose und Socken. Sein blasser Bierbauch hing über den Bund der Feinripp und er hatte mehr Haare am Oberkörper als auf dem Kopf. In der Mitte des Raumes stand auf einem Stativ eine Kamera, auf die er nun zuging. Alina starrte ihn angsterfüllt an.

»Mhmhpf«, nuschelte sie in ihren Knebel. *Was haben Sie mit mir vor?* Dabei wusste sie ganz genau, was er vorhatte.

Er schaltete die Kamera ein. Alinas Blick saugte sich an dem roten Licht neben der Linse fest.

Er wird mich vergewaltigen und er wird das GFanze filmen, schoss ihr durch den Kopf.

Der AlFte stand nun direkt vor ihrem Bett. In seiner Hand entdeckte sie einen Gegenstand: ein Messer. Angsterfüllt starrte sie darauf, wand sich in den Fesseln, die ihr in die Haut schnitten. Sie versuchte, von ihm wegzurutschen.

»Hmm mhhh«, brüllte sie gegen den Knebel an. *Nein! Bitte nicht!*

Der Alte drückte die kalte Klinge an ihren Oberschenkel und fuhr damit langsam auf ihrer Haut auf und ab. Alina bekam eine Gänsehaut. Ihr Atem ging immer schneller und sie hatte das Gefühl, keine Luft mehr zu bekommen.

Er nahm ihre Beine, zog sie gerade und setzte sich mit seinem ganzen Gewicht darauf. Alina versuchte, sich zu befreien, doch sie hatte keine Chance. Er war einfach zu schwer. Dann beugte er sich zu ihr. Sie roch seinen Schweiß, seinen stinkenden Atem und ihr wurde schlecht. Sie bäumte sich auf, versuchte, ihm eine Kopfnuss zu geben, doch er war schneller.

»Ich mag es, wenn sie kratzbürstig sind«, murmelte er. Mit einem lüsternen Lächeln schob der Kerl ihr Oberteil nach oben, beglotzte ihre Brüste und strich mit der Klinge über ihren Bauch. Dann drehte er das Messer um und ritzte ihr blitzschnell in die Haut. Fassungslos schaute Alina an sich hinab. Blut sickerte aus dem Schnitt und mit Verzögerung erreichte der Schmerz ihr Gehirn.

»Mhhhh!«, schrie sie. Tränen traten ihr in die Augen. Obwohl sie wusste, dass sie möglicherweise ersticken würde, wenn sie jetzt weinte, konnte sie es nicht zurückhalten.

Der Alte stöhnte genussvoll auf. Die Beule in seiner Unterhose zeigte deutlich, wie sehr es ihn antörnte, ihr Schmerzen zu bereiten. »Das war erst der Anfang«, gurrte er, als würde er ihr ein Kompliment machen. »Wir beide werden noch viel Spaß miteinander haben.« Er rutschte auf ihren Beinen nach oben, bis er beinahe auf ihrem Bauch hockte. Dann legte er das Messer auf den Boden und nahm ihr den Knebel ab.

»Hilfe!«, rief Alina, doch ihr Mund und ihre Kehle waren staubtrocken und es war nicht viel mehr als ein Krächzen zu hören.

»Du kannst so lange rufen, wie du willst. Hier hört dich niemand, den das interessieren würde«, sagte er.

»Warum tun Sie das?«, presste Alina hervor. »Bitte, lassen Sie mich gehen.«

Der Alte lachte kurz auf, dann wurde seine Miene wieder ernst. Ohne auf sie einzugehen, bückte er sich und nahm das Messer wieder in die Hand. Dieses Mal drückte er es gegen ihren Hals.

»Bitte, tun Sie das nicht«, flehte Alina.

Er hob den Arm und zielte mit der Klinge auf ihren Brustkorb.

»Nein!«, schrie Alina. Vor Angst wurde ihr beinahe schwarz vor Augen. Schweiß schien mit einem Mal aus all ihren Poren zu strömen. »Nehmen Sie das Messer weg. Ich werde tun, was Sie verlangen.«

Plötzlich wurde die Tür aufgestoßen. Krachend stieß sie gegen die Wand und ein jüngerer Mann stürmte in den Raum. Es hatte sie also doch jemand gehört. Er schaute sich kurz um, dann rannte er auf den Alten zu und zerrte ihn von ihr runter.

»Was soll diese Scheiße hier?«, brüllte er ihn an und nahm ihm das Messer ab.

Der Alte stammelte irgendwelches Zeug über Abmachungen, während er versuchte, sich aufzurappeln. Der Junge ignorierte ihn, kam zu Alina und half ihr, aufzustehen. Sie hatte das Gefühl, ihn irgendwoher zu kennen, konnte ihn aber nicht einordnen.

»Du blutest ja«, sagte er mit Blick auf ihren Bauch. »Kannst du gehen?«

Alina nickte. Sie zitterte am ganzen Körper.

»Die Fesseln ...«, sagte sie leise. Ihre Stimme versagte ihr den Dienst. Der Mann nahm das Messer des Alten und durchtrennte den Kabelbinder um ihre Handgelenke.

»Komm, ich bring dich hier raus«, sagte er sanft und stützte sie, als sie das Gleichgewicht zu verlieren drohte.

»Danke«, flüsterte sie. »Oh mein Gott, danke!«

Der Mann führte sie aus dem Raum und auf eine Empore mit einer Leiter. Der Alte schien ihnen nicht zu folgen. Die Wände bestanden aus wurmstichigen Brettern, anscheinend befanden sie sich in einer Scheune.

»Schaffst du es da runter?«, fragte er sie, da hatte Alina schon einen Fuß auf die oberste Sprosse gesetzt. Auf dem Weg nach unten verlor sie den Halt, doch sie schaffte es gerade noch so, sich festzuhalten.

Unten angekommen ging der Mann an Alina vorbei und zog das Scheunentor auf. Es war dunkel, nirgends war das Licht von Straßenlaternen zu erkennen. Kühle Nachtluft strömte ihr entgegen und Alina saugte sie gierig auf.

»Wo sind wir hier?«, fragte sie.

Er ignorierte die Frage und trat mit ihr ins Freie. »Da vorne steht mein Wagen.« Sie gingen über einen asphaltierten Hof.

Der Mann holte die Autoschlüssel aus seiner Hosentasche und drückte auf die Entriegelung. Im Licht der aufblinkenden Scheinwerfer erkannte Alina einen Geländewagen. War der Typ Förster und zufällig hier vorbeigekommen, als sie geschrien hatte? Wie viel Glück musste sie haben, dass er sie nicht nur gehört hatte, sondern auch ausgestiegen und ihr zur Hilfe geeilt war?

Kurz schrillten ihre Alarmglocken auf, doch sie schob sämtliche Zweifel beiseite, so froh war sie, dem ekelhaften Alten entkommen zu sein.

8. Kapitel

Helga wartete im Auto, bis das Unwetter vorübergezogen war. Sie hasste es, mit ihrem alten Käfer bei starkem Regen zu fahren. Das Teil hatte weder ein ABS noch irgendwelche anderen elektronischen Hilfen, die ihr das Fahren auf nasser Fahrbahn erleichtern würden. Außerdem war er so leicht, dass er schon bei der kleinsten Pfütze ins Schlingern geriet. Nach etwa einer halben Stunde wagte sie sich auf die Straße und fuhr in Richtung Bahnhofsviertel. Sie hoffte, dort auf Horst zu treffen, den Hausmeister des Kommissariats in der Adickesallee. Zu ihm pflegte sie ein freundschaftliches Verhältnis, auch wenn sie wusste, dass er seine Nase manchmal in Dinge steckte, in denen er als Hausmeister eigentlich nichts zu suchen hatte. Von ihm hatte Mona unter Garantie auch den Hinweis mit dem Vermisstenfall bekommen.

Helga störte sich nicht daran, dass er etwas zu neugierig war. Auch sie hatte sich schon über Details mit ihm unterhalten, die er normalerweise nicht wissen durfte, und dadurch die ein oder andere neue Perspektive auf ihre Ermittlungen erhalten. Wenn das rauskam, würden sie beide in Teufels Küche kommen, doch sie war sich ganz sicher, dass Horst schweigen konnte wie ein Grab und nichts an Dritte weitergeben würde. Jedenfalls nicht an welche, bei denen diese Infos in schlechten Händen waren.

Die Straßen waren trotz der Uhrzeit noch verstopft und die schwüle Temperatur trieb ihr den Schweiß auf die Stirn. Nach dem Regenschauer hatte es nicht abgekühlt, sondern war sogar noch unerträglicher als zuvor. Die Innenstadt schien überhaupt nichts von dem Unwetter abbekommen zu haben, denn hier war alles trocken. Helga hatte Glück und fand in der Nähe ihrer Lieblingsdönerbude eine freie Parklücke. Sie stellte den Wagen ab und betrat den Imbiss, der von einer laut brummenden Klimaanlage einigermaßen kühl gehalten wurde. Horst war nirgends zu sehen.

»Ah, Frau Chefin. Alles sicher auf den Straßen von Mainhattan?«, begrüßte sie der Besitzer Karim. Sein Sohn saß wie so häufig an einem der Plastiktische und hatte sein Handy vor sich.

Helga musste lachen. Die Frage war Standard, doch die Anrede *Chefin* war neu. »Ich gebe mir die größte Mühe, damit keiner Angst haben muss, an der nächsten Straßenecke erschossen zu werden«, sagte sie und bestellte dann: »Einmal wie immer.«

»Hast du das vor Kurzem mitbekommen, an der Konsti? Da haben sich zwei über den Haufen geschossen wegen hundert Euro oder so. In einem Döner. Nicht auszudenken, mein Yusuf oder ein anderes Kind wäre da gerade vorbeigelaufen«, sagte Karim, während er die Falafel ins heiße Fett warf.

Natürlich hatte Helga das mitbekommen, die halbe Stadt war deswegen in Aufruhr gewesen. Zum Glück hatte niemand außer der Scheibe des Ladens einen Schaden davongetragen, und die Täter waren schon nach zehn Minuten festgenommen worden.

»Das ist doch Haram«, fügte er kopfschüttelnd hinzu, als Helga nichts weiter dazu sagte.

»Es ist vor allem versuchter Totschlag und die Täter werden ihre Strafe bekommen«, antwortete sie.

»Das hoffe ich doch. Ein Bier dazu, wie immer?«

»Heute lieber Wasser, bei den Temperaturen kippe ich sonst gleich um«, sagte Helga.

Karim legte die zur Hälfte in Alufolie eingewickelte Tasche vor sie auf den Tresen und stellte eine Plastikflasche aus dem Kühlschrank daneben. Hinter ihr wurde die Tür aufgedrückt und die schwüle Luft von draußen strömte herein. Helga drehte sich um und schaute in das lächelnde Gesicht von Horst.

»Ach, so ein Zufall«, sagte er und legte ihr eine Hand auf die Schulter.

»Da bist du ja endlich«, bemerkte Helga in einem Ton, als hätte sie seit Stunden auf ihn gewartet.

»Wir waren verabredet?« Horst klang ehrlich geknickt. »Ich werde immer vergesslicher. Muss das Alter sein.«

»Quatsch, du bist doch noch blutjung. Ich hatte nur gehofft, dich hier zu treffen, weil ich mit dir über etwas sprechen wollte.«

»Da bin ich aber beruhigt. Willst du uns schon mal draußen einen Platz sichern? Ich komme gleich.«

Helga nickte, obwohl sie wenig Lust hatte, zurück in die Hitze zu gehen. Allerdings musste Karim auch nicht mitbekommen, worüber sie sprachen, also nahm sie ihre Bestellung und stellte sich an einen der Stehtische. Sie hatte bereits ihre halbe Falafeltasche aufgegessen, als Horst sich endlich dazugesellte.

»Sorry«, murmelte sie mit vollem Mund. »Ich hätte ja gewartet, aber ich sterbe vor Hunger.«

»Tu dir keinen Zwang an, wegen mir muss niemand sein Essen kalt werden lassen.« Horst pikte eine Pommes von seinem Pommdöner auf. »Stressiger Tag heute, hm?«

Helga seufzte. »Warum, sieht man mir das so deutlich an?« Sie zupfte an ihrem Longsleeve, das an ihrem Oberkörper klebte. Gerade fühlte sie sich, als hätte sie seit Tagen nicht geduscht.

»Ja und nein. Es gab eine Leiche nach Feierabend, hab ich gehört.«

»Blöd, dass die sich nie an Arbeitszeiten halten«, sagte Helga. Es kam unfreundlicher raus, als sie es meinte, also schickte sie ein Lachen hinterher. »Mona und ich haben sie gefunden. Ehrlich gesagt ist sie sozusagen drüber gestolpert. Ein junges Mädel, höchstens zwanzig.«

Horst zog die Augenbrauen hoch und stieß einen Pfiff aus. »Das war bestimmt hart für sie.«

»Ja, das war es. Sie war ziemlich neben der Spur. Anscheinend ihre erste Leiche, auch wenn sie das nicht zugeben wollte.«

»Hm. Du weißt es also nicht?«

Helga ließ die Flasche sinken, aus der sie gerade hatte trinken wollen. »Was weiß ich nicht?«

Anstelle einer Antwort zündete Horst sich eine Zigarette an.

»Komm schon! Du kannst doch nicht erst solche Andeutungen machen und mich dann in der Luft hängen lassen.«

»Du hast es aber nicht von mir. Nein, du weißt davon einfach gar nichts, bis sie es dir selbst erzählt, ist das klar? Ich habe keine Lust, dass sie mir deswegen die Freundschaft kündigt.«

»Na, das muss ja ein krasses Geheimnis sein.«

»Helga, es ist mein Ernst.« Horst sah sie durchdringend an.

»Schon gut. Ich bin keine Petze, das weißt du doch.«

»Wo fange ich am besten an?« Horst schnickte die Asche von seiner Zigarette und kratzte sich mit der anderen Hand am Hinterkopf. »Mona hat mit vierzehn die Leiche ihrer großen Schwester gefunden.«

Helga verschluckte sich beinahe an ihrer Falafel. »Ach du Scheiße!«

Horst nickte und starrte ins Leere.

»Was ist passiert?«, fragte sie, als er schwieg.

»Eigentlich müsstest du sie das selbst fragen.«

»Aber du hast doch gesagt, dass ich ...«

»Ja, deswegen mache ich auch eine Ausnahme. Normalerweise bin ich keine Tratschtante, das weißt du.«

Helga verkniff sich den Kommentar, dass er Mona immerhin bereitwillig über aktuelle Vermisstenfälle Auskunft gegeben hatte und wartete, dass er von sich aus weitersprach.

»Die Schwester war damals achtzehn und wurde vergewaltigt. Der Täter war der Sohn des Polizeichefs.«

»Lass mich raten: Die Sache wurde unter den Tisch gekehrt.« Helga schnaufte und verdrehte die Augen.

»So ungefähr. Jedenfalls hat sich die Schwester in der Folge aufgehängt und Mona hat sie gefunden, vom Seil geschnitten und versucht, sie wiederzubeleben. Erfolglos. Sie war schon mehr als zwei Stunden tot.«

Ein unangenehmes Gefühl breitete sich in Helgas Magen aus. »Das ist ja schrecklich. Die Arme.« Sie fasste sich an den Hals und schluckte. Kein Wunder, dass Mona vorhin so aufgebraust war. Die Erinnerungen, die durch die Leiche aufgewühlt worden waren, mussten ihr richtig zugesetzt haben. Am liebsten hätte sie sie sofort angerufen, um sich bei ihr zu entschuldigen, aber das konnte sie nicht, ohne zu verraten, dass der Hausmeister geplaudert hatte.

»Und euer Opfer? Wisst ihr schon was?«, wechselte Horst das Thema.

Helga zuckte die Schultern. »Nicht viel. Ob es das vermisste Mädchen ist, können wir noch nicht sagen, falls du das wissen willst. Da müssen wir die Obduktion abwarten.«

»Welches Mädchen?«, fragte Horst mit überzeugender Überraschung, doch ein Zucken um seinen Mundwinkel verriet ihn.

»Mir kannst du nichts vormachen. Es könnte definitiv was mit Monas Video zu tun haben. Ehrlich gesagt haben wir gerade versucht, den Weg der Katze zu verfolgen, als wir sie gefunden haben.«

»Du liebe Güte«, sagte Horst und wischte sich mit seiner Serviette den Mund ab. Er hatte seinen Pommdöner in Rekordgeschwindigkeit verdrückt. »Ich habe sie noch für verrückt erklärt, aber dann scheint an der Sache ja doch was dran zu sein.«

»Wenn dem so ist, müssen wir dringend mehr rausfinden. Auf dem Video waren definitiv zwei Frauen zu sehen und bisher fehlt von der anderen jede Spur.«

»Sie könnte also noch leben und sich in den Händen des Entführers befinden.«

Helga nickte. »Das Opfer trug keine Schuhe, war aber offensichtlich eine Weile im Wald unterwegs. Es wurde geschlagen und dann erwürgt. Wenn du mich fragst, war es der Frau gelungen zu entkommen, dann wurde sie doch aufgespürt und musste dafür büßen.«

»Warum hat er sie dann da liegen gelassen?«, nuschelte Horst, während er sich die nächste Zigarette anzündete. »Der Ort, wo er sie festgehalten hat, muss doch in der Nähe sein. Ein erfahrener Täter wäre nicht so dumm gewesen.«

Darüber hatte Helga auf dem Weg in die Stadt auch schon nachgedacht. »Er hatte sie unter Laub versteckt. Vermutlich hoffte er, dass sie nicht so schnell gefunden wird. Jetzt dürfte er aufgeschreckt sein und bringt das zweite Opfer womöglich an einen anderen Ort. Was es für uns nur schwieriger macht, die Frau zu finden.«

9. *Kapitel*

Juri betrachtete das Mädchen auf dem Sofa. Sie war wirklich ein Sahnestück. Jung, unerfahren, verängstigt. Der Kunde würde hochzufrieden sein. Was für ein Glück, dass er Meike und sie an dem Abend zufällig getroffen hatte. Jetzt musste er sie nur noch dazu kriegen, ihre Gegenwehr aufzugeben, damit er sie ohne Probleme zu der Location bringen konnte.

Er hatte keine Lust, schon wieder mit einem Mädchen im Kofferraum durch die Gegend zu gurken. Außerdem brauchte er sie für den Dreh bei Bewusstsein. Der Kunde wollte eine echte Vergewaltigungsszene und kein geknebeltes und gefesseltes Mädchen. Sie musste zumindest ein bisschen mitspielen.

Es war ein Jammer, dass Meike ausgerechnet jetzt entschieden hatte, sich gegen ihn zu wenden. Er hatte geglaubt, dass sie schon so weit war. Immerhin hatte er Monate darauf verwendet, sie sich hörig zu machen. Aber diese Alina war ihr anscheinend mehr wert gewesen als ihr eigenes Leben. Zu dumm, dass sie tot war. Hoffentlich war der Kunde nicht allzu aufgebracht darüber, dass Juri seine Vorgaben nicht exakt erfüllen konnte.

Der Wasserkocher schaltete sich klackend aus. Das Mädchen auf seiner Couch schreckte hoch. Anscheinend war sie kurz davor gewesen, einzuschlafen. Alina. Kein besonders gut verkäuflicher Name, zu plump, zu nichtssagend. Seine Kunden wollten Frauennamen, die sexy und verrucht klangen, wie Monique oder Valentina.

Er goss das heiße Wasser in eine Tasse und hängte einen Teebeutel hinein. Vanilletee, darauf standen die Mädels. Kurz überlegte er, ob er ein paar Tropfen von dem Betäubungsmittel hinzufügen sollte, entschied sich aber dagegen. Momentan wirkte sie noch benommen genug und für das, was gleich folgen würde, brauchte er sie einigermaßen bei Sinnen.

Mit der Tasse in der Hand ging er ins Wohnzimmer, stellte sie auf den Tisch und setzte sich ihr gegenüber. Sie hob langsam den Kopf und wühlte dann einen Arm aus der Decke, die sie eng um sich geschlungen hatte. Beim Runterkommen froren die Mädchen immer.

Sie nahm die Tasse, hielt sie vor ihre Brust und schaute ihn an. Ihre Augenbrauen zuckten leicht. Erkannte sie ihn? War die Dosis nicht hoch genug gewesen? Ihr Blick wurde wieder leer und er stieß die Luft aus, die er unwillkürlich angehalten hatte. Natürlich hatte sie keine Erinnerung an ihn, beziehungsweise nur eine gute: Er war der weiße Ritter, der sie aus dem Verlies befreit hatte.

Vorsichtig nippte sie an der Tasse und verzog das Gesicht. Der Tee dampfte, war noch kochend heiß. Sie stellte die Tasse auf den Tisch und schaute ihn erneut an. »Warum?«, fragte sie leise.

Er schaute sie verständnislos an.

Alina räusperte sich. »Warum hast du mich da rausgeholt?«

»Hätte ich es nicht tun sollen?«, fragte er.

Sie schloss die Augen und schüttelte den Kopf. »Aber wie ...? Ich meine, was hast du da draußen gemacht? Wie hast du mich dort gefunden?«

Sie stellte eindeutig zu viele Fragen für jemanden, dem gerade scheinbar das Leben gerettet worden war. »Das ist eine komplizierte Geschichte«, sagte er und gab sich Mühe, dabei möglichst zerknirscht zu wirken.

»Lässt du mich gehen?«

Er schüttelte den Kopf. »Das geht leider nicht.«

»Aber ...« Alina schaute sich um. Das Adrenalin schien sie wach zu machen. »Warum? Was hast du mit mir vor?«

»Weil ich dann ein Riesenproblem mit dem Boss bekommen würde.«

»Der Boss?«, wiederholte sie.

»Na ja, wie du dir gedacht hast, war ich nicht zufällig dort«, sagte er und beobachtete ihre Reaktion genau. Sie starrte ihn nur verständnislos an. Das war gut. Sie hatte also keine Ahnung, wer er war. »Ich bin für die Organisation und Überwachung der Aufnahmen zuständig. Damit genau so etwas wie heute Abend nicht passiert.«

Alina runzelte die Stirn, ihr Blick driftete ins Leere. »Ich verstehe kein Wort«, sagte sie. »Du steckst also mit diesem Kerl, der mir das angetan hat, unter einer Decke?«

Er schüttelte den Kopf. »Nicht ich. Mein Boss. Ich halte mich nur an die Arbeitsaufträge.«

»Arbeitsauftrag!« Alina schnaufte abfällig. »Du lässt also zu, dass dein *Boss* Mädchen entführt und irgendwelche Perverslinge ihre kranken Fantasien mit ihnen ausleben und das auch noch filmen?«

Er setzte ein schockiertes Gesicht auf. »Entführt?«, rief er und hoffte, nicht zu dick aufzutragen. »Normalerweise machen die Mädels freiwillig mit.«

»Sie lassen sich freiwillig von ekelhaften alten Kerlen betatschen und Schlimmeres und lassen sich auch noch dabei filmen?«

»Na ja, sie bekommen einen Haufen Geld dafür. Es sind eben Pornodarstellerinnen für eine ganz bestimmte Nische. Die Kunden von meinem Boss sind wohlhabende Männer ...«

»Mir wird schlecht«, sagte sie und hielt sich eine Hand vor den Mund. »Von meiner Seite aus war da jedenfalls nichts freiwillig. Du musst mich zur Polizei bringen.«

Er massierte seine Schläfen und nickte langsam. »Du hast recht. Aber so einfach ist das nicht.«

»Warum nicht? Was kann daran schwer sein?«

»Weil ich dann einen Haufen Ärger mit dem Boss bekomme. Er wird mir die Hölle heißmachen.«

»Entschuldige, wenn ich das so sage, aber das ist mir scheißegal.« Das Gespräch verlief nicht so, wie er sich das vorgestellt hatte. Alina hatte sich schnell wieder gefangen und wirkte kein bisschen eingeschüchtert.

»Das sollte es aber nicht. Der Boss hat dich ausgewählt und er wird dich nicht so einfach wieder hergeben. Vermutlich gab es eine konkrete Anfrage nach einem Mädchen wie dir.«

Sie rieb sich über die Augen. Den Tee hatte sie bisher nicht wieder angerührt. »Ich verstehe das nicht.

Worum geht es hier? Du wirst mich also weiterhin gefangen halten?«

»Mein Boss ist jemand, der nicht lange fackelt. Was er will, holt er sich. Wenn ich dich jetzt zur Polizei bringe, dann wird er nicht nur mir richtig Ärger machen, auch du wärst nicht vor ihm sicher«, erklärte er. »Es wäre besser, wenn wir das Spiel noch eine Weile mitspielen und uns in Ruhe einen Plan ausdenken.«

»Ich bin ein ganz normales Mädchen. Meine Eltern vermissen mich bestimmt. Vermutlich sucht die Polizei schon nach mir. Sie werden ihn verhaften und wir müssen uns über gar nichts Gedanken machen. Ich halte dich auch aus allem raus, versprochen.«

Er rückte auf seinem Sessel ein Stück nach vorne, beugte sich zu ihr und ergriff ihre Hand. Dann sah er ihr ernst in die Augen. »Das Problem ist, dass niemand den Namen vom Boss kennt und auch ich nicht weiß, wo er zu finden ist. Er würde gar nicht geschnappt werden und zuerst mich und dann dich umbringen.«

Alina zog die Hand zurück und versteckte sie unter der Decke, als könnte sie sich damit vor ihm schützen. Dann legte sie den Kopf auf ihre Knie. Ihre Schultern zuckten. »Warum ich?«, schluchzte sie.

»Zur falschen Zeit am falschen Ort?«

»Bitte, du musst mich freilassen. Du hast doch gesehen, was der Typ da mit mir anstellen wollte. Da war alles voller Blut! Ich dachte, ich muss sterben!«

Juri nickte. Naumann hatte, wenn man mal von dem Schnitzer mit Meike absah, ganze Arbeit geleistet. Obwohl er noch nie selbst an den Filmen beteiligt gewesen war, hatte er überzeugend gespielt, dass er

Alina gleich abmurksen wollte. »Davon werde ich dem Boss berichten und ich garantiere dir, dass er mit so einer Scheiße auch nicht einverstanden ist. Ich habe noch nie gesehen, dass er seine Mädchen für so etwas Perverses hergibt. Da war sicher etwas völlig anderes, viel Harmloseres abgemacht.«

»Ich will auch nichts Harmloses mit diesen Männern machen. Ich will einfach nur wieder nach Hause.«

»Das verstehe ich ja.« Er rutschte neben sie auf die Couch und legte ihr den Arm um die Schulter. »Ich lasse mir etwas einfallen, okay? Aber du musst mir ein bisschen Zeit geben. Wir müssen das durchplanen. Glaubst du, du kannst das Spiel eine Weile mitspielen?«

Sie schaute ihn schockiert an. »Was für ein Spiel?«

»Na ja. Was der Boss halt so verlangt. Soweit ich weiß, geht es um Vergewaltigungsvideos. Ein bisschen wehren, ein bisschen brüllen und dann alles über dich ergehen lassen. Wenn du mitmachst, tut es auch nicht so weh.«

»Nein!«, sagte sie vehement. Tränen liefen ihr übers Gesicht. »Das kann ich nicht. So eine bin ich nicht!«

»Willst du lieber sterben?«

»Natürlich nicht.«

»Das würdest du aber, wenn ich dich einfach gehen ließe. Und glaub mir, es würde nicht schnell gehen.«

Alinas Schluchzen wurde heftiger. Sie sprang auf und lief um den Tisch. Er hielt sie auf, bevor sie an der Tür war, packte sie am Arm und zog sie zurück. Sie war wesentlich widerspenstiger, als er erwartet hatte. Im Gegensatz zu ihrer Freundin hatte sie etwas zu verlieren. Er würde wohl nicht darum herumkommen, ihr eine weitere Dosis zu verpassen.

Schade, es hätte so einfach sein können.

10. Kapitel

Fabian und Helga betraten den Flur des K10. Aus dem Besprechungsraum kam ihnen leises Stimmengewirr entgegen. Peitsch hatte direkt nach der Obduktion ein Meeting angesetzt. Es war nur ein kleines Team, das er zusammengestellt hatte, insgesamt warteten neben dem Kommissariatsleiter sechs Beamte auf sie. Das Gemurmel verstummte, als sie den Raum betraten.

»Da sind Sie ja endlich«, begrüßte Peitsch sie, obwohl sie beinahe auf die Minute pünktlich waren.

Helga schnappte nach Luft, vermutlich, um sich zu verteidigen, doch Fabian legte ihr beruhigend die Hand auf den Arm. An einer Pinnwand an der Stirnseite des Zimmers hingen bereits die Fotos, die vom Tatort gemacht worden waren. Jemand hatte den Ausdruck von Alina Sander aus der Vermisstenkartei daneben gehängt. Fabian nahm die Bilder, die sie aus der Gerichtsmedizin mitgebracht hatten, und pinnte sie ebenfalls an. Peitsch räusperte sich und lenkte so die Aufmerksamkeit der Kollegen auf sich.

»Gestern Abend stieß die Kollegin Kannengießer bei einem Spaziergang mit einer Freundin im Wald bei Frankfurt-Louisa auf eine weibliche Leiche.« Er schaute Helga kurz durchdringend an. Anscheinend schenkte er ihrer Version der Geschichte keinen Glauben. »Schildern Sie uns doch bitte, was vorgefallen ist und wie die bisherigen Ergebnisse lauten«, sagte er dann.

Helga trat vor die Pinnwand und deutete auf das erste Foto, das den Leichnam in der Auffindesituation zeigte. »Das Opfer, eine junge Frau, lag abseits der Wege unter Blättern verborgen. Meine Freundin stolperte buchstäblich über sie, nur deswegen haben wir sie bemerkt. Laut Gering lag sie bereits seit etwa vierzehn bis siebzehn Stunden dort. Der Fundort war aller Wahrscheinlichkeit nach auch der Tatort, unter ihrem Kopf war die Erde blutdurchtränkt.« Sie blickte zu Fabian, der übernahm.

»Sie wurde mit einem Ast auf den Kopf geschlagen und dann erwürgt. Zunächst gingen wir davon aus, dass der Täter nur einmal zuschlug und sie dann, nachdem er festgestellt hatte, dass sie noch lebte, mit bloßen Händen strangulierte. Bei der Obduktion stellte sich allerdings heraus, dass er ganze viermal zugeschlagen hat.« Er zeigte auf das Foto, das den rasierten Schädel des Opfers zeigte. »Er traf sie an der Stirn, dann hat sie sich vermutlich gedreht und versuchte, sich zu schützen. An ihren Armen sind diverse Abwehrverletzungen zu finden. Ein weiterer Schlag streifte sie seitlich, zu erkennen an der oberflächlichen Abschürfung. Die letzten beiden Schläge gingen auf den Hinterkopf.«

Die Blicke der Kollegen wanderten auf eines der Bilder. Es zeigte in Großaufnahme den Hinterkopf des Opfers. An den Stellen, an denen sie der Täter mit dem Ast getroffen hatte, war die Haut aufgerissen und es sah ein wenig so aus, als wären dort Schnittverletzungen. Die Schädeldecke war an einer Seite eingedrückt und ein Knochensplitter ragte aus der offenen Wunde.

»Also war die Todesursache nicht die Strangulation?«, fragte Mario Palumbo.

»Doch«, antwortete Helga. »Es grenzt an ein Wunder, aber sie hat diese massive Gewalteinwirkung überlebt. Der Täter hat wohl bemerkt, dass sie noch atmet, und wollte es zu Ende bringen, also hat er sie erwürgt.«

»Was theoretisch überflüssig war, denn laut Gering wäre sie nach einer Weile ohnehin am Schädel-Hirn-Trauma verstorben. Es war eine Frage von Minuten«, ergänzte Fabian.

»Haben Sie eine Vermutung, warum er es nicht mit dem Ast zu Ende gebracht hat? Warum der Wechsel der Methode?«, fragte Peitsch.

Helga wandte sich zu Peitsch. »Darüber haben wir auch nachgedacht. Vielleicht hat er zunächst aus Wut zugeschlagen und dann von ihr abgelassen. Als er feststellte, dass sie noch atmet, war die Wut bereits verflogen und er hat es nicht mehr fertiggebracht, sie erneut zu schlagen.«

»Kommen wir zu den Details«, fuhr Fabian fort. »Das Opfer hatte eine beträchtliche Menge Barbiturate im Blut, also das, was im Allgemeinen als K.-o.-Tropfen bekannt ist.«

»Baut sich das nicht so schnell ab, dass sie das Mittel dann nur wenige Stunden vor ihrem Tod bekommen haben muss, wenn es noch nachweisbar war?«, fragte Tillmann Schwarzkopf. Genau wie Helga hatte auch er bis vor einigen Jahren im Drogendezernat gearbeitet und kannte sich mit Partydrogen aus.

»Ganz genau«, bestätigte Helga. »Die Höhe der nachgewiesenen Dosierung lässt darauf schließen, dass sie das Mittel für mehrere Stunden bewusstlos gemacht hat. Auch nach dem Aufwachen dürfte sie noch heftige Aussetzer und Flashbacks gehabt haben.«

»Was sie nicht davon abgehalten hat, um ihr Leben zu kämpfen. Wie bereits erwähnt, finden sich an ihren Armen Abwehrverletzungen, Elle und Speiche ihres rechten Arms sind gebrochen. Unter ihren Fingernägeln wurde DNS sichergestellt, wir lassen sie gerade durchs System laufen.«

»Wurde sie vergewaltigt?«, fragte Peitsch und spielte damit wahrscheinlich auf die Male an den Oberschenkeln an.

Fabian schüttelte den Kopf. »Nicht am Tatort und auch nicht unter Anwendung von massiver Gewalt. Wenn, dann hat der Täter ein Kondom getragen. Die Hämatome an ihren Beinen sind unterschiedlichen Entstehungsalters. Laut Gering stammt keines davon aus den letzten vierundzwanzig Stunden.«

»Wie Sie sehen, trug das Opfer keine Schuhe.« Helga zeigte auf die Nahaufnahme der Fußsohlen. »Diese wurden auch nicht im näheren Umkreis sichergestellt. Ihre Füße weisen Blessuren auf, die darauf schließen lassen, dass sie eine Weile barfuß durch den Wald geirrt ist.« Sie nickte Fabian zu, der ihr vorläufiges Fazit erläutern sollte.

»Wir vermuten, dass die Tat spontan ausgeführt wurde. Der Täter hat keine mitgebrachte Waffe genutzt, sondern etwas, das er vor Ort gefunden hat. Wahrscheinlich hat er das Opfer auf einer Party getroffen – darauf lässt meiner Meinung nach jedenfalls die Kleidung schließen –, es betäubt und irgendwohin gebracht. Dort wollte er sich an ihr vergehen, doch sie ist früher als erwartet aufgewacht, konnte sich irgendwie befreien und ist entkommen. Er hat sie dann verfolgt, was nicht allzu schwer gewesen sein sollte, da sie noch immer von den Nachwirkungen der Droge beeinflusst war. Aus Angst, dass sie ihn identifizieren könnte, hat er sie dann umgebracht.«

»Das klingt, als wäre es ein Anfänger gewesen«, sagte Peitsch, der mit verschränkten Armen an der Fensterbank lehnte. »DNS-Spuren unter den Nägeln, falsche Einschätzung bezüglich der Wirkungsdauer der K.-o.-Tropfen.«

»Das war auch unser erster Gedanke«, stimmte Helga ihm zu. »Da er die Wirkung der Droge nicht richtig eingeschätzt hat, könnte das gut möglich sein. Andererseits könnte es auch sein, dass der Täter im Wald gestört wurde und deshalb seine DNS zurückgelassen hat. Die Vergewaltigung, wenn es denn eine war, könnte sich länger hingezogen haben als geplant. Vielleicht kam es gar nicht zum Akt, was die fehlenden Spuren im Intimbereich erklären würde. Wir sollten uns nicht zu schnell auf eine Richtung versteifen.«

»Frau Kannengießer, Sie müssen uns nicht darüber belehren, dass wir ergebnisoffen ermitteln, vielen Dank.« Peitsch klang, als hätte Helga ihn persönlich angegriffen.

»Entschuldigen Sie bitte. So war das natürlich nicht gemeint«, murmelte Helga kleinlaut.

Fabian zog die Augenbrauen hoch. Eine derartige Unterwürfigkeit hätte er von ihr nicht erwartet.

»Konnte das Opfer identifiziert werden?«, fragte Tillmann und Fabian war dankbar für den Themenwechsel. »Ich habe da nämlich eine vermisste Person gefunden, die passen könnte. Alina Sander, achtzehn Jahre. Sie wird seit Freitag oder Samstag vermisst. Freitag war sie laut Eltern mit einer Freundin verabredet und kam am Samstag nicht nach Hause. Das Handy ist seit Samstagnachmittag ausgeschaltet, ab da hat der Vater versucht, seine Tochter zu erreichen.«

Fabian musste sich zusammenreißen, den Kollegen nicht zu unterbrechen, da er diese Informationen bereits kannte. Er könnte Peitsch nur schwer erklären, warum er sich die Vermisstenkartei angesehen hatte, ohne das Video zu erwähnen. Er und Helga hatten beschlossen, dem Kommissariatsleiter vorerst nichts davon zu erzählen. Sie mussten ohnehin die Umgebung des Tatorts absuchen und würden dabei vermutlich auch ohne das Video auf die Stelle stoßen, an der die Mädchen aus dem Auto getragen worden waren.

Helga und Fabian beugten sich vor, um die Details der Personenbeschreibung zu lesen. So genau hatte er sich den Fall am Montagmittag nicht angeschaut. Da hatte er aber auch noch nicht gewusst, dass sie kurz darauf eine Leiche in der Umgebung der Kleingartenanlage finden würden. Es dauerte nicht lang, da richtete Helga sich wieder auf.

»Das hier ist nicht unser Opfer«, sprach sie aus, was Fabian ebenfalls vermutet hatte. »Erstens passt das Alter nicht. Unsere Tote ist etwas älter, laut Gering vermutlich Anfang zwanzig. Außerdem stimmt die

Augenfarbe nicht überein. Alina Sander hat blaue Augen, unser Opfer hat braune.«

»Was aber nicht automatisch heißt, dass die beiden Fälle nicht zusammenhängen«, warf Fabian ein. »Alina war zu einer Freundin unterwegs. Das Opfer und die Vermisste sind vom Alter her nicht so weit auseinander, es könnte sich also durchaus um ihre Freundin handeln.«

»Haben Sie noch mehr? Ansonsten ist die Verbindung etwas dünn«, sagte Peitsch.

»Ehrlich gesagt haben wir da noch etwas«, sagte Helga mit gesenktem Blick. »Es gibt da ein Video.«

Fabian verschluckte sich beinahe an dem Kaffee, den er gerade getrunken hatte. *Wir*. Jetzt zog sie ihn also doch mit rein, dabei hatte er von Anfang an klargestellt, dass sie in diesem Fall nichts unternehmen konnten, solange sie keine eindeutigen Hinweise auf ein Verbrechen hatten.

»Gut. Ich hatte mich schon gefragt, wann Sie endlich auspacken. Sie beide bleiben hier, für den Rest erkläre ich die Besprechung für beendet. Ich werde Sie über Ihre jeweiligen Aufgaben unterrichten.«

Das Gemurmel wurde lauter und der Raum leerte sich langsam. Fabian schwenkte nervös den Kaffee in seinem Becher. Nachdem auch der letzte Beamte gegangen war, drehte sich Peitsch mit ernstem Gesicht zu ihnen.

»Sie haben reichlich spät entschieden, mir von dem Video zu erzählen«, sagte er und schaute zwischen Helga und Fabian hin und her.

Helga runzelte die Stirn. »Woher wissen Sie ...?«

»Achten Sie beim nächsten Mal darauf, die Datei nicht auf den Server zu laden, wenn Sie etwas vor mir verbergen wollen«, klärte Peitsch sie auf. »Das Video habe ich gestern Nachmittag schon entdeckt. Da konnte ich mir nur noch keinen Reim darauf machen. Nachdem Sie am Abend den Leichenfund gemeldet haben, allerdings schon.«

»Dann wissen Sie ja jetzt Bescheid«, sagte Helga beinahe schon selbstgefällig.

Peitschs Gesicht nahm fassungslose Züge an, und Fabian kniff in Erwartung des Donnerwetters, das gleich folgen würde, die Lippen zusammen.

»Frau Kannengießer«, sagte Peitsch langsam und überbetonte dabei jede Silbe. »Sie sind jetzt seit etwas mehr als einem Jahr beim Morddezernat und sollten eigentlich wissen, wie es bei uns läuft. Mir ist egal, wie Sie das früher in der Drogenabteilung gehandhabt haben, aber hier wird sich an die Vorschriften und Dienstwege gehalten.«

»Aber es ist doch gar nichts passiert. Mein Vater hat einen Garten in der Anlage. Es kommt durchaus öfter vor, dass ich in der Gegend bin.«

»Und was hatten Sie vor? Es war doch garantiert nicht Ihr Ziel, auf eine Leiche zu stoßen, denn von der konnten Sie ja überhaupt nichts wissen.«

»Wir wollten uns …«

»Wir?«, fragte er scharf nach und warf Fabian einen intensiven Blick zu. Der hob abwehrend die Hände.

»Meine Freundin und ich. Die ist keine Erfindung. Nur der Hund existiert nicht.«

»Sie ziehen also auch noch Zivilisten in die Sache rein?«

»So ist das nun auch wieder nicht. Sie ist Privatdetektivin und hat das Video bei einem ihrer Klienten gefunden.«

Peitsch atmete tief ein und aus. »Ein Klient also. Und warum hat der sich nicht an die Polizei gewandt?« Seine Hände waren zu Fäusten geballt. Er war ein Freund weniger Worte und Helgas ausschweifende Erklärungen strapazierten offensichtlich seine Geduld. Fabian hoffte nur, dass Helga jetzt nicht noch erwähnte, dass diese Detektivin von Alina Sander gewusst hatte.

»Weil er es sich gar nicht angeschaut hat. Die Kamera hing um den Hals einer Katze. Ein Vorschlag meiner Bekannten. In die Laube des Mannes wurde immer wieder eingebrochen und ...«

Peitsch hob die Hand, um Helga zu unterbrechen. »Schon gut, all diese Details interessieren mich gar nicht. Ihre Freundin kam mit diesem Video also zu Ihnen?«

»Ja. Sie wollte meine Meinung hören.«

»Die wie lautet?«

Helga zuckte die Schultern. »Dass es eine Entführung sein könnte. Zwei offensichtlich bewusstlose Personen, die keine Kinder mehr sind, im Laderaum eines Wagens.«

»Sie haben also eine potenzielle Straftat auf Video gesehen und dann entschieden, dass Sie die Sache nicht an das zuständige Kommissariat 13 übergeben, sondern sind auf eigene Faust losgezogen, um den Ort zu finden, der auf dem Video zu sehen ist. Habe ich recht?« Helga nickte betreten.

Peitschs Gesicht war vor Wut mittlerweile rot angelaufen. »Was genau hatten Sie denn vor? Wollten Sie dort reinmarschieren und sich ohne Durchsuchungsbefehl umsehen? Haben Sie gehofft, die beiden Personen von dem Video zu finden und als große Heldin dazustehen?«

»Nein ... Ich weiß nicht. Im Endeffekt ist auf dem Video doch gar nichts drauf. Wir wollten ... Ach, scheiße.«

»Ganz recht. Und Sie«, er wandte sich an Fabian, der unangenehm berührt das Gesicht verzog, »Sie, Herr Prior, sollten es eigentlich besser wissen. Wie kamen Sie auf die Idee, dass mich ein solcher Alleingang nicht interessieren könnte?«

»Er wusste doch gar nichts«, versuchte Helga, ihn zu verteidigen, doch sie erntete nur einen eisigen Blick von Peitsch.

»Verarschen Sie mich nicht, Frau Kannengießer. Belogen zu werden kann ich noch weniger leiden, als bei Ermittlungen übergangen zu werden. Ich habe Herrn Priors Anfrage in der Datenbank gesehen. Erzählen Sie mir nicht, dass es Zufall war, dass er ausgerechnet gestern Mittag den Fall von Alina Sander aufgerufen hat.«

»Es tut mir leid«, murmelte Fabian kleinlaut. Er hatte völlig vergessen, dass das System die Zugriffe speicherte.

»Das hoffe ich. Momentan hätte ich nicht wenig Lust, Sie von dem Fall abzuziehen. Halten Sie sich von jetzt an penibel an die Vorschriften, verstanden? Ihre

Zusammenarbeit geht ja wirklich gut los. Und jetzt sehen Sie zu, dass Sie das Gebäude von dem Video finden.«

Sie wandten sich zum Gehen.

»Herr Prior«, rief Peitsch Fabian noch einmal zurück. »Ich würde gerne noch kurz mit Ihnen sprechen.«

Helga schaute ihn fragend an, doch Fabian konnte nur mit den Schultern zucken. Er hatte keine Ahnung, was der Kommissariatsleiter von ihm wollte.

»Allein«, sagte Peitsch entschieden.

»Ich geh eine rauchen in der Zeit«, sagte Helga und verschwand aus der Tür.

»Was gibt es?«, fragte Fabian.

Mit den Händen in den Hosentaschen lehnte sich Peitsch gegen die Tischkante. Sein ernster Gesichtsausdruck verhieß nichts Gutes. »Es gibt eine Dienstaufsichtsbeschwerde«, sagte er schließlich.

Überrascht zog Fabian die Augenbrauen zusammen und überlegte, ob er sich verhört hatte. »Gegen mich?«

Peitsch stieß ein abfälliges Schnauben aus. »Um ehrlich zu sein, hätte es mich bei Ihnen weniger kalt erwischt. Es geht um Herrn Wendtner.«

Fabian verstand nur Bahnhof. Thomas war im Urlaub, wie konnte er da etwas tun, das eine Dienstaufsichtsbeschwerde nach sich zog?

»Es geht um Fehlverhalten einer Kollegin gegenüber«, erklärte Peitsch, der Fabians Verwirrung bemerkt hatte. »In sexueller Hinsicht.«

Mit einem Schlag war Fabian klar, um wen es ging. Nadine Wolf. Sie musste Thomas angeschwärzt haben, weil sie nicht damit zurechtkam, dass der Sex mit ihr nur ein One-Night-Stand gewesen war.

»Das ist doch lächerlich. Thomas ist seit Jahren vergeben.«

»Als hätte das jemals einen Mann davon abgehalten, sich außerehelich zu amüsieren. Aber im Prinzip gebe ich Ihnen recht.«

»Dann hat sich das ja erledigt«, sagte Fabian erleichtert. So viel Verbitterung und Hinterhältigkeit hätte er der jungen Frau nicht zugetraut.

»Nicht ganz. Ich muss der Sache nachgehen, schon allein, weil ein Zeuge ausgesagt hat, dass Herr Wendtner sich sehr interessiert an der Dame gezeigt hat. Es kann sein, dass ich Sie bitte, sich dazu zu äußern.«

Fabian konnte es nicht fassen. Ausgerechnet Thomas, der sich nie etwas zuschulden kommen ließ. *Ein* Fehltritt und ihm wurde gleich so etwas angehängt? »Ich werde selbstverständlich für ihn aussagen«, versicherte Fabian.

»Das habe ich befürchtet«, sagte Peitsch. »Wichtig ist vor allem, dass Sie bei der Wahrheit bleiben. Und jetzt gehen Sie an die Arbeit.«

11. Kapitel

Das einzige Haus in der Nähe des Fundortes, das abgelegen genug war, um zu dem Video zu passen, befand sich etwa zwei Kilometer westlich der Kleingartenanlage. Fabian und Helga hatten es auf Google Maps ausgemacht und waren nach der Standpauke von Peitsch direkt losgefahren. Es lag etwas zurückgesetzt von den Bahnschienen und war vermutlich ein ehemaliges Schrankenwärterhäuschen. Auf dem Satellitenbild war zu erkennen, dass auf dem Gelände insgesamt drei Gebäude standen. Ein Wohnhaus, ein größeres Gebäude, vielleicht eine Scheune, und ein etwas kleineres direkt an den Schienen.

Da die beiden Ermittler sich erst mal in Ruhe umsehen wollten, ohne gleich von den Bewohnern bemerkt zu werden, stellten sie den Dienstwagen auf dem Parkplatz der Schrebergärten ab und gingen das letzte Stück zu Fuß.

»Was wollte Peitsch eigentlich von dir?«, fragte Helga, während sie den Waldweg entlanggingen.

Fabian überlegte kurz, ob er ihr die Wahrheit sagen sollte. Vermutlich würde es nur ihr Männerbild bestätigen, wenn sie erfuhr, dass sein Kollege eine Affäre mit Gerings Assistentin gehabt hatte. Aber hatten Lesben überhaupt ein schlechtes Bild von Männern? Bloß, weil er auf Frauen stand, hegte er ja auch keine Abneigung gegen seine Geschlechtsgenossen. Er entschied sich dafür, sie einzuweihen. Der Buschfunk auf dem Kommissariat würde ohnehin dafür sorgen, dass sie davon erfuhr. So konnte er wenigstens gleich seine Sicht der Dinge darlegen.

»Es gibt eine Dienstaufsichtsbeschwerde gegen meinen Kollegen«, sagte er. »Angeblich soll er eine Frau sexuell belästigt haben.«

»Angeblich«, wiederholte Helga lang gezogen und schaute ihn kritisch an.

»Ja. Soweit ich weiß, war es andersrum.«

Helga lachte und schnaufte dann abfällig durch die Nase. »Hört man ja öfter. Ein armer Mann belästigt von einer unersättlichen Frau.«

»So war das nicht gemeint. Im Februar hatte er eine Affäre mit ihr, nachdem sie sich an ihn rangeschmissen hat.«

»Das ist seine Version der Geschichte.«

»Und ich glaube ihm«, sagte Fabian energisch. »Zumindest, dass es in beiderseitigem Einverständnis geschah. Danach hat sie sich wohl mehr erhofft, Thomas ist aber vergeben. Seit über zehn Jahren. Für ihn war es eine einmalige Sache.«

»War das die vom Tatort gestern?«, fragte Helga. »Die Sektionsassistentin?«

»Wie kommst du darauf?«, fragte Fabian überrascht. Eigentlich hatte er ihr nicht verraten wollen, um wen es sich bei der Kollegin handelte.

Helga tippte sich an die Nase. »Ich verrate dir jetzt ein Geheimnis. Ich arbeite bei den Bullen. Daher meine Spürnase.«

»Haha«, sagte Fabian, konnte sich aber ein Grinsen nicht verkneifen. »Du hast recht, es war Nadine Wolf.«

»Hm. Die war ja schon sehr daran interessiert, wo Wendtner ist und warum ihr nicht zusammen ermittelt.«

Fabian nickte. Vielleicht dachte Nadine Wolf dank seiner schwammigen Antworten, dass sich Thomas in ein anderes Kommissariat hatte versetzen lassen, um nicht mehr mit ihr zusammenarbeiten zu müssen.

»Auf der anderen Seite: Welche Frau erfindet schon so etwas, nur weil sie zurückgewiesen wurde? Das ist ein empfindliches Thema, und so eine Dienstaufsichtsbeschwerde ist für sie sicher auch nicht gerade angenehm«, warf Helga ein. »Zumal es eine ziemliche Schande wäre, bei so einer Sache zu lügen. Es gibt genug Fälle, in denen Opferverlagerungen stattfinden, wenn Frauen ihrem Vorgesetzten melden, dass sie belästigt wurden. Und dann von einer Frau, die so eng mit der Polizei zusammenarbeitet ...«

»Sie hat ihn in den letzten Wochen regelrecht gestalkt. Du hast doch selbst gerade gesagt, dass dir ihr übermäßiges Interesse gestern aufgefallen ist.« Fabian ärgerte sich, dass er nicht auf sein Bauchgefühl gehört hatte. Helga stellte sich natürlich auf die Seite der Frau. »Außerdem kennst du Thomas nicht mal. Wie kannst du so was von ihm denken?«

»Ich denke überhaupt nichts. Aber man sollte versuchen, objektiv zu bleiben, auch wenn du mit Wendtner befreundet bist. Dafür ist ein solcher Vorwurf zu ernst. Die Sache mit dem Stalking könnte er dir auch nur erzählt haben, weil er mit der Beschwerde gerechnet hat.«

Fabian stutzte. Darüber hatte er noch gar nicht nachgedacht. War das Thomas zuzutrauen?

Sie arbeiteten jetzt seit Jahren zusammen und trafen sich auch privat. Er hatte ihn nie als einen so berechnenden Menschen kennengelernt. Außerdem war er nach der Affäre völlig fertig gewesen. Das konnte er nicht gespielt haben.

»Lass uns über was anderes reden, okay?«, bat er.

Etwa zwanzig Minuten später erreichten sie das Gelände. Obwohl die Bäume ausreichend Schatten spendeten, schwitzte Fabian und sein Hemd klebte ihm am Rücken. Er drehte die mitgebrachte Wasserflasche auf, leerte sie zur Hälfte und bot sie Helga an. Die lehnte dankend ab.

»Sieh mal«, sagte sie und deutete auf den zugewucherten Holzzaun, der das Grundstück umgab.

»Treffer«, sagte Fabian. Sie gingen nach links und ein Stück in den Wald auf eine kleine Lichtung. Hier musste die Katze gesessen haben. Fabian machte mit seinem Handy ein Foto.

Beim Näherkommen entdeckten sie breite Reifenspuren in der trockenen Erde. Fabian machte auch davon ein Foto. Wenn die Abdrücke zum Wagen des Täters gehörten, musste er nach dem Regen gestern noch einmal hier gewesen sein, sonst wären die Spuren nicht mehr zu sehen. Auf dem Hof parkte ein alter Golf 3, von dem die Spuren auf keinen Fall stammten. Gegenüber dem Wohnhaus stand, wie sie anhand der Satellitenbilder vermutet hatten, die alte Scheune. Das Tor war mit einer dicken Eisenkette gesichert. Von den Bewohnern des Hauses war nichts zu sehen und die Fenster waren alle geschlossen und teilweise mit alten Holzläden verrammelt.

Fabian und Helga lauschten einen Moment, doch bis auf die Geräusche des Waldes war nichts zu hören.

»Wohnt hier überhaupt jemand?«, flüsterte Fabian.

»Das werden wir gleich sehen«, sagte Helga in normaler Lautstärke und setzte sich in Richtung Tor in Bewegung. Da nirgends eine Klingel angebracht war, öffnete sie es und betrat das Grundstück. Fabian folgte ihr angespannt. Seine Hand wanderte automatisch zu seiner Waffe, die er aber im Holster ließ.

Sie gingen gerade auf das Haus zu, da wurde die Tür aufgestoßen und ein älterer Mann trat ins Freie. Er zog die Tür hinter sich zu und betrachtete sie skeptisch mit vor der Brust verschränkten Armen. Sein Blick fiel auf Fabians Waffe und seine Augen weiteten sich.

»Wie …? Was …?«, stammelte er und wich dabei einen Schritt zurück, sodass er mit dem Rücken an der Haustür stand.

»Prior, Kripo Frankfurt. Das ist meine Kollegin Kannengießer«, sagte Fabian und zog seine Marke aus der Hosentasche.

»Aha«, murmelte der Mann und schien sich etwas zu entspannen. »Wie kann ich Ihnen helfen?«

»Vielleicht haben Sie mitbekommen, dass ganz in der Nähe die Leiche einer jungen Frau gefunden wurde, Herr …?«, übernahm Helga die Führung.

Fabian beobachtete das Gesicht des Mannes genau, doch es zeichnete sich keine Reaktion ab. Er zuckte die Achseln.

»Karl Naumann. Tut mir leid, davon hab ich nichts gehört.«

»Das wundert mich«, sagte Fabian. »Es ging heute durch alle Nachrichten und die Zeitungen waren voll davon.«

»Wir schauen kein Fernsehen und ich hab auch keine Zeitung. Hier draußen würde der Bote sich bedanken. Wir können froh sein, wenn der Postbote zweimal die Woche den Weg hierher findet.«

»Dann erübrigt sich wohl die Frage, ob Ihnen in der Nacht von Sonntag auf Montag jemand oder etwas aufgefallen ist«, sagte Helga.

»Was genau meinen Sie?«, fragte er. Sein Blick zuckte unwillkürlich zur Scheune und wieder zu Helga zurück.

Na, was ist mit der Scheune?, dachte Fabian. *Hältst du da noch ein Mädchen gefangen?*

»Na ja, ist ein Auto vorbeigekommen, das hier nichts zu suchen hat, oder gab es außergewöhnliche Geräusche in der Nacht? Haben Sie irgendjemanden gesehen oder hat jemand bei Ihnen geklingelt, vielleicht, um Hilfe zu suchen?«, half Fabian ihm auf die Sprünge.

»Wüsste ich nicht. Meine Frau und ich gehen früh ins Bett, und wenn ich erst mal schlafe, bekomme ich gar nichts mit. Da könnte eine Bombe abgeworfen werden und ich würde nicht aufwachen.«

»Und Ihre Frau? Hat die vielleicht einen leichteren Schlaf? Dürften wir sie dazu befragen?« Wenn er verheiratet war, musste seine Frau entweder mit drinstecken oder sie war blind und taub, wenn sie nichts von der Entführung mitbekommen hatte.

»Greta ist schwer krank. Seit ihrem Schlaganfall ist sie halbseitig gelähmt und das Sprechen fällt ihr schwer.

Wenn sie aber etwas gesehen oder gehört hätte, hätte sie mir das bestimmt mitgeteilt.«

Helga drehte sich zu dem Golf um und zeigte darauf. »Ist das der einzige Wagen, den Sie besitzen?«, fragte sie.

»Ja, wieso? Was sollen diese Fragen denn?«

»Wir haben vor Ihrem Grundstück frische Reifenspuren gesehen, die zu einem anderen Fahrzeug gehören«, erklärte Fabian. »Hatten Sie heute Morgen oder gestern Abend Besuch?«

»Nein, hatte ich nicht. Was weiß ich, wer da sein Auto abgestellt hat. Vermutlich der Revierförster oder irgendjemand, der mit seinem Hund Gassi war.«

»Das hätten Sie nicht bemerkt, wenn er direkt vor Ihrem Haus parkt?«, hakte Helga nach. »Ich meine, so viele Autos werden hier nicht vorbeikommen, da merkt man so etwas doch.«

»Hab Besseres zu tun, als den ganzen Tag am Fenster zu hängen. Sie glauben gar nicht, wie viele Leute mit ihren SUVs bis in den Wald fahren, um dann ihre Scheißköter auf meinen Weg kacken zu lassen.«

Helga drehte sich um und ging einige Schritte auf die Scheune zu. Fabian wollte sie aufhalten, doch sie hatte den Rücken zu ihm gewandt und fragte auch schon: »Was lagern Sie in der Scheune, dass Sie die abgeschlossen haben?«

Das Gesicht des Mannes verhärtete sich. »Geht Sie eigentlich nichts an, aber ich verrate es Ihnen. Einen Rasenmähertraktor, Kettensäge. Was man eben so braucht, wenn man mitten im Wald wohnt. Außerdem hab ich einen Teil als Lagerfläche an eine

Medienfirma vermietet. Erklären Sie mir jetzt endlich, was diese Fragen sollen?«

»Was dagegen, wenn wir mal einen Blick reinwerfen?«, überging Helga seine Aufforderung.

Fabian biss sich auf die Lippe. Wenn er tatsächlich etwas mit der Leiche aus dem Wald und dem verschwundenen Mädchen zu tun hatte, würde er sie sicher nicht reinschauen lassen. Durch ihre Fragerei warnte sie ihn nur vor und er hätte genug Zeit, die Beweise beiseitezuschaffen, während sie sich mit Peitsch und einem Richter oder Staatsanwalt herumärgern mussten, um einen Durchsuchungsbeschluss zu bekommen.

»Worauf Sie sich verlassen können. Bin ich verdächtig?«, fragte der Mann auch schon.

»Natürlich nicht«, wiegelte Fabian ab.

»Gut. Solange Sie nicht irgendwas gegen mich in der Hand haben oder einen Beschluss, dass Sie hier etwas durchsuchen dürfen, verlassen Sie besser mein Grundstück.«

»Warum so empfindlich? Haben Sie etwas zu verbergen?« Helga ging unbeeindruckt weiter auf die Scheune zu.

Der Mann setzte sich in Bewegung, doch Fabian versperrte ihm den Weg. Wütend funkelte der Alte ihn an. »Verschwinden Sie! Sofort!«, zischte er. »Das ist meine Privatsache. Wenn Sie mir nichts vorwerfen können, haben Sie hier nichts zu suchen.«

»Ganz ruhig«, sagte Fabian. »Wir werfen Ihnen gar nichts vor, sondern waren einfach nur neugierig. Wenn Sie nicht mitbekommen, dass jemand vor Ihrem

Grundstück parkt, könnte es ja auch sein, dass dort jemand etwas deponiert hat oder sich eine Person versteckt hält.«

»Sie sehn doch, dass abgeschlossen ist. Da kommt niemand so einfach rein, wenn ich es nicht will. Und jetzt gehen Sie.«

Fabian griff in seine Hemdtasche und holte eine Visitenkarte hervor, während Helga unschlüssig auf dem Hof stand. Sie war anscheinend noch nicht bereit, so einfach aufzugeben.

»Wenn Sie uns noch etwas mitteilen wollen oder Ihnen etwas Ungewöhnliches auffällt, dann rufen Sie uns bitte an«, sagte Fabian und hielt dem Alten die Karte hin.

Der stierte schmallippig darauf, machte allerdings keine Anstalten, sie entgegenzunehmen. Fabian legte sie auf den Gartentisch, der in seiner Nähe stand. Dann ging er zu Helga, nahm sie am Arm und zog sie zum Tor.

»Lass es gut sein«, flüsterte er und erntete dafür einen eisigen Blick von ihr.

Auf dem Rückweg sprachen die beiden kein Wort miteinander. Helga stapfte wütend vorweg und Fabian gab ihr die Zeit, sich abzuregen. Kurz bevor sie am Parkplatz ankamen, brach sie das Schweigen.

»Was sollte das da gerade?«, polterte sie los.

Fabian setzte zu einer Antwort an, doch sie würgte ihn sofort wieder ab. »Wenn wir bei allen Ermittlungen sofort den Schwanz einziehen, nur weil ein Verdächtiger sich nicht kooperativ zeigt, dann hätten wir lauter ungelöste Fälle.«

»Herr Naumann ist offiziell noch gar kein Verdächtiger.«

»Na und? Da sitzt vielleicht das arme Mädchen in der Scheune und wartet darauf, dass wir, die Polizei, sie rausholen, und wir ziehen einfach unverrichteter Dinge wieder ab? Nur weil er nicht beim ersten Versuch klein beigibt?«

»Genau um sie geht es mir doch. Jetzt ist Naumann vorgewarnt und hat genug Zeit, Alina Sander woanders hinzubringen, während wir auf den Beschluss warten.«

»Schon mal was von Gefahr im Verzug gehört?«, fragte sie verächtlich.

Fabian ballte die Fäuste. Helga redete mit ihm, als wäre er ein Anfänger, dabei war sie diejenige, die erst vor Kurzem ins Morddezernat gewechselt war. Er atmete ein paarmal tief durch. »Wir haben keinerlei Anhaltspunkte, dass das Mädchen tatsächlich in der Scheune festgehalten wird.«

Helga sog scharf die Luft ein, um etwas zu sagen, doch Fabian ließ sich nicht unterbrechen. »Stell dir vor, wir wären reingegangen und sie ist nicht drin, weil er sie stattdessen im Keller eingesperrt hat? Oder er hat sie längst umgebracht und im Garten vergraben«, erklärte er so ruhig wie möglich. Er wollte keinen Streit mit Helga anzetteln, immerhin musste er mindestens diesen Fall mit ihr zu Ende bringen.

Seine neue Kollegin seufzte. »Jaja. Ich weiß, dann wären alle Beweise aus der Scheune ungültig. Tut mir leid, ich wollte dich nicht so angehen. Aber macht es dich nicht auch fuchsig, dass wir vielleicht direkt vor ihr standen und nichts tun können?«

»Natürlich tut es das. Dennoch müssen wir besonnen vorgehen.«

»Ach, Scheiße. Und wegen mir hat er jetzt genug Zeit, alles wegzuschaffen. Tut mir leid.« Resigniert kickte sie gegen einen Stein.

Fabian war beruhigt, dass sie zumindest einsichtig war. Ihr Ungestüm würde sie sicher noch ablegen, solange sie nicht kritikresistent war. »Sich darüber im Nachhinein schwarzzuärgern, bringt uns nicht weiter. Wir sollten jetzt zusehen, dass wir Peitsch überzeugen, uns einen Durchsuchungsbeschluss zu besorgen. Und zwar so schnell wie möglich.«

12. Kapitel

Juri wollte kein Risiko eingehen, also stellte er sein Auto am Bahnhof in Neu-Isenburg ab und wartete auf die S-Bahn. Im Wald wimmelte es vermutlich nur so von Bullen und er wollte auf keinen Fall, dass die seinen Wagen mit dem Tatort in Verbindung brachten. Von einer Bekannten hatte er sich einen Hund ausgeliehen, sodass er als Fußgänger nicht verdächtig wirkte. Natürlich war es ein verdammter Mops, sodass ihn vermutlich jeder, der ihn auf dem Weg sah, für schwul hielt. Schon jetzt war seine Laune auf dem Tiefpunkt. Seit Jahren war er nicht mehr auf eine Bahn angewiesen gewesen und fühlte sich völlig fehl am Platz.

Mit ihm standen ein paar Jugendliche an der Haltestelle, die an stinkenden E-Zigaretten nuckelten. Einer von ihnen hatte auf seinem Smartphone anscheinend ein schlüpfriges Video laufen. Die pubertären Pisser grölten in regelmäßigen Abständen und erzählten sich irgendwelchen Unsinn davon, wie hart sie die *Nutte* auch mal rannehmen würden. Jeder von ihnen hielt sich offensichtlich für den geilsten Hund auf Erden.

Wie gerne wäre er hingegangen und hätte ihnen gezeigt, was es wirklich bedeutete, hart rangenommen zu werden. Der ein oder andere Kunde würde sich sicher die Finger nach den Jungs lecken. Doch gerade hatte er andere Sorgen und außerdem mehr als genug Stricher, die ihren Arsch für die Filme hergaben. Denen war es egal, wie heftig es zuging, wenn sie nur einen Abend mal nicht an der Straße stehen mussten und dafür noch eine ausreichende Portion Meth bekamen. Die blauen Flecken hatten sie nach der Dröhnung schnell wieder vergessen und standen schon bald wieder Schlange, wenn es an die nächsten Dreharbeiten ging.

Endlich kam die Bahn und Juri sah zu, dass er sich möglichst weit entfernt von den testosterongeschwängerten Jungs hinsetzte. Er wollte ihr dummes Gelaber nicht länger ertragen. Zum Glück musste er nicht weit fahren, schon die nächste Haltestelle war Frankfurt-Louisa und er konnte aussteigen. Der schwule Köter trottete treudoof und schwanzwedelnd neben ihm her.

»Du brauchst dich gar nicht mit mir anzufreunden, Dreckstöle«, sagte er und holte sein Handy raus.

Wenn er den direkten Weg nahm, brauchte er knapp zwanzig Minuten. Dafür musste er aber quer durch den Wald und er wollte seine neuen Balenciaga-Turnschuhe nicht versauen. Die hatten ihn immerhin knapp achthundert Euro gekostet, also hielt er sich auf dem Weg, was ihn zehn Minuten mehr kosten würde. Rechnete man die Fahrerei mit der Bahn dazu und den Weg nach Neu-Isenburg, hatte er wegen dieser Scheiße hier einen halben Tag verloren. »So eine fucking Zeitverschwendung«, fluchte er.

Im Endeffekt brauchte er sogar länger, denn der Mops stellte sich noch dümmer an, als er erwartet hatte. Dauernd musste er an irgendwas schnüffeln oder zog in Richtung Wald. Eine Dreiviertelstunde, nachdem er aus der Bahn gestiegen war, erreichte er endlich das Grundstück von Naumann. Sein T-Shirt war völlig durchgeschwitzt und seine Hose klebte am Hintern. Es war wegen des Regens so verdammt schwül, dass man kaum atmen konnte. Dementsprechend hatte der Alte sein Haus auch verrammelt. Er trat durch das Tor, ließ den Mops von der Leine und hielt auf die Tür zu. Mit der Faust hämmerte er dagegen.

»Hey, Naumann! Aufmachen!«, rief er. Bestimmt würde der Alte wieder wegen seiner Frau jammern, aber das war ihm heute egal.

Es dauerte nicht lange, bis die Tür geöffnet wurde. Wie erwartet hatte Naumann einen finsteren Blick aufgesetzt. Schnell trat er ins Freie und zog die Tür hinter sich zu.

»Nicht so laut«, flüsterte er. Dann setzte er sich in Richtung Scheune in Bewegung.

Als er dem Alten folgte, trat er mitten in eine Pfütze. Sein nagelneuer Balenciaga war versaut. Er blieb kurz stehen, ballte die Fäuste und atmete tief durch. Konnte sein Tag noch schlimmer werden?

Während er leise vor sich hinfluchend versuchte, auf einem Stück Rasen seinen Schuh vom Schlamm zu befreien, machte Naumann sich am Schloss der Scheune zu schaffen.

»Hättest du das in der Nacht zum Sonntag so sorgfältig abgeschlossen, dann würden wir jetzt nicht in diesem Schlamassel stecken.«

Naumann hielt inne und schaute ihn mit großen Augen an. »Hör mal, wir haben vorher nie darüber gesprochen, dass ich hier Mädchen einsperren soll. Die Filme, von mir aus. Aber ich hab doch kein Gefängnis.«

»Eine Tür kann jeder Idiot abschließen.«

»Das hatten wir doch schon. Ich hab ein Geräusch gehört und wollte nachsehen und dann ...«

Juri hob die Hand, um ihn zu unterbrechen. »Das interessiert mich nicht. Du hast Scheiße gebaut. Bestimmt hast du schon gehört, dass die Bullen sie mittlerweile gefunden haben, oder?«

Naumann senkte den Blick und nickte. »Ganz hier in der Nähe.«

»Das war ziemlich dämlich von dir«, sagte Juri.

Naumann schaute ihn schockiert an. »Aber ... Was meinst du, von mir? Hast du sie nicht ...?«

Er baute sich vor dem Alten auf. »Ach, und ich lass sie dann da liegen, wie ein bescheuerter Anfänger, damit sie der erstbeste Spaziergänger findet?«, brüllte er ihn an. Wen wollte der Alte eigentlich verarschen?

»War das so? Ich weiß ja nicht, wie sie gefunden wurde. Hab's vorhin erst von den Bullen ...«

Juri fuhr herum. »Den Bullen? Die waren schon hier?«

»Ja, aber nichts Schlimmes«, sagte Naumann und hob abwehrend die Hände. »Die wissen gar nichts.« Er knetete seine Hände und sein Blick zuckte nervös hin und her. Das war also schon mal gelogen.

»Was wollten die?«

»Na, nur mal nachhören. Ob ich was gesehen habe, was Ungewöhnliches oder so.« Schweiß trat auf seine Stirn. Da war noch mehr.

»Bist du dir sicher, dass sie nicht längst eine Spur zu dir haben? Du kennst doch die neuen Methoden. Die brauchen keine zwei Tage, bis sie so eine DNA-Spur zugeordnet haben.«

Der Alte pustete die Luft zwischen den Lippen durch. »Die haben aber doch meine DNA gar nicht in ihrer Datenbank.« Dann schüttelte er den Kopf, als habe er erst jetzt realisiert, was er da gerade gesagt hatte. »Und außerdem habe ich sie nicht angerührt.«

Juri stellte sich neben Naumann und legte ihm den Arm um die Schulter. »Na komm, wem willst du das erzählen?«, sagte er freundschaftlich. »Im Endeffekt hast du mir doch damit nur die Arbeit abgenommen.«

»Aber ... Das verstehe ich nicht. Ich dachte, du wärst sauer, dass sie verschwunden ist. Wegen dem Kunden. Der wollte doch ...«

»Na, glaubst du, ich kann es mir leisten, mit so einer weiterzuarbeiten? Sie hat ihre Entscheidung getroffen. Gegen den Boss. Das hat Konsequenzen. Eine Zeugin frei herumlaufen zu lassen, kann der sich nicht leisten.«

Der Alte nickte. Seine Schultern entspannten sich. »Na ja. Wenn das so ist. Vielleicht war ich es ja doch«, sagte er und lächelte unsicher.

»Okay, da haben wir schon mal eine ganz andere Basis. Was hast du mit ihr gemacht? Musste sie so richtig leiden? Dafür büßen, dass sie sich verpissen wollte?«

Wieder nickte der Alte, dieses Mal heftiger. »Dem Miststück hab ich's richtig gezeigt.«

»Hast du sie auch gefickt?«

Naumann schaute ihn entsetzt an. »Nein, ich schwöre. Dafür war doch überhaupt keine Gelegenheit, mitten im Wald. Hätte ja jederzeit jemand kommen können. Ich wollte so schnell wie möglich wieder weg von da.«

»Na gut, wenigstens das nicht.«

»Wie meinst du das, wenigstens das nicht?« Der Alte versuchte, sich aus Juris Arm zu schälen, doch er hielt ihn fest, krallte seine Hand in dessen Schulter.

»Weißt du, die Kleine hätte so oder so sterben müssen. Da sind wir uns einig. Es gibt nur ein klitzekleines Problem.«

»Was ...«, Naumanns Stimme kippte, er räusperte sich, »was für ein Problem? Ich hab dir die Arbeit abgenommen, hast du doch selbst gesagt.«

»Da hast du recht. Leider bist du aber ein Anfänger. Und der Boss lässt bei solchen Geschichten eben lieber die Profis ran.«

»Du kannst dem Boss doch einfach erzählen, dass du es warst.«

»Aber die Spuren werden den Bullen etwas völlig anderes erzählen. Sie werden sie zu dir führen. Woher soll der Boss wissen, dass du uns nicht verpfeifst, wenn du von den Bullen in die Mangel genommen wirst?«

Der Alte rieb sich hektisch übers Gesicht. Sein Adamsapfel hüpfte vor Nervosität auf und ab. »Nein! Zu mir führen keine Spuren, das garantiere ich.«

»Und das soll ich dir glauben? Du hast überhaupt keine Erfahrung. Warum solltest ausgerechnet du den perfekten Mord begehen?«

»Weil ich's nicht war!«, stieß Naumann aus.

»Natürlich nicht. Warum hast du es dann gerade noch zugegeben?«

»Ich dachte eben, dass du das von mir hören wolltest. Dass ich es gut gemacht habe.«

Er schaute den Alten an. Sagte er die Wahrheit und hatte vorhin gelogen oder war das jetzt eine

Schutzbehauptung? Eigentlich war es egal. Die Polizei war bereits hier gewesen und Naumann war der perfekte Sündenbock. Überall gab es Spuren von Meike und Alina. Wenn er sich jetzt nicht dumm anstellte, würde der Fall sehr bald zu den Akten gelegt werden.

»Was ist?«, fragte Naumann und seine Stimme zitterte nervös. »Sag doch was! Glaubst du mir?«

»Ich muss dringend pissen.«

Der Alte schaute ihn verdattert an. »Dann geh doch vor die Tür. Ist genug Wald da draußen.«

»Eigentlich dachte ich, du würdest mir dein Klo anbieten.«

»Na gut, wenn du meinst. Komm mit.«

»Nein«, sagte er barsch und streckte die Hand aus. »Gib mir deinen Schlüssel.«

Mit sichtbarem Widerwillen griff der Alte in die Tasche seiner Jeans. Er holte den Schlüsselbund hervor und hielt ihn ihm hin.

»Währenddessen kannst du hier anfangen, klar Schiff zu machen«, wies er ihn an. »Wenn die Bullen zurückkommen und hier rumschnüffeln sollten, müssen sie nicht direkt auf unser kleines Filmstudio treffen.«

Im Blick des Alten lag Skepsis, doch er nickte. Während Naumann die Leiter hochkraxelte, verließ Juri die Scheune. Draußen lag der Mops auf der Wiese und ließ sich die Sonne auf den Bauch scheinen.

Beim Haus angekommen, schaute er sich noch einmal um und vergewisserte sich, dass Naumann ihm nicht gefolgt war. Dann zog er sein T-Shirt aus, umwickelte die rechte Hand mit dem Stoff und schloss leise die Tür auf. Bevor er über die Schwelle trat, streifte er noch die

Schuhe ab. Er durfte im Haus keinerlei Spuren hinterlassen.

Zuerst ging er in die Küche und öffnete den Schrank unter der Spüle. Ein paar Fliegen stoben ihm aus dem Mülleimer entgegen, der dort untergebracht war. Putzmittel oder Gummihandschuhe konnte er keine entdecken. Als Nächstes nahm er sich die Schubladen vor. Auch hier nichts. Nachdem er sich ein Messer aus einer der Schubladen genommen hatte, schaute er im Bad nach und wurde fündig. Eine ganze Packung Latexhandschuhe. Er nahm ein Paar und zog sie sowie sein T-Shirt an. Dann ging er zurück zur Tür und warf einen Blick hinaus.

Naumann war nirgends zu sehen, also machte er sich auf den Weg ins obere Stockwerk, wo er die Frau des Alten vermutete. Er lag richtig und fand sie im Schlafzimmer, wo sie in einem Pflegebett lag. Mit aufgerissenen Augen starrte sie ihn an, als er den Raum betrat. Zumindest eines der Augen war aufgerissen. Naumann hatte nicht gelogen, sie war offensichtlich halbseitig gelähmt und auch sonst körperlich schwer beeinträchtigt. Ihre Haare waren fettig und in dem Raum stank es nach Schweiß und alten Menschen. Anscheinend steckte der Alte nicht viel Aufwand in die Pflege seiner Frau.

»Einen wunderschönen guten Tag wünsche ich«, sagte er übertrieben freundlich. »Ich bin gekommen, um Ihr Leid zu beenden.«

Angestrengt nuschelte sie etwas in sich hinein, vermutlich so etwas wie »Was wollen Sie?« oder »Gehen Sie weg!«, aber das war ihm egal. Zielstrebig ging er auf sie zu und rammte ihr, ohne zu zögern, das Messer in den Hals. Es war nicht besonders scharf, also hatte er mit mehr Problemen gerechnet, doch es drang ohne großen Widerstand durch ihre Haut.

Die alte Frau gurgelte und zappelte in ihrem Bett herum. Er nahm die Decke von ihrem Körper und hielt sie zum Schutz vor Blutspritzern vor seinen Körper. Da er gleich noch mit der verdammten Bahn zurückfahren musste, durfte er nicht aussehen, als käme er frisch aus dem Schlachthof. Dann zog er das Messer aus dem Hals der Frau. Sie zuckte heftig und schnappte röchelnd nach Luft. Anscheinend hatte er ihre Luftröhre erwischt. Draußen bellte der Mops. Er warf die Decke über den Kopf der Frau und verließ den Raum.

Im Bad spülte er noch schnell die Klinge ab und ging dann nach unten. Er zog die Tür hinter sich zu, verstaute das Messer hinten in seinem Hosenbund und steckte die Hände in die Taschen. Gemächlich schlenderte er über den Hof. Naumann sollte keinen Verdacht schöpfen. Jedenfalls noch nicht. Als er die düstere Scheune betrat, stieg der Alte gerade umständlich mit einem Scheinwerfergestell die Leiter von der Empore hinab.

»Wollte gerade schon kommen und schauen, was los ist«, sagte er, als er unten angekommen war.

»Besser für dich, dass du es nicht getan hast. Was hast du denn da?« Juri deutete mit dem Kopf auf die Hände des Alten.

Der streckte stirnrunzelnd die Arme nach vorne und betrachtete sie. »Was meinst du?«

»Warte«, sagte er und stellte sich hinter Naumann. Dann packte er dessen Handgelenk und rammte mit der anderen Hand das Messer hinein. Mit einem Ruck zog er die Klinge zum Körper hin und schlitzte so Naumanns Arm auf.

Der gab einen überraschten Laut von sich, schien erst gar nicht zu begreifen, was los war. Dann fing er sich und zerrte an seiner Hand, um sich zu befreien, doch er war nicht kräftig genug. Blut pulsierte in gleichmäßigen Schüben aus seinem Arm und lief auf den Boden.

»Du verdammtes Arschloch«, brüllte er. »Was soll das?« Naumann presste die Finger seiner freien Hand auf die Wunde, als könnte er so den Blutfluss stoppen.

Juri ließ den Alten los und stieß ihn zu Boden. Der Alte war mittlerweile schon blass im Gesicht. Am Blutverlust konnte es nicht liegen, der war noch nicht so groß und die Blutlache um Naumann wuchs nur langsam. Vermutlich hatte er einen Schock.

»Das soll dir eine Lehre sein«, sagte Juri und bückte sich zu dem Alten hinunter. »Komm, ich helfe dir auf, dann gehen wir die Wunde versorgen.«

Naumann schüttelte leicht den Kopf, dann streckte er ihm aber doch den unverletzten Arm entgegen. Juri hielt dem Alten seine behandschuhte Hand hin, und als dieser danach greifen wollte, drückte er ihm das Messer in die Hand. Naumann ließ es fallen und versuchte, ihn zu packen, doch er wich ihm geschickt aus.

»Arschloch!«, rief Naumann. Er ließ sich nach vorn auf die Knie fallen, stützte sich mit den Händen auf dem Boden ab und versuchte, hochzukommen. Schwankend kam er auf die Füße, strauchelte und hielt sich an einem Balken fest. Sein Kreislauf war offensichtlich schon im Keller.

Mit dem verletzten Arm wischte er sich über die Stirn, registrierte dann erst, dass er sich mit Blut vollgeschmiert hatte, und fluchte leise. Erneut drückte er erfolglos die Wunde ab, sackte dann zusammen und landete wieder auf dem Boden.

Juri blieb noch einen Moment stehen und betrachtete den Alten zu seinen Füßen, dann drehte er sich um und verließ die Scheune. Egal, was Naumann anstellte, er würde es nicht bis ins Haus und ans Telefon schaffen. Ein Problem weniger.

13. Kapitel

Helga kaute nervös an ihrem Daumennagel. Gerade hatte sie einen Fitzel Haut zwischen die Zähne genommen und zog daran. Ein brennender Schmerz verriet ihr, dass sie zu viel erwischt hatte. Dass sie es aber auch nicht lassen konnte. Mit Daumen und Zeigefinger der anderen Hand presste sie etwas Blut aus der winzigen Wunde.

»Frau Kannengießer? Haben Sie mir überhaupt zugehört?«, drängte Kommissariatsleiter Peitsch sich in ihre Aufmerksamkeit.

»Mhm«, machte Helga, während sie den Daumen an ihrer Hose abwischte. »Sie stellen sich nicht hinter uns, weil Sie Ihren guten Ruf bei der Staatsanwaltschaft nicht verlieren wollen. Kapiert.«

Frustriert senkte sie den Blick. Ihr war vollkommen klar, dass sie ihm gegenüber unfair war. Sie war diejenige, die Mist gebaut hatte. Fabian hatte ganz recht: Sie hatte Naumann gewarnt. Hätte sie nicht nach der Scheune gefragt, müssten sie jetzt nicht fürchten, dass Naumann gerade Beweise vernichtete. Denn dass er in der Sache mit drin hing, war ihr vollkommen klar. Es musste einfach so sein. Die ganze Zeit hatte er rüber zur Scheune geglotzt und seine Nervosität war beinahe zum Greifen gewesen.

Zum Glück hatte Fabian sie vor Peitsch nicht bloßgestellt und ihm ihr stümperhaftes Vorpreschen auf die Nase gebunden.

»Muss ich Ihnen noch mal erklären, dass dieses Video als Beweis einfach nicht reicht? Darauf ist niemand zu erkennen. Sie können nicht mal mit Sicherheit sagen, dass es sich um dasselbe Grundstück handelt.«

Helga nahm die Fotos vom Tisch, die Fabian und sie vorhin ausgedruckt hatten, und wedelte damit in seine Richtung. »Und was ist dann hier drauf? Das ist eindeutig der Zaun von dem Video.«

»Dieser Zaun ist kein Unikat.« Peitsch verzog keine Miene.

»Direkt vor seinem Grundstück verlaufen Reifenspuren, die eindeutig auf ein großes Fahrzeug schließen lassen.«

Fabian legte ihr von hinten die Hand auf die Schulter. »Komm«, sagte er, aber Helga schüttelte ihn ab.

»Sie riskieren hier das Leben des zweiten verschwundenen Mädchens. Das muss Ihnen doch klar sein!« Sie konnte einfach nicht fassen, dass Peitsch sich so stur stellte.

»Auch hier wissen wir noch gar nicht, ob die Leiche mit dem Verschwinden des anderen Mädchens in Zusammenhang steht. Machen Sie Ihre Arbeit. Befragen Sie die Eltern. Wenn es keine Verbindung gibt, dann ist Alina Sander nicht Ihr Fall und das K13 übernimmt. Finden Sie eine Verbindung, haben Sie meine vollste Unterstützung.«

Helga schloss die Augen und nickte. Peitsch war offenbar nicht bereit, die zahlreichen Hinweise zu sehen. »Ist gut«, murmelte sie und hörte, wie Fabian hinter ihr erleichtert aufatmete.

»Es tut mir leid«, sagte sie zu ihm, als sie das Büro des Kommissariatsleiters verlassen hatten. »Ich will dir gar nicht so viel Probleme machen. Aber der Typ bringt mich auf die Palme. Ein Blinder sieht doch ...«

»Da gebe ich dir recht«, sagte Fabian. »Aber du musst auch seinen Standpunkt verstehen. Im Endeffekt haben wir eine Tote, mehr als zwei Kilometer vom Bahnwärterhaus entfernt. Auf dem Video ist das Opfer nicht zu erkennen. Es gibt keine objektiven Beweise, dass die beiden Vorgänge miteinander in Verbindung stehen.«

In Momenten wie diesen verstand Helga, warum Mona lieber als Privatdetektivin arbeitete. Sie konnte voll und ganz nach ihrem Bauchgefühl handeln und musste sich nicht nach bürokratischen Fallstricken richten. Bei dem Gedanken an Mona kam ihr eine Idee. »Gehst du schon mal zum Wagen? Ich muss noch kurz im Büro vorbei, was holen«, sagte sie zu Fabian. Sie wollten sich auf den Weg zu Alinas Eltern machen.

»In Ordnung. Ich zieh mir noch einen Kaffee. Willst du auch was?«

Helga schüttelte den Kopf. Alles, was sie gleich brauchte, war eine schnelle Zigarette.

Nachdem Fabian den Flur runtergegangen war, holte Helga ihr Telefon aus der Hosentasche und wählte Monas Nummer, während sie zu ihrem Büro ging. Angespannt lauschte sie dem Freizeichen. Es dauerte und Helga befürchtete schon, dass Mona noch immer sauer auf sie war, als diese den Anruf endlich entgegennahm.

»Mona! Gut, dass ich dich erreiche«, sagte Helga atemlos und betrat Fabians und ihr Zimmer. »Ist alles gut?«

»Ja, was sollte sein?«, sagte Mona. Ihre Stimme war kalt, anscheinend war sie wirklich noch sauer auf Helga. Doch jetzt war keine Zeit, sich darum zu kümmern.

»Sorry, das gestern im Wald war blöd, ich weiß das«, sagte Helga deswegen nur knapp. »Aber können wir das kurz beiseiteschieben? Ich habe eine dringende Bitte an dich. Es geht um die beiden Mädchen.«

Zum Glück legte Mona ihre Befindlichkeiten sofort ab und war bereit, Helga zuzuhören. Die erklärte ihr kurz, was am Vormittag vorgefallen war und trug ihr Anliegen vor.

»Sicher, dass ich nicht einen Blick in die Scheune werfen soll?«, fragte die Detektivin, nachdem Helga fertig war.

Sie überlegte einen Moment, verneinte dann aber. Wäre es allein nach ihr gegangen, sie hätte sofort zugestimmt. Aber Peitsch würde ausflippen und Fabian mitverantwortlich machen, und sie wollte ihrem neuen Kollegen keine zusätzlichen Probleme verursachen. »Natürlich gehst du rein, wenn du Schreie hörst. Und wenn sie sie woanders hinbringen, dann verfolg sie. Aber bitte, bring dich auf keinen Fall in Gefahr.«

»Ich bin ein großes Mädchen und kann auf mich selbst aufpassen. Ist aber schön, zu wissen, dass du dich um mich sorgst.«

Helga verabschiedete sich und legte auf. Aus dem Fenster sah sie Fabian, der den Dienstwagen schon vor das Präsidium gefahren hatte. Sie steckte sich eine

Zigarette in den Mund und machte sich auf den Weg nach unten.

Alina Sanders Eltern wohnten in der Grevinusstraße am Anfang des Westends, wo die Wohnungen noch nicht unbezahlbar waren. Helga fragte sich, ob die Fassade des Hauses in einem hässlichen Beige gestrichen oder einfach nur dreckig war. Auf den Balkonen standen Sonnenschirme und Pflanzen, einer war mit einem Katzennetz gesichert.

Fabian ging vor und suchte nach der richtigen Klingel, während Helga schnell zwei Züge von einer Zigarette nahm. Sie war heute kaum zum Rauchen gekommen und merkte, wie der Nikotinmangel an ihren Nerven zehrte. Fabian drehte sich um und beobachtete sie, und Helga bemerkte, wie er unwillkürlich mit einatmete, als sie den Rauch einsog. Vermutlich hatte er vor Kurzem erst das Rauchen aufgegeben und war noch nicht ganz drüber hinweg. Schnell zog sie noch einmal und warf die Kippe dann in einen Gully.

Im ersten Stock erwartete sie ein Mann in den Vierzigern an der Tür.

»Prior, Kripo Frankfurt«, stellte Fabian sich vor. »Sie sind Herr Sander?«

Der Mann nickte. »Kriminalpolizei?« Er schaute sich nervös im Hausflur um, als würde er noch jemand anderen dort vermuten. Sein Gesicht war bleich, dunkle Ringe zeichneten sich unter seinen Augen ab. Anscheinend hatte er die letzten Nächte nicht viel Schlaf bekommen.

Helga trat neben Fabian. »Wir kommen wegen Ihrer Tochter.«

»Ach so!« Alinas Vater klang erleichtert. »Haben Sie sie gefunden?« Er trat zur Seite und bedeutete ihnen, einzutreten. In der Diele weiter hinten stand eine Frau, die sie misstrauisch beäugte.

»Das ist Ihre Frau, nehme ich an?«, fragte Helga, ging auf die Frau zu und streckte ihr die Hand zur Begrüßung hin. »Kannengießer, guten Tag. Wir sind gekommen, um Ihnen ein paar Fragen zum Verschwinden Ihrer Tochter zu stellen.«

»Also haben Sie keine Spur von ihr? Drei Tage sitzen wir hier schon und fragen uns, was mit Alina passiert ist«, sagte sie. Ihr Gesicht verzog sich vor Schmerz. Ihre Augen waren vom vielen Weinen gerötet. »Sagen Sie es mir, war das meine Tochter? Die Leiche der jungen Frau, die im Wald gefunden wurde? Deswegen sind Sie hier, oder?«

»Frau Sander, beruhigen Sie sich. Das Profil Ihrer Tochter passt nicht auf das Opfer.«

Die Frau schaute ihren Mann mit aufgerissenen Augen an. Auf ihrem Gesicht lag ein Ausdruck, der sich irgendwo zwischen Erleichterung und Entsetzen bewegte. »Ihre Freundin! War sie es? Wo ist unsere Tochter?«

Alinas Vater trat unruhig von einem Bein aufs andere und nestelte am Bund seiner Jeans herum.

»Bisher konnten wir das Opfer nicht identifizieren«, sagte Fabian. »Wir können lediglich ausschließen, dass es sich um Alina handelt.«

Frau Sander seufzte erleichtert und drehte sich um. Sie trat nach der Katze, die ihr im Weg saß. Helga, Fabian und Herr Sander folgten ihr ins Wohnzimmer.

»Kann ich Ihnen etwas anbieten? Wasser oder Kaffee?«, fragte Herr Sander, was seine Frau nur mit einem Schnauben bedachte.

Helga schaute Fabian an und schüttelte leicht den Kopf.

»Nein, danke. Kommen wir besser gleich zur Sache. Erzählen Sie uns bitte von dem Abend, an dem Ihre Tochter verschwand.«

Wieder schnaufte die Frau. »Woher sollen wir wissen, wann genau sie verschwunden ist? Wir wissen nur, wann sie nicht wieder aufgetaucht ist.«

Herr Sander streichelte ihr beruhigend über das Bein. »Lass mich das machen, Schatz«, sagte er und wandte sich dann Helga und Fabian zu. »Freitagabend ist sie aus dem Haus gegangen, um bei ihrer Freundin Meike zu übernachten. Ich wollte ihr noch Geld für ein Taxi mitgeben, damit sie nach Hause kommt, aber sie wollte lieber auswärts schlafen.« Er schüttelte traurig den Kopf. »Ich wünschte, sie hätte es genommen und wäre nach Hause gekommen.«

»Wissen Sie, ob die beiden vorhatten, auszugehen?« Aus dem Augenwinkel registrierte Helga, dass Fabian ein kleines Buch hervorgeholt hatte und sich Notizen machte. *Einer von der alten Schule,* dachte sie.

»Ja, in irgendeinen Club. Ich habe da ja immer Bedenken, wissen Sie, aber sie ist achtzehn. Man muss seine Kinder auch ziehen lassen.«

»Wir sehen ja, wohin das geführt hat«, motzte Frau Sander los. »Ausgerechnet mit Meike. Wir waren uns doch einig, dass sie kein guter Umgang ist.«

Herr Sander ballte eine Faust. »Was hätten wir denn tun sollen? Sie zu Hause einsperren, bis sie fünfzig ist?«

Fabian schaute von seinem Notizbuch auf. »Was meinen Sie damit, dass Meike kein guter Umgang für Ihre Tochter war?«

»Sie hat seit dem Tod ihrer Eltern immer nur Probleme gemacht. Damals war sie zehn. Zwei Pflegefamilien hat sie durchlaufen, bevor sie ins Heim kam, weil niemand mit ihr klarkam. Sie hat die Schule geschwänzt, geklaut, sich geprügelt. Da waren mit Sicherheit auch Drogen im Spiel.«

Ein Heimkind also. Das erklärte, warum es keine zweite Vermisstenmeldung gab. Bisher hatte anscheinend noch niemand gemerkt, dass die junge Frau verschwunden war.

»Eine Weile ist der Kontakt zwischen den beiden eingeschlafen«, fuhr Herr Sander fort. »Das war, als Meike in ihre eigene Wohnung gezogen ist. Wir haben uns schon Hoffnungen gemacht, aber dann, vor einigen Wochen, hingen die beiden wieder ständig am Telefon.«

»Dieses Miststück. Ich habe gewusst, dass irgendwann etwas passiert«, schimpfte Frau Sander. Sie schlug die Hände vors Gesicht und schluchzte leise. »Tut mir leid. Ich komme einfach um vor Sorge.«

»Wissen Sie, in welchen Club die beiden gehen wollten?«, lenkte Fabian das Gespräch zum eigentlichen Thema zurück. Helga hätte gerne mehr über die Probleme der Eltern mit Alinas Freundin erfahren, doch sie wusste, dass die Emotionen im Moment zu hoch kochten, um dahingehend eine verlässliche Aussage zu bekommen. Jetzt mussten sie sich auf Alina konzentrieren, für alles Weitere war später noch Zeit.

Der Vater schüttelte den Kopf. »Leider nein. Sie sagte nur, dass er von ihrer Freundin aus fußläufig zu erreichen sei.«

»Apropos Erreichen«, sagte Helga. »Haben Sie bei der Freundin – Meike ist ihr Name, richtig? Haben Sie versucht, Meike zu kontaktieren?«

»Gefühlte tausendmal, so wie wir auch bei unserer Tochter tausendmal angerufen haben. Beide Handys sind seit Samstag ausgeschaltet.« Alinas Mutter nahm ein Papiertaschentuch aus der Packung und tupfte sich damit die Augen ab.

Helga knetete aufgeregt ihre Hände. Die Hinweise deuteten allesamt in eine Richtung. Jetzt konnte wohl niemand mehr behaupten, dass alles nur Zufall war.

»Fällt Ihnen ein Grund ein, warum Ihre Tochter von zu Hause ausreißen würde? Gab es in letzter Zeit Streit oder Probleme in der Schule?«, fragte Fabian.

»Streit kommt doch in den besten Familien vor.« Herr Sander rückte nervös die Fernbedienungen auf dem Wohnzimmertisch zurecht. »Nein, Alina würde deswegen nicht einfach abhauen. Sie hat gerade erst ihr Abitur gemacht, will studieren. Wir haben sie bei allem unterstützt.«

»Jedenfalls nicht, wenn Meike sie nicht dazu anstiftet. Wer weiß, welchen Floh sie ihr ins Ohr gesetzt hat.«

»Haben Sie ein Foto von der Freundin?«, fragte Helga. »Und vielleicht auch eine Adresse?«

Frau Sander schien nicht mehr ansprechbar, sie saß einfach nur da und starrte aus dem Fenster, während ihr Tränen über die Wangen liefen.

»Die Adresse kann ich Ihnen geben. Ein Foto ... das wird schon schwieriger. Heutzutage ist das doch alles auf den Handys. Könnte aber sein, dass Alina in ihrem Zimmer noch ein altes hat. Ich schaue gerne nach.«

»Darf ich mitkommen?«, bat Helga. »Ich würde mir gerne einen Eindruck von Ihrer Tochter verschaffen.«

Herr Sander nickte und sie folgte ihm durch die Diele. Das Zimmer lag direkt neben der Eingangstür. Es herrschte das typische Teenagerchaos. Neben dem Bett türmte sich die schmutzige Wäsche und auch ein Stuhl war voll. Auf dem Schreibtisch lagen aufgeklappte Schulbücher.

»Sie hat gerade für die Aufnahmeprüfung an der Uni gelernt«, sagte der Vater, als er Helgas Blick bemerkte. »Kommunikationsdesign. Alina ist wirklich künstlerisch begabt, schauen Sie.« Er deutete auf ein paar Bilder, die an der Wand hinter dem Schreibtisch hingen.

Helga betrachtete sie. Die Bandbreite reichte von realistischen Bleistiftzeichnungen von Händen über Stillleben bis zu perspektivisch korrekten Häuserschluchten. Herr Sander hatte nicht in väterlichem Stolz übertrieben, Alina war tatsächlich talentiert. Am Rand des Monitors entdeckte Helga ein Polaroidfoto, das mit Klebeband an die Umrandung geklebt war. Der Hintergrund war dunkel und die lachenden Gesichter überbelichtet, doch Helga erkannte eines der beiden Mädchen sofort. Sie nahm das Foto ab und hielt es Alinas Vater hin.

»Ist das die Freundin, zu der Ihre Tochter am Freitagabend wollte?«, fragte sie.

Herr Sander nickte. »Sieh mal einer an. Dass es heute überhaupt noch Sofortbildkameras gibt. Ja, das ist Meike Liebig.« Er schaute sie an und griff sich an die Stirn. Seine Hand zitterte leicht. »Sie ist ... Ich meine ... Das ist die Frau, die Sie im Wald gefunden haben, oder?«

»Das kann ich Ihnen so noch nicht bestätigen.«

»Wenn Sie tot ist, wo ist dann meine Tochter?« Er packte Helga am Arm, besann sich dann aber und trat einen Schritt zurück. »Entschuldigen Sie. Diese Ungewissheit bringt mich um.«

»Herr Sander, ich verstehe, dass Ihnen diese Information wichtig ist. Aber Sie sehen doch selbst, die Qualität des Fotos lässt zu wünschen übrig. Ich darf keine voreiligen Schlüsse ziehen.«

Der Vater rang die Hände. »Ich brauche Ihre Antwort gar nicht. Ich wusste, dass sie Alina irgendwann in Schwierigkeiten bringen wird. Sie müssen die gesamte Umgebung absuchen, hören Sie? Meine Tochter ist bestimmt irgendwo da draußen. Finden Sie sie, bitte!«

»Wir geben selbstverständlich unser Bestes.« Helga dachte an die Scheune. Es machte sie beinahe wahnsinnig, dass sie möglicherweise direkt vor dem Versteck gestanden hatten, in dem Alina festgehalten wurde, und unverrichteter Dinge wieder abgezogen waren.

»Wissen Sie denn schon ... Ich meine, haben Sie eine Spur? Wer es getan hat?«

»Momentan stehen wir ganz am Anfang der Ermittlungen.« Das Handy in Helgas Hosentasche vibrierte. Sie holte es hervor und entsperrte das Display. Eine Nachricht von Mona.

Alles ruhig hier. Vielleicht sollte ich mich doch mal etwas umsehen …

Helga tippte eine schnelle Antwort. *Lass das lieber, solange nichts los ist. Ich bekomme Riesenärger mit meinem Boss.*

»Ich würde das Foto gerne für unsere Technikabteilung mitnehmen. Vielleicht können die irgendwas rausholen, das uns bei der Identifizierung der Leiche hilft. Ist das in Ordnung für Sie?«, fragte sie Herrn Sander.

»Ich kann sie auch identifizieren, wenn das Ihre Ermittlungen beschleunigt und Sie sich dann schneller um meine Tochter kümmern können«, bot er an.

»Darauf kommen wir gegebenenfalls zurück.« Sie erwähnte nicht, dass eine Anerkennung durch einen Zeugen aufgrund der massiven Kopfverletzungen beim Opfer schwierig werden würde. Sie brauchten noch mindestens einen weiteren Hinweis auf die Identität. »Zunächst würden wir allerdings überprüfen, ob die Freundin Ihrer Tochter wirklich verschwunden ist, bevor wir Ihnen das zumuten. Glauben Sie mir, der Anblick einer Leiche ist nichts, was man so einfach wegsteckt. Wenn es andere Möglichkeiten der Identifizierung gibt, dann greifen wir darauf zurück.«

»Ich war schon bei ihrer Wohnung. Dort ist niemand. Glauben Sie mir, sie ist die Frau aus dem Wald. Und meine Tochter war bei ihr. Wie kann es sein, dass Sie Ihre Zeit mit so etwas verschwenden?« Er ballte die Fäuste und ging unruhig in dem kleinen Zimmer auf und ab.

»Wie gesagt, noch wissen wir nichts sicher. Vielleicht sind Ihre Tochter und ihre Freundin einfach für ein paar Tage weggefahren. Sie würden gar nicht glauben, wie häufig so etwas vorkommt. Vor allem, wenn sie wusste, dass Ihnen der Kontakt nicht passt.«

»Das ist Unsinn!«, rief er aus. »Ich gebe es nur ungern zu, aber ich habe das Handy meiner Tochter getrackt. Der letzte Standort war in der Nähe des Waldes, wo die Leiche der jungen Frau aufgetaucht ist. Wollen Sie mir jetzt immer noch erzählen, dass das nur ein Zufall ist?«

»Sie haben was? Warum sagen Sie uns das erst jetzt?«, ertönte Fabians Stimme aus der Diele.

»Weil es mir peinlich ist. Ich wollte nicht als Helikoptervater dastehen. Alina wusste davon. Ich habe sie darum gebeten, den Standort freizugeben, wenn sie abends unterwegs ist. Vor allem, wenn es mit Meike ist. Wir hatten die Abmachung, dass ich das Tracking nur verwende, wenn sie nicht nach Hause kommt. Daran habe ich mich gehalten.«

»Können Sie uns zeigen, von wo aus es zuletzt gesendet hat?«, fragte Helga aufgeregt.

»Hier«, Herr Sander holte sein Handy hervor, tippte kurz darauf herum und hielt es Helga und Fabian hin.

Helga betrachtete die Karte. Das Telefon von Alina Sander war zuletzt im Frankfurter Stadtwald geortet worden, nur etwa vier Kilometer entfernt von der Stelle, an der sie und Mona das Opfer gefunden hatten.

14. Kapitel

Alina schwitzte. Mit ihrem ganzen Gewicht warf sie sich gegen den Griff des Messers. Irgendwann musste diese verdammte Tür doch nachgeben. Es knackte und für einen winzigen Moment hatte sie Hoffnung. Vor ihrem inneren Auge sah sie, wie die Tür aufsprang, wie sie entkam. Dann fiel sie abrupt zur Seite um. Den Griff hatte sie noch in der Hand, die Klinge steckte im Türschlitz. Sie hatte die Schneide abgebrochen.

»Scheiße«, fluchte sie und schleuderte den Griff von sich. Es musste doch irgendeine Möglichkeit geben, hier rauszukommen. Die Fenster waren alle abgeschlossen, und selbst wenn das nicht der Fall gewesen wäre oder sie eine Scheibe einschlug, es war viel zu hoch, um einfach zu springen. Zu allem Übel waren sie auch noch schallisoliert, denn es drang kein Straßenlärm von draußen herein. In der Wohnung gab es kein Telefon, natürlich nicht. Wer auch immer der Typ war, der sie gefangen hielt, bescheuert war er nicht.

Ihr einziger Ausweg war die Tür, die mit einem fetten Riegel gesichert war. Hier kam sicher kein Einbrecher rein, aber offensichtlich auch niemand raus, solange abgeschlossen war. Ernüchtert setzte sie sich auf und lehnte sich an die Wand. Sie war ratlos. Die einzige Waffe, die sie hätte benutzen können, um sich zu wehren, hatte sie soeben zerstört. Als ihr das bewusst wurde, kamen ihr die Tränen.

Warum war sie nur so dumm gewesen und hatte versucht, damit die Tür aufzubrechen? Sie hätte das Messer einfach einstecken und ihn angreifen sollen, wenn er nicht damit rechnete. Aber warum hatte er es überhaupt zurückgelassen?

Ansonsten gab es in der Wohnung nichts, was sich als Waffe verwenden ließ. Nur dieses eine Messer. Zugegeben, es war stumpf und die Klinge nicht besonders stabil, wie man jetzt sehen konnte, aber wenn man nur fest genug zustach, konnte man jemanden verletzen. Warum riskierte er, dass sie ihn damit angriff? Hatte er es wirklich übersehen? Oder war das ein Test? Wollte er wissen, ob sie das Ding gegen ihn einsetzen würde? Vielleicht gab es hier Kameras, und er beobachtete sie die ganze Zeit.

Sie dachte an Meike und ihr Herz krampfte sich zusammen. Der Kerl hatte gesagt, sein Boss hätte sie umgebracht, weil sie sich auf Alinas Seite gestellt hatte. Deswegen sei sie nutzlos für ihn geworden. Sie konnte immer noch nicht glauben, dass Meike wirklich jemals bei so einer Scheiße mitgemacht hatte. Hatte sie ihre Freundin so schlecht gekannt? Jedenfalls hatte sie Alina schützen wollen und dafür sterben müssen. Sie fragte sich, was die Kerle vor Meikes Tod mit ihr gemacht hatten. War es schnell gegangen oder hatte sie leiden müssen?

Alina rappelte sich hoch. Vielleicht konnte sie das Messer auch ohne den Griff noch verwenden. Mit dem T-Shirt über der Hand packte sie die Klinge an der Bruchkante und zog. Sie regte sich kein Stück.

Alina ruckelte daran, drückte das Metall nach oben und unten, doch nichts. Die Schneide steckte zu fest.

»Dumm, dumm, dumm!«, murmelte sie. Vor Wut trat sie gegen die Tür, so lange, bis ihr Fuß wehtat. Beim letzten Tritt löste sich die Klinge und kam scheppernd auf dem Boden auf.

Wenigstens etwas. Alina humpelte hin und hob sie auf. Zur Probe drückte sie sich die Spitze in die Handfläche. Verzweiflung machte sich in ihr breit. Sie könnte genauso gut einen Löffel benutzen. Nie und nimmer würde sie sich mit diesem stumpfen Teil ernsthaft zur Wehr setzen können. Vermutlich hatte sie die Schneide durch ihre dämlichen Ausbruchsversuche nur noch mehr abgenutzt.

Vielleicht wäre es am besten, wenn sie sich das Messer in den Hals rammte. Mit etwas Glück würde es schnell gehen und sie würde einfach hier verbluten und müsste nicht miterleben, was diese Männer mit ihr vorhatten.

Doch dazu war es zu spät, auf dem Hausflur erklang ein Geräusch. Kurz darauf wurde der Schlüssel ins Schloss gesteckt. Alina schaute hoch. Überall waren Kratzer von ihrem Ausbruchsversuch zu sehen. Sie konnte nicht mal so tun, als hätte sie die ganze Zeit über im Wohnzimmer gesessen. Ihre einzige Chance war, zu kämpfen. Jetzt oder nie.

Die Tür öffnete sich und der Kerl kam in die Diele. Mit einem Schrei, die Überreste des Messers in der erhobenen Hand, stürzte sie sich auf ihn. Seine Reflexe waren gut. Zu gut für sie. Er trat einen Schritt zur Seite, packte sie am Arm und schleuderte sie auf den Boden. Mit dem Fuß trat er die Tür hinter sich zu, während er ihr Handgelenk so weit verdrehte, dass sie vor Schmerz aufschrie und die Klinge losließ. In Erwartung auf Tritte oder Schläge krümmte Alina sich zusammen und schützte ihren Kopf mit dem freien Arm. Doch es geschah nichts. Der Kerl ließ ihr Handgelenk los und kniete sich neben sie. Ängstlich schaute sie auf. Dieses Gesicht. Er war nicht einfach nur der Retter, der sie aus der Scheune befreit hatte. Irgendwo hatte sie ihn zuvor schon mal gesehen. Nur wo, das wollte ihr einfach nicht einfallen.

»So läuft das also bei dir«, sagte er und betrachtete mit einem Stirnrunzeln das abgebrochene Messer. »Ich rette dich vor einem wildgewordenen Kunden und du dankst es mir, indem du auf mich losgehst?«

»Ich will nach Hause«, wimmerte Alina. Tränen liefen ihr über das Gesicht und sie zitterte unkontrolliert. »Bitte, lass mich doch einfach gehen.«

»Das Thema hatten wir doch ausführlich besprochen. Es geht nicht. Außer, du willst wie deine Freundin enden. Ist dir das lieber? Ermordet im Wald verscharrt zu werden? Glaubst du, ich will das?«

»Ich ... ich will nicht sterben! Bitte!«, stammelte Alina.

»Der Typ in der Scheune war aber drauf und dran, dich umzubringen. Ja, der Boss hätte ihn danach kaltgemacht, aber das hätte dir auch nicht geholfen. Glaubst du nicht, du bist mir was schuldig dafür, dass ich dich vor ihm gerettet habe?«

Sie schüttelte den Kopf. »Diese Videos ... Ich kann das nicht. Ich kann nicht tun, was du verlangst«, sagte sie.

Er zerrte sie auf die Füße und stieß sie vor sich her in Richtung Wohnzimmer. »Dir wird nichts anderes übrig bleiben, bis ich eine Lösung gefunden habe.« Seine Stimme klang hart. »Es liegt bei dir, ob du es dir schwer machst oder ob du mitspielst.« Er stieß sie aufs Sofa.

»So eine bin ich aber nicht.«

»So eine was?«

»Eine Nutte«, stieß sie hervor.

»Ach, du willst also behaupten, deine Freundin Meike war eine Nutte?«

Meike! Was war nur aus ihr geworden? Wann war sie so auf die schiefe Bahn geraten, und warum hatte Alina es nicht bemerkt? Hatte ihr Vater etwa die ganze Zeit über recht gehabt? Schon so lange hatte er Meike für einen schlechten Umgang gehalten und versucht, Alina den Kontakt zu ihr auszureden.

»Ich sage dir, was sie war: eine Schauspielerin. Sie hat ihren Körper für Geld hergegeben. Gutes Geld. Und der Boss war immer fair, bis sie ihm in den Rücken gefallen ist.«

»Der Boss hat sie umgebracht«, schrie Alina. »Er hat sie getötet, weil sie mich beschützen wollte.«

Der Kerl zuckte die Achseln. »Ich habe nie behauptet, dass ich mit all seinen Methoden einverstanden bin. Aber es ist nun mal, wie es ist. Der Boss bezahlt mich, und das nicht schlecht. Ich bin gerne bereit, dir zu helfen, aber auf meine Weise. Sodass nichts auf mich zurückfällt. Und du musst deinen Anteil dafür leisten, ansonsten kommen wir nicht zusammen.« Er drehte sich um und fummelte vor seinem Oberkörper herum.

»Was du da tust, ist Entführung, Freiheitsberaubung. Meike hat vielleicht freiwillig mitgemacht. Ich nicht. Du machst dich strafbar!«

»Ich habe dich nicht entführt. Im Gegenteil. Muss ich dir noch mal erklären, dass ich dich vor dem Typen …«

»Ja, gerettet, schon klar. Aber du hältst mich hier fest und lieferst mich deinem Boss aus. Das kann dir doch nicht egal sein!« Alina war nicht bereit, aufzugeben. Wenn der Typ, wie er behauptete, wirklich ein Gewissen hatte, dann musste er doch zu knacken sein. »Was würdest du sagen, wenn jemand deine Schwester …«

Der Kerl fuhr herum und Alina spürte ein Stechen im Arm. Sie schaute auf die Stelle und sah eine Spritze. Im nächsten Moment wurde ihre Zunge schwer und sie schaffte es nicht mehr, Worte zu formen. Die Augen fielen ihr zu.

15. Kapitel

Aus dem Augenwinkel betrachtete Fabian Helga. Sie saß mit verschränkten Armen auf dem Beifahrersitz und starrte aus dem Seitenfenster.

»Nimmst du es immer so persönlich, wenn es in einem Fall nicht komplett nach deinem Kopf geht?«, fragte er, als sie an einer roten Ampel hielten. Bis zur Adresse von Meike Liebig waren es noch rund fünfzehn Minuten und er hatte keine Lust, die weiterhin schweigend zu verbringen.

»Was soll denn heißen ›nicht komplett‹? Wir machen schon die ganze Zeit ausschließlich das, was du willst.«

Die Ampel schaltete um und Fabian gab Gas. »Ich halte mich nur an das, was Peitsch vorgibt.«

»Arschkriecher.« Helga schaute grinsend zu ihm rüber.

Fabian lächelte zurück, hatte dennoch das Bedürfnis, sich zu erklären. »Sieh es doch mal so: Das Ganze kostet uns, wenn wir richtig liegen, nicht mehr als zehn Minuten. Identifizieren wir unser Opfer, sind wir schon einen ganzen Schritt weiter.«

»Schon verstanden. Ich bin keine Anfängerin, auch wenn ich ständig so behandelt werde. Meine Sicht auf die Dinge ist einfach eine andere.«

Ein Radfahrer schoss vor dem Dienstwagen auf die Straße und Fabian musste hart abbremsen, um ihn nicht zu rammen. Helga krallte sich an den Haltegriff der Beifahrertür. Der Wagen hinter ihnen hupte. In Schrittgeschwindigkeit krochen sie hinter dem Radfahrer her, da Fabian ihn im dichten Stadtverkehr nicht überholen konnte.

»Und diese Sicht teile ich auch«, sagte er.

»Dann verstehe ich nicht, warum wir nicht auf dem Weg nach Sachsenhausen sind.«

»Weil es nicht immer nach Bauchgefühl geht.«

Das war ein Thema, über das Fabian und Thomas auch häufig stritten. Thomas zog gerne voreilige Schlüsse, ohne bereit zu sein, andere Möglichkeiten zu bedenken, die sich später als wahr herausstellten. Damit lag er oft richtig, aber nicht selten führte ein solcher Schnellschuss auch ins Leere und sie mussten danach wieder von vorne anfangen. Die Gefahr dabei war immer, dass man gewisse Ermittlungsansätze gar nicht erst in Betracht zog.

Da Helga nichts sagte, fuhr Fabian fort: »Hast du denn mal darüber nachgedacht, ob der Vater nicht mit drinstecken könnte?«

Helga schaute ihn mit großen Augen an. »Herr Sander?«

»Ja. Seine Frau und er haben sehr deutlich durchblicken lassen, dass sie die Freundin ihrer Tochter für einen schlechten Umgang hielten. Frau Sander sagte mir, dass er den ganzen Samstagabend unterwegs war. Angeblich, um nach ihr zu suchen.«

»Angeblich?«

»Vielleicht hat er die Entführung vorgetäuscht, hält seine Tochter irgendwo gefangen und ist die ungeliebte Freundin losgeworden.«

»Pff!«, machte Helga und winkte ab. »Als würde man deshalb jemanden umbringen. Das glaubst du doch wohl selbst nicht.«

»Nein, das tue ich auch nicht. Trotzdem habe ich Frau Sander danach gefragt, welchen Wagen ihr Mann fährt.«

»Und, ist es ein Porsche Cayenne?«

Fabian schüttelte den Kopf. »Aber immerhin habe ich diese Spur abgeklopft.«

»Womit wir wieder bei Naumann wären.«

»Ja und nein.«

»Sagtest du nicht gerade, dass du meine Sichtweise teilst?«

Endlich bog der Radfahrer ab und Fabian gab Gas. »Das tue ich. Ich bin überzeugt davon, dass die beiden Mädchen irgendwo auf dem Gelände des Bahnwärterhauses festgehalten wurden. Vermutlich in der Scheune.«

»Ziemlich sicher in der Scheune«, sagte Helga patzig. »Muss ich die Blicke wieder erwähnen?«

»Aber ich glaube nicht daran, dass Naumann der Täter ist«, setzte Fabian seine Analyse fort. »Warum sollte er die Leiche nur ein paar Kilometer von seinem Haus entfernt liegen lassen? Mitten in der Nacht hätte er sie ohne größere Probleme besser verstecken oder in die Scheune zurückbringen können.«

»Klingt logisch«, gab Helga schon etwas kleinlauter zu.

Fabian ignorierte das Navi, das ihn gerade in die entgegengesetzte Richtung in eine Einbahnstraße schicken wollte. »Dass er sie selbst nicht gekidnappt und dort rausgebracht hat, wissen wir ja bereits. Zumindest war da kein Geländewagen zu sehen. Vielleicht stimmt es, was er sagt, und er hat die Scheune als Lagerfläche vermietet, wusste aber nicht, dass zwei entführte Mädchen dort *gelagert* werden.«

»Das wiederum glaube ich nicht. Ich erwähne wieder meinen Lieblingsbeweis: seine Blicke.« Sie stieß ihm mit dem Ellenbogen in die Seite und er musste grinsen. Wenigstens legte sie etwas Selbstironie an den Tag.

»Gut, vielleicht wusste er es. Oder er hat es kombiniert, als wir ihn auf die Leiche angesprochen haben. Jedenfalls glaube ich nicht, dass er der Mörder ist.« Fabian lenkte den Wagen in eine freie Parklücke. »Zu guter Letzt glaube ich, dass Alina, wenn sie denn jemals in der Scheune war, dort längst nicht mehr ist. Die Reifenspuren waren frisch. Wer auch immer sie entführt hat, er hat sie höchstwahrscheinlich weggebracht, nachdem ihrer Freundin die Flucht gelungen ist. Vermutlich noch in derselben Nacht.«

»Also gut. Deine Version klingt wesentlich glaubhafter als meine«, sagte Helga und stieß die Beifahrertür auf. »Das finde ich zwar ziemlich beschissen, aber man muss auch zugeben, wenn man im Unrecht ist.«

»Das kommt mit der Erfahrung, Greenhorn«, sagte Fabian grinsend und überquerte die Straße. Helga folgte ihm leise fluchend.

Vor dem Haus kam ihnen ein älterer Herr entgegen. Fabian ging an ihm vorbei und hinderte die Tür daran, ins Schloss zu fallen. Der Mann musterte ihn skeptisch, woraufhin Helga ihm ihre Dienstmarke vor die Nase hielt. »Polizei«, sagte sie.

Der Alte nickte, blieb jedoch stehen und nestelte an einem der Briefkästen herum. Anscheinend war er neugierig, was die zwei Beamten in seiner Nachbarschaft zu suchen hatten.

Helga und Fabian ignorierten ihn und stiegen die Treppe nach oben. Im dritten Stock wurden sie fündig und klingelten. In der Wohnung blieb alles still. Fabian versuchte es erneut und klopfte zusätzlich. »Frau Liebig, sind Sie da?«, rief Helga.

Die Tür in ihrem Rücken wurde geöffnet. Eine junge Frau in Jogginghose und fleckigem T-Shirt trat auf den Hausflur.

»Da ist niemand da«, sagte sie.

»Das haben wir gemerkt«, sagte Fabian. »Sie wissen nicht zufällig, wie lange schon?«

Die Frau zog die Augenbrauen zusammen. »Warum wollen Sie das wissen?«

Helga holte abermals ihre Dienstmarke hervor. »Kripo Frankfurt. Wir hätten ein paar Fragen an die Bewohnerin.«

»Aha.« Die Augenbrauen bewegten sich nicht von der Stelle. »Bestimmt schon ein paar Tage. Wochenende, würd ich sagen.«

»Und Sie hätten gemerkt, wenn sie zwischendurch mal nach Hause gekommen wäre?«, fragte Fabian.

»Glaub schon. Ich stecke mitten im Examen und lerne die meiste Zeit hier. Wenn die Liebig zu Hause ist, dann bekomme ich das meistens mit, so laut, wie es da drüben immer zugeht.«

»Wie meinen Sie das?«

»Na, zum Beispiel am Freitag erst. Da war eine Freundin von ihr da. Die beiden haben sich wohl einen angesoffen und gegackert wie die Hühner.«

»Nichts Ungewöhnliches für eine Frau von gerade mal knapp zwanzig Jahren«, stellte Helga fest.

»Da haben Sie recht. Aber auch sonst. Das ist ein Kommen und Gehen.« Sie schaute sich um, als wollen sie überprüfen, dass niemand sie belauschte. »Um ehrlich zu sein, hat sie ziemlich häufig Männerbesuch. Erst am Samstag wieder. Da stand so ein schleimiger Typ vor ihrer Tür und hat so lange dagegen gepoltert, bis ich raus bin und ihm mit der Polizei gedroht habe. Dabei gehört die Wohnung, soweit ich weiß, ihrem Freund.«

Fabian schaute auf das Klingelschild. Dort stand nur Meike Liebigs Name. »Die Wohnung gehört ihrem Freund, aber er lebt nicht hier?«, fragte er.

»Mhm«, sagte die Frau und gab ihrer Stimme einen verschwörerischen Unterton. »Irgend so ein reicher Yuppie. Gutaussehend, fährt ein dickes Auto. Einmal hat er, glaube ich, sogar einen der Männer selbst mitgebracht und dann ging es da drüben ab. Hab mich schon gefragt, ob er vielleicht ihr Zuhälter ist oder so.«

Fabian horchte auf. Sollte er mit seinem ersten Eindruck vom Outfit der jungen Frau aus dem Wald doch nicht so daneben gelegen haben? Dazu passte auch die Aussage von Herrn Sander, dass Meike Liebig in Kreisen verkehrte, in denen er seine Tochter nicht sehen wollte. Aber warum sollte ein Zuhälter eine seiner Prostituierten entführen und in einer abgelegenen Scheune gefangen halten?

»Was für ein Auto war das denn?«, fragte Helga.

»Oh, das weiß ich gar nicht. Damit kenne ich mich nicht aus als arme Studentin.« Sie lachte, doch es klang nicht so, als hätte sie einen Spaß gemacht. »So ein Luftverpester. Ein SUV. Frage mich, wozu man so ein Teil in der Stadt braucht, wissen Sie?«

Ein Geländewagen also. Bei Fabian schrillten die Alarmglocken. Er schaute Helga an. Ihre Anspannung war beinahe greifbar. »Sie sagten, der Lebensgefährte von Frau Liebig ist der Mieter der Wohnung?«

»Nö. Ich sagte, ihm gehört sie und so habe ich das auch gemeint. Er ist der Vermieter. Vor der Liebig hat da eine Russin gewohnt. Bei der ging es übrigens ähnlich ab. Immer wieder Männerbesuch. Allerdings war die nicht mit dem Kerl zusammen. Jedenfalls war der nicht ständig bei ihr. Deswegen bin ich ja auf Zuhälter gekommen.«

»Einen Namen haben Sie nicht zufällig?«

»Ach, woher denn? Wollen Sie mir dafür jetzt mal verraten, was Sie von der Liebig wollen?«

»Wir können da nicht ins Detail gehen«, wich Fabian aus.

»Brauchen Sie einen Schlüssel?«

Fabian und Helga wechselten verwunderte Blicke. »Sie haben einen?«, fragte Helga.

Die Frau nickte, griff rechts neben die Tür und holte einen Schlüsselanhänger hervor. »Seit fünf Jahren wohne ich jetzt hier und hatte drei verschiedene Nachbarn. Als ich eingezogen bin, wohnte drüben noch eine ältere Dame. Die hat mir ihren Schlüssel gegeben, dass ich immer mal ihren Hund ausführen kann. Als sie gestorben ist und die Wohnung an den Yuppie verkauft wurde, hat den einfach niemand abgeholt.«

Fabian bezweifelte zwar, dass nach dem Verkauf der Wohnung das Schloss nicht ausgetauscht worden war, aber einen Versuch war es wert. Tatsächlich passte der Schlüssel. Gemeinsam betraten er und Helga die winzige Diele, deren rechte Wand mit einem gefüllten Schuhregal zugestellt war. In den Fächern fanden sich ausnahmslos hochhackige Schuhe in den verschiedensten Formen und Farben. Lediglich ein Paar abgenutzter Turnschuhe stand am Boden.

»Ich sag's ja, sie ist eine Nu...«

Fabian warf der Frau einen strafenden Blick zu, woraufhin sie kapitulierend die Arme hob und sich in ihre Wohnung zurückzog.

Die beiden durchquerten die Diele und kamen in ein kleines Wohn-Schlafzimmer mit Küchenecke. Die Einrichtung war spartanisch, ein Bett mit Metallrahmen, ein billiges Sofa, ein kleiner Fernseher auf einer Ikea-Kommode und eine Kleiderstange. Auf den ersten Blick gab es keinerlei persönliche Gegenstände. Auf dem Nachttisch neben dem Bett stand eine Rolle Küchentücher, eine Packung Kondome lag daneben.

»Ich glaube, die Nachbarin lag gar nicht so falsch«, sagte Helga, was Fabian mit Blick auf die Kleider an der Kleiderstange mit einem Nicken quittierte.

»Ein Pflegekind ohne familiären und finanziellen Halt kann schnell mal in die Fänge eines Zuhälters geraten«, sagte er. »Aber warum entführt er sie und ihre Freundin, setzt sie unter Drogen und bringt sie zu Naumann? Er hat doch hier eine Unterbringungsmöglichkeit.«

»Hat Herr Sander nicht etwas davon gesagt, dass der Kontakt zwischen Alina und Meike eine Weile eingeschlafen war und in letzter Zeit erst wieder häufiger stattfand?«, sagte Helga. »Vielleicht hat Meike beschlossen, auszusteigen, und sich deshalb an ihre Freundin erinnert. Als sie dann mit ihr ausgegangen ist, wurde es ihrem Zuhälterfreund zu bunt und er hat sie beide ...« Helgas Handy klingelte. Sie holte es aus der Hosentasche, schaute auf das Display und hielt den Finger nach oben. »Moment, da muss ich rangehen.«

Während sie in der Diele telefonierte, zog sich Fabian ein Paar Latexhandschuhe über und zog die Schubladen des Nachtschränkchens auf. Gleitgel, Handschellen, Analkugeln. Das hier sah eher aus wie der Spielzeugschrank einer gestandenen Frau und nicht wie der eines neunzehnjährigen Mädchens. Außerdem fand er einen Spiegel mit Resten eines weißen Pulvers darauf sowie ein kleines Röhrchen. Drogen, Prostitution und das alles in dem Alter ...

»Wir müssen sofort nach Sachsenhausen fahren«, sagte Helga, die aus der Diele zurückkam, das Handy noch in der Hand.

»Warum, was ist los?«, fragte Fabian und zog die Handschuhe aus.

»Naumann ... Keine Zeit für Erklärungen. Im Auto!«, rief Helga und war schon durch die Tür.

16. Kapitel

Alina schreckte hoch. Eiskaltes Wasser prasselte auf ihren Kopf und lief ihr übers Gesicht. Sie verschluckte sich daran und hustete prustend. Eine Hand legte sich auf ihre Schulter. Sie blickte nach oben in das Gesicht des Kerls.

»Da bist du ja wieder. Wir sollten noch mal von vorne anfangen«, sagte er lächelnd. »Ich bin Juri und ich werde dich hier rausholen.«

»Was ... Was hast du mir gegeben?«, japste Alina. Juri. Zum ersten Mal hatte er ihr seinen Namen genannt. Der Name. Das Gesicht. Irgendwas klingelte da bei ihr, doch sie konnte es nicht greifen.

»Ein leichtes Beruhigungsmittel. Ich hab's mit der Dosierung wohl etwas zu gut gemeint.« Er stellte das Wasser ab und half ihr, sich in der Badewanne aufzusetzen. »Du hast dich vorhin einfach zu sehr aufgeregt.«

Alina strich sich die nassen Haare aus dem Gesicht. Die klatschnasse Kleidung klebte an ihrem Körper und sie zitterte.

»Weil du mich hier gefangen hältst.«

Juri seufzte. »Das hatten wir doch schon. Nur so lange, bis ich eine Lösung gefunden habe, bei der ich von meinem Boss nicht in den Kopf geschossen bekomme.« Er drehte sich um, nahm ein Handtuch von einem Haken an der Wand und hielt es ihr hin. »Vielleicht solltest du erst mal die Klamotten loswerden, sonst erkältest du dich noch«, sagte er.

Alina schlang die Arme um sich und schüttelte heftig den Kopf. »Auf keinen Fall!«

Er schaute sie tadelnd an, dann legte er ihr das Handtuch um die Schultern. »Wie du meinst.«

Bibbernd zog sie den flauschigen Stoff enger um sich. Sie war hundemüde und sehnte sich nach ihrem Bett. Nach ihrem Zuhause. Wie lange befand sie sich jetzt schon in der Gewalt dieses Typen? Ihre Eltern mussten umkommen vor Sorge. Hätte sie doch bloß mit ihrem Vater *The Voice of Germany* geschaut. Meike hätte ja zu ihr kommen können. Dann würde sie jetzt noch leben ... Tränen traten Alina in die Augen. Sie wandte sich ab, denn er sollte nicht sehen, dass sie weinte.

»Willst du jetzt für immer da drin sitzen bleiben?«, fragte Juri nach einer Weile.

Alina schüttelte den Kopf und versuchte, aufzustehen. Ihre Beine fühlten sich an wie Gummi und sie rutschte auf der glatten Oberfläche immer wieder aus.

»Komm, ich helfe dir«, sagte er und hielt sie am Oberarm fest.

Mit seiner Unterstützung schaffte sie es, aus der Wanne zu steigen. Sie entdeckte einen Stapel Kleidung, der auf dem geschlossenen Toilettendeckel lag. »Ich würde mich, glaube ich, doch gerne umziehen«, sagte sie.

»Tu dir keinen Zwang an.«

Alina wartete darauf, dass er rausging, doch Juri bewegte sich keinen Millimeter. »Nicht vor dir«, sagte sie deshalb.

Er lachte. »Deine falsche Scham solltest du ganz schnell ablegen.«

»Ich werde diese Filme nicht drehen! Lieber sterbe ich«, sagte Alina, doch sie war sich nicht sicher, ob sie es auch wirklich so meinte. Vielleicht sollte sie es einfach hinter sich bringen.

»Und deine Eltern? Willst du, dass sie auch sterben?«

Eine Welle der Angst jagte durch Alinas Körper. Mit aufgerissenen Augen starrte sie Juri an. »Lass meine Eltern in Ruhe!«, rief sie und brach in Tränen aus. Bisher hatte sie nicht darüber nachgedacht, dass diese Typen ihren Geldbeutel und damit auch ihre Adresse hatten.

»Ich werde deinen Eltern gar nichts tun. Aber ich kann dir nicht versprechen, dass der Boss das genauso sieht. Er ist skrupellos, wenn es darum geht, seinen Willen zu bekommen. Schließlich geht es hier um verdammt viel Geld.«

Alina konnte nicht antworten. Sie wurde von einem Schluchzer nach dem anderen geschüttelt. Was hatte sie nur getan? Wie war sie bloß in diese Situation geraten? Sie dachte an ihren Vater und wie enttäuscht er am Freitag gewesen war, weil sie lieber ausgehen wollte, als den Abend mit ihm zu verbringen. Und jetzt sollte er ihretwegen auch noch sterben? Das durfte sie nicht zulassen.

Juri legte seinen Arm um sie. Alina lehnte sich an ihn und ließ sich tröstend über den Rücken streicheln. Sie hatte keine Kraft mehr, zu kämpfen. Nicht im Moment.

»Ich habe dir gesagt, dass ich dich hier raushole«, flüsterte er. »Aber gib mir Zeit, das vorzubereiten.

Ein Dreh, vielleicht zwei. Das schaffst du sicher. Dir wird gar nichts passieren.«

»Ich muss … muss mit wildfremden Männern …«, schluchzte sie.

»Ja, ich weiß. Aber das ist halb so schlimm, du wirst sehen. Du hast doch bestimmt schon mal Sex gehabt, oder?«

Zögernd nickte Alina. Bisher hatte sie nur mit einem einzigen Jungen geschlafen. Ben. Er war ihr Freund gewesen, als sie sechzehn war und das erste Mal war nicht besonders schön gewesen. Danach hatten sie es noch ein paarmal versucht, aber Alina hatte nicht besonders viel dabei empfunden. Vielleicht könnte sie es wirklich schaffen, den Dreh hinter sich zu bringen. Juri hatte sie schon einmal vor diesem grauenhaften Typen im Wald gerettet. Anscheinend konnte sie ihm vertrauen.

»Na siehst du. Im Endeffekt wird das nichts anderes. Bei uns läuft alles sicher ab. Wie gesagt, normalerweise sind das professionelle Darstellerinnen. Es gibt Kondome und alles. Du musst dich nur ein bisschen wehren, das dürfte dir nicht so schwerfallen.«

Alina dachte wieder an Meike. Hatte sie wirklich freiwillig in derartigen Filmen mitgespielt? Oder hatte der Boss sie auch gezwungen? Aber warum hatte sie dann nie etwas gesagt? Sie war nirgends festgehalten worden und hätte einfach Anzeige erstatten können.

»Also, was ist? Hilfst du mir, damit ich dir helfen kann?«, fragte Juri.

Zögernd nickte Alina. Was blieb ihr auch anderes übrig?

»Super. Dann machen wir dich mal fertig, damit du den Kunden kennenlernen kannst«, sagte Juri und nahm einen Rasierer vom Rand des Waschbeckens. »Zieh die Hose aus, dann machen wir dich schön glatt.«

17. Kapitel

Fabian und Helga standen vor dem geöffneten Scheunentor und sahen den Mitarbeitern der Kriminaltechnik bei der Arbeit zu. Der Leichnam von Karl Naumann war gegen einen Stützpfeiler gelehnt, um ihn herum eine große Lache geronnenen Blutes und mittendrin ein Küchenmesser. Die Reste von Stroh zu seinen Füßen waren zerwühlt. Zum Glück war die Privatdetektivin schlau genug gewesen, den Tatort nicht zu betreten und so nicht unnötig Spuren zu kontaminieren. Obwohl Fabian wütend war, dass Helga schon wieder einen Alleingang gestartet hatte, hatten sie sich darauf geeinigt, Peitsch nichts von Monas Beteiligung zu sagen.

Bis auf Naumanns Leiche war die Scheune im unteren Bereich leer gewesen. Im oberen Stockwerk befand sich ein schalldicht ausgekleideter Raum mit einem Bett, darauf eine dreckige Matratze. Außerdem hatten sie allerlei Equipment für Filmdrehs gefunden. Zumindest in diesem Punkt hatte Naumann also nicht gelogen. Neben Scheinwerfern und Stativen sowie allerlei Requisiten befand sich dort oben auch eine Kamera.

Neben dem Bett fand die Spurensicherung zwei durchtrennte Kabelbinder und einen Ballknebel, an dessen Verschluss sich ein paar blonde Haare verfangen hatten, sowie ein Paar hochhackige Schuhe in Größe achtunddreißig, die vermutlich Meike zuzuordnen waren. Die Wahrscheinlichkeit war hoch, dass dies der

Ort war, an dem Meike Liebig und Alina Sander festgehalten worden waren.

Während die Kriminaltechniker ihre Arbeit erledigten und die Spuren in der Scheune sicherten, schauten Helga und Fabian sich im Wohnhaus um. Zuerst durchsuchten sie den von außen begehbaren Keller. Es handelte sich lediglich um einen kleinen düsteren Raum mit einer Waschmaschine, einem Trockner und einem Regal voller Dosenfraß. Auch hier keine Spur von Alina Sander.

»Hatte er nicht was davon gesagt, dass er eine Frau hat?«, flüsterte Helga, als sie vor der Haustür standen.

Fabian nickte. Jetzt fiel es ihm auch wieder ein. Dass er daran nicht früher gedacht hatte. »Komisch, dass die noch nichts von dem Trubel mitbekommen hat.«

»Vielleicht hört sie schlecht. Moment. Sie hatte einen Schlaganfall – sagte er nicht so etwas?«

Fabian schaute sich in der holzvertäfelten Diele um. Drei Türen gingen davon ab. »Frau Naumann? Sind Sie da? Hier ist die Polizei«, rief er und lauschte mit angehaltenem Atem.

Keine Antwort. »Frau Naumann?«, versuchte er es noch mal. Immer noch nichts. Sie warfen einen Blick nach links in die Küche. Der Raum war leer, also gingen sie die Diele entlang in den hinteren Teil des Hauses. Das Wohnzimmer war unaufgeräumt, die Einrichtung altbacken. Auf der Couch lagen fein säuberlich aufgereiht Kissen mit aufgestickten Blumen. Daneben stand ein durchgesessener Sessel mit einer verfilzten Wolldecke über der Lehne, auf dem Boden ein Bierkrug. Ein moderner Flachbildfernseher stand auf einer alten Kommode. Von wegen Naumann schaute kein Fernsehen. Weder die Frau noch Alina waren irgendwo zu sehen und es wirkte auch nicht so, als hätte sich in letzter Zeit jemand anderes als Naumann in diesem Raum aufgehalten.

Gemeinsam stiegen sie die Treppe nach oben. Ein starker Geruch nach Blut und Exkrementen kam ihnen entgegen. Fabians Hand wanderte zu seiner Waffe, obwohl er sie höchstwahrscheinlich nicht brauchen würde. Als sie im oberen Stockwerk angekommen waren, entdeckten sie den Grund für den Gestank. In dem Zimmer gegenüber der Treppe lag eine Person im Bett.

Über ihrem Kopf war eine Decke ausgebreitet, ihre Beine waren freigelegt. Auf der Matratze zeichneten sich Spuren von Urin und Kot ab, außerdem Blut. Erste Fliegen hatten das Bett besiedelt und stoben auseinander, als Helga und Fabian das Zimmer betraten. Angespannt hielt Fabian den Atem an. Hatten sie Alina gefunden?

Helga hielt sich die Hand vor den Mund, während er ein paar Handschuhe überstreifte. Vorsichtig hob er die Decke an. Wirre graue Haare kamen zum Vorschein, darunter das verzerrte Gesicht einer alten Frau. In ihrem Hals klaffte ein tiefer Schnitt. Fabian legte zwei Finger an die unverletzte Seite. Wie erwartet fühlte er keinen Puls. Er platzierte die Decke wieder so, wie sie sie vorgefunden hatten.

»Wonach sieht das für dich aus?«, fragte er Helga.

»Erweiterter Suizid«, sagte sie achselzuckend. »Oder aber jemand wollte Zeugen loswerden.«

Fabian nickte. »Komm, wir informieren die Kriminaltechniker.«

18. Kapitel

Am Mittwochvormittag hatte Peitsch eine Besprechung der Sonderkommission einberufen, die er mittlerweile um einige Beamte erweitert hatte. Ein Teil davon hatte bereits am Abend zuvor begonnen, in den Clubs der Umgebung herumzufragen, ob jemand die beiden Mädchen gesehen hatte, bisher allerdings ohne Erfolg. Tillmann und Mario hatten inzwischen die Handys von Meike Liebig und Alina Sander gefunden. Zusammen mit den Geldbeuteln der beiden Mädchen hatten sie nicht weit von der Stelle im Wald gelegen, an der Herr Sander das Handy seiner Tochter zuletzt geortet hatte. Die Technik war gerade dabei, die Geräte zu entsperren. Die Leiche aus dem Wald hatten sie anhand des Fotos im Personalausweis identifiziert. Es handelte sich eindeutig um Meike Liebig.

Ein Kriminaltechniker war damit beschäftigt, Bilder des zweiten Tatorts an die Pinnwand zu heften. Neben verschiedenen Körperflüssigkeiten hatten sie ein Büschel blonder Haare an der Leiter sowie an einem Ballknebel aus dem Raum mit dem Equipment sichergestellt, die vermutlich zu Alina Sander gehörten. Eine Vergleichsprobe von ihrer Haarbürste hatte der aufgelöste Vater bereits vorbeigebracht. Außerdem hatten sie in dem Raum in der Scheune zwei durchtrennte Kabelbinder gefunden, die vermutlich als Handfesseln benutzt worden waren.

»Für mich sieht das ganz nach einem klassischen Fall von Entziehung der Strafverfolgung durch Suizid aus«, gab Peitsch seinen ersten Eindruck wieder. »Und seiner Frau wollte er die Peinlichkeit ersparen, dass ihr Mann junge Frauen entführt und umgebracht hat.«

»Nicht nur das«, sagte Fabian. »Er hat seine Scheune außerdem zum Filmstudio für Vergewaltigungspornos umgebaut.« Fabian hatte am Morgen in der Technikabteilung in ein paar der Videos reingeschaut, die in Naumanns Wohnzimmer gefunden worden waren. Seiner Meinung nach waren sie gestellt, denn die Frauen darauf wirkten abgestumpft, teilweise wie unter Drogen. Ihre Hilfeschreie klangen bemüht, aber nicht echt.

Fabian heftete ein paar Screenshots der Gesichter an die Pinnwand. Auch Meike Liebig war darunter, wenngleich sie unter einer dicken Schicht Make-up kaum wiederzuerkennen war. Auf dem Video, das Fabian von ihr gesehen hatte, wirkte sie völlig weggetreten. Kein Wunder, das Pulver in ihrem Nachttisch hatte sich als Methamphetamin herausgestellt.

Naumann selbst hatte er bisher auf keinem der Videos entdecken können, was allerdings nichts heißen musste. Manche der Männer waren maskiert, andere wiederum wurden nur so gefilmt, dass der Kopf auf dem Film abgeschnitten war. Bisher hatten nur zwei der männlichen Protagonisten ihr Gesicht gezeigt.

»Oder umbauen lassen«, ergänzte Helga. »Als wir ihn gestern Vormittag befragten, hat er angegeben, dass er seine Scheune als Lager an eine Medienfirma vermietet hat.«

»Die Überprüfung seiner Konten hat dahingehend nichts Konkretes ergeben«, meldete sich ein Kollege aus der neu zusammengestellten Soko zu Wort. »Lediglich unregelmäßige Bareinzahlungen in den letzten Monaten, also nicht rückverfolgbar.«

»Aber es stützt zumindest die Theorie, dass er nicht allein gehandelt hat«, sagte Fabian. Die Möglichkeit, dass Naumann von nichts gewusst hatte, hatte sich zerschlagen. In seinem Kühlschrank war eine Ampulle mit Barbituraten gefunden worden, das Mittel, das auch in Meike Liebigs Blut festgestellt worden war. Außerdem Spritzen und Kanülen. Naumann hing auf jeden Fall in der Sache mit drin. »Ein weiterer Hinweis ist der Geländewagen, der auf dem Video zu sehen ist. Auf Naumann ist nur der Golf auf seinem Hof zugelassen.«

Sie hatten den Kollegen mittlerweile das Video von Mona vorgespielt und ihnen von der Herkunft berichtet. Die Datei war auch an die Technikabteilung gegeben worden, die versuchen würde, zumindest einen Teil des Kennzeichens sichtbar zu machen.

»Zumindest in Bezug auf die Entführung ist Naumann eher nur Mittäter«, sagte Helga. »Was auch logisch erscheint, wenn man davon ausgeht, dass Liebig und Sander den Abend über gemeinsam in einem Club unterwegs gewesen sind. Naumann sah nicht so aus, als wäre er regelmäßig im Frankfurter Nachtleben anzutreffen. Ob er den Mord an Meike Liebig begangen hat, wird die DNS-Analyse ergeben.«

»Frau Liebig war in mindestens einem der Filme zu sehen, verstehe ich das richtig?«, fragte Peitsch mit Blick auf die Screenshots. »Es wäre doch denkbar, dass sie ebenfalls an der Entführung beteiligt war, einen Rückzieher machen wollte und deshalb sterben musste.«

»Das ziehen wir natürlich in Betracht«, antwortete Helga und berichtete kurz von den Aussagen der Nachbarin am Vortag.

»Eine junge Frau mit schwieriger Vergangenheit und ohne Halt im Leben. Dann kommt ein gut aussehender Mann mit Geld, der ihr eine Wohnung besorgt, schöne Dinge kauft, Drogen finanziert.« Fabian dachte an die Schuhe und die Kleidung aus der sonst unpersönlich eingerichteten Wohnung von Meike Liebig.

»Ein Loverboy, der zufälligerweise einen SUV fährt«, sagte Helga. »Er macht sie emotional abhängig von sich, dann lässt er sie ihren Körper verkaufen. Ein Auskunftsersuchen beim Grundbuchamt über den Eigentümer ist übrigens bereits eingereicht.«

»In Anbetracht dessen ist es denkbar, dass Meike Liebig als Lockvogel eingesetzt wurde. Als sie das merkte, wollte sie ihre Freundin schützen, denn sie wusste genau, was Alina Sander erwartet. Sie konnte aus der Scheune oder dem Wagen fliehen. Naumann oder der andere Täter hat sie verfolgt und dann umgebracht«, führte Fabian seine Theorie zu Ende. »Möglich ist auch, dass beide Mädchen fliehen konnten und Alina Sander sich verängstigt irgendwo versteckt hält. Eine Öffentlichkeitsfahndung mit einem Foto von ihr geht morgen raus. Für den Fall, dass der Täter auch sie erwischt und umgebracht hat, haben wir außerdem den Suchradius rund um den Fundort erweitert.«

»Kommen wir zu Naumann selbst«, leitete Helga ein. »Bei seiner Frau und ihm wurde dasselbe Messer genutzt. Bei ihr war es ein einziger Stich in den Hals, der die Luftröhre verletzt hat. Sie ist an ihrem eigenen Blut erstickt.«

»Der Täter, möglicherweise Naumann, ging danach ins Bad, um die Klinge abzuspülen. Gegen Naumann als Täter spricht, dass an ihm keinerlei Blutspuren der Frau gefunden wurden«, ergänzte Fabian.

»Richtig«, übernahm Helga wieder den Vortrag. »Naumann wurde in der Scheune gefunden, den linken Unterarm in Längsrichtung mit einem einzigen Schnitt aufgeschnitten. Tatwaffe war wie gesagt dasselbe Messer, mit dem auch seine Frau getötet wurde.«

»Gibt es Hinweise auf die Anwesenheit einer dritten Person?«, fragte einer der Beamten, die neu zu der Sonderkommission dazugestoßen waren.

»Keine eindeutigen«, antwortete Fabian. »Auf dem Griff des Messers wurden nur Fingerabdrücke von Naumann gefunden. Im Staub auf dem Scheunenboden waren Fußabdrücke von mindestens vier Personen. Eine davon war Naumann, zwei der Spuren haben Schuhgröße achtunddreißig bis vierzig, gehören also vermutlich zu den jungen Frauen. Die letzte ist unidentifiziert, stammt in etwa von einer Schuhgröße um die achtundvierzig.«

»Allerdings, wie Sie selbst sehen«, sagte Helga und deutete auf das Foto von Naumanns Leiche, »ist der Bereich um den Leichnam nicht verwertbar, weil er zu verwischt ist. Die sichergestellten Abdrücke sind weit vom Toten entfernt und somit vielseitig interpretierbar.«

»Es gibt im Haus bislang keinerlei Hinweise auf das Eindringen einer fremden Person«, warf Fabian ein.

»Für den erweiterten Suizid spricht das Abdecken der Frau. Naumann wollte mit seiner Tat nicht konfrontiert werden. Durch das Verstecken hat er es auf eine gewisse Art ungeschehen gemacht.«

»Wir sind demnach keinen Schritt weiter, außer dass wir zwei Leichen mehr haben.« Peitsch klang genervt. »Eigentlich hatte ich gehofft, dass dieser Fall schnell zu bearbeiten ist, aber gut. Wie wollen Sie weiter vorgehen?«

Fabian räusperte sich. »Wir teilen ein Team ein, das die Lokalitäten in der Nähe des Wohnortes von Frau Liebig abklappert. Vielleicht hat irgendjemand was gesehen. Alina Sander sagte ihrem Vater, der Club sei fußläufig zu erreichen, so viele kann es da nicht geben. Ein weiteres Team wird den vergrößerten Suchradius im Wald zwischen Niederrad, Sachsenhausen und Lerchesberg absuchen. Helga und ich fragen in den Krankenhäusern nach, ob Alina Sander irgendwo eingeliefert wurde.«

»Also gut«, sagte Peitsch und schaute demonstrativ auf die Uhr. »An die Arbeit, meine Damen und Herren.«

Während sich der Raum leerte, schaute Fabian auf sein Handy. Thomas hatte ein Foto von sich und Jana geschickt. Sie standen vor einem Tempel im Sonnenuntergang und lächelten fröhlich in die Kamera. Kurz überlegte Fabian, ob er seinen Partner vorwarnen sollte, was ihn erwartete, wenn er aus dem Urlaub zurückkehrte. Er konnte ihn ja nicht einfach ins offene Messer laufen lassen. Aber wie sollte er ihm das verständlich machen, ohne dass Jana sofort verstand, worum es ging, falls sie mitlas? Schließlich entschied er sich dagegen und schickte lediglich ein Smiley mit einer Sonnenbrille als Antwort. Noch war überhaupt nicht klar, wie Peitsch mit der Beschwerde umgehen würde. So lange musste Fabian noch keine Pferde scheu machen.

Nachdem Fabian und Helga die Aufgaben unter den Kollegen verteilt hatten, erwartete sie im Büro bereits die Antwort des Grundbuchamtes. Zu ihrer Überraschung gehörte die Wohnung einer Frau.

»Karolina Mazur«, las Helga den Namen vor. »Seltsam. Vielleicht die Mutter von dem gut aussehenden Yuppie mit SUV.«

Fabian tippte den Namen in ihr System ein. Es dauerte nicht lange, bis ein Eintrag auf dem Bildschirm erschien. »Würde mich wundern«, entgegnete er. »Wenn es sich um dieselbe Person handelt, ist sie einundachtziger Baujahr.«

»Wohnungseigentümerin in Frankfurt mit neununddreißig«, sagte Helga und pfiff durch die Zähne. »Irgendwo bin ich in meinem Leben falsch abgebogen, dass ich noch in einer Zweizimmer-Mietwohnung hause. Was hat sie gemacht, um sich den Eintrag zu verdienen?«

»BTM«, sagte Fabian. »Ist mit ein paar Ecstasy-Tabletten in einem Club erwischt worden.«

»Könnte passen.«

Eine weitere Nachricht erschien im Postfach von Fabians Outlook, dieses Mal von der Fahndung. Sie hatten eine der Frauen von den Videos identifiziert. Die Gesichtserkennung hatte eine Prostituierte namens Lydia Pauly herausgefiltert, was Fabians Vermutung von der Inszenierung der Filme untermauerte. Sie lebte bei Griesheim im Westen Frankfurts. Fabian klickte die beiden Videos durch, in denen Meike Liebig zu sehen war. In keinem von ihnen spielte auch Lydia Pauly mit. Was aber nicht hieß, dass sich die beiden Frauen nicht kannten. So oder so würden Fabian und Helga ihr einen Besuch abstatten, denn mit Sicherheit konnte sie ihnen etwas zu den Produzenten der Vergewaltigungspornos erzählen. Die Frage war nur, ob sie es auch tun würde.

19. Kapitel

Der Kunde saß auf dem ausladenden Ledersofa. Sein Jackett war geöffnet und er hielt ein Glas Whiskey in der Hand, wohl um sich schon mal in Stimmung zu bringen. Jonathan Bacher war irgendein hohes Tier in einer Anwaltskanzlei für Wirtschaftsrecht und er sah auch genau so aus. Seine grau melierten Haare waren zu einer akkuraten Frisur geschnitten, seine Nägel manikürt. An seinem Handgelenk prangte eine Rolex und sein Gesicht hatte einmal zu häufig den Schönheitschirurgen gesehen. Ein Typ, dem mit Sicherheit etliche Frankfurter Frauen zu Füßen lagen, wenn er mit seiner Kreditkarte wedelte, doch er wollte etwas anderes. Er wollte das Gefühl, Macht zu besitzen, und Juri war gerne bereit, ihm genau das zu geben. Alles eine Frage des Preises natürlich.

Heute hatte er leider eine schlechte Nachricht zu überbringen. Schon wieder. Dafür hatte er sich ebenfalls herausgeputzt, seine teuerste Glashütte-Uhr angelegt und seine geliebten Balenciagas im Schrank gelassen. Stattdessen trug er blank polierte Gucci-Lackschuhe. Mit dem aufgesetzten Lächeln eines Luxuskarossenhändlers ging er auf den Kunden zu.

»Herr Bacher«, sagte er und streckte ihm die Hand entgegen. »Tut mir leid, dass ich Sie habe warten lassen.«

Der Anwalt dachte gar nicht daran, aufzustehen, um ihn zu begrüßen. Er nickte ihm nur kurz zu und Juri ließ die Hand wieder sinken. »Ich hoffe, dass es sich gelohnt hat«, sagte Bacher etwas steiflippig. Die letzte Ladung Botox war wohl noch nicht allzu lang her, sodass er seine Gesichtsmuskeln kaum bewegen konnte. Juri fand es lächerlich, wenn Männer sich wie alternde Hollywood-Diven benahmen und sich das Gesicht durch etliche Eingriffe verschandelten. Echte Kerle sollten gefälligst in Würde altern. Wer scherte sich schon um ein paar Falten im Gesicht eines gestandenen Mannes?

»Es hat sich gelohnt«, sagte Juri. Er hatte beschlossen, Bacher erst die gute Nachricht zu überbringen. Vielleicht würde er dann akzeptieren, dass seine Wünsche nicht hundertprozentig erfüllt wurden. Immerhin war Juri im Gegenzug bereit, über den Preis zu sprechen. Für einen kurzen Moment ärgerte er sich, dass er Naumann abgemurkst hatte. Wäre der noch am Leben, könnte Juri sich das entgangene Geld von ihm wieder holen. »Eine Blondine, natürlich, nicht gefärbt. Blaue Augen. Deutsche. Sie werden begeistert sein.«

Warum es ausgerechnet eine echte Blondine sein musste, verstand Juri nicht. Es gab gute Kontaktlinsen und Haarfärbemittel. Aber Bacher war ein Stammkunde, der genaue Vorstellungen hatte. Gestellte Videos reichten ihm nicht mehr und bei dem Preis, den er zu zahlen bereit war, diskutierte Juri nicht über die Details. Er war dafür da, Wünsche zu erfüllen.

»Keine Nutte?«

»Wie besprochen. Keine Nutte, keine Pornodarstellerin. Sie werden echte, unverbrauchte Angst bekommen.«

»Sehr gut. Bringen Sie sie rein. Meine Zeit fällt nicht vom Himmel.«

»Es gibt nur eine Sache«, sagte Juri. Jetzt kam es darauf an, wie er Bacher das Problem verkaufte.

»Noch eine Sache? Neben der Verzögerung und nachdem das mit der Location schon nicht geklappt hat?« Der Ausdruck in seinen Augen verhieß nichts Gutes. Dieser verdammte Naumann. Wer hätte denn auch ahnen können, dass Meike ihrer Freundin gegenüber eine derartige Loyalität an den Tag legte? Doch das Ärgern im Nachhinein half nichts, da musste er jetzt durch.

»Das andere Mädchen ist zurzeit leider verhindert. Natürlich habe ich mir bereits ein verändertes Drehbuch einfallen lassen, damit keine Wünsche offenbleiben.«

»Was soll das heißen, verhindert? Ich hatte Ihnen exakte Vorgaben gemacht. Sie hatten nun wirklich lang genug Zeit.«

»Ich weiß, Herr Bacher, und es tut mir wirklich leid. Ein anderer Kunde hat seine Grenzen überschritten. Es ist uns leider nicht möglich, sie für Ihren Film zur Verfügung zu stellen. Aber wie gesagt, mit kleineren Anpassungen am Drehbuch ...«

Bacher knallte das Glas auf den Tisch und sprang vom Sofa auf. »Ich will kein verändertes Drehbuch. Wie lange arbeite ich nun mit Ihnen zusammen? Wie viel Geld zahle ich Ihnen?«

»Darüber bin ich mir vollkommen im Klaren«, sagte Juri. »Der Boss wird Ihnen selbstverständlich einen Nachlass gewähren.«

»Nachlass. Dass ich nicht lache. Geld ist mir egal. Mir wurde ein abgelegenes Grundstück für eine authentische Umgebung versprochen, dann wurde der Dreh in ein Studio verlegt und jetzt wollen Sie mir erzählen, dass Sie besser wissen, welche Mädchen gut für meinen Film sind?« Bachers Gesicht verzog sich, soweit es das Botox zuließ. »Ich will keine scheiß russische Nutte mit Akzent, der man ansieht, wie oft sie schon gefickt wurde. Ich will kein Pornosternchen, das schlecht schauspielert. Ich will normale Mädchen. Deutsche, unverbrauchte Mädchen! Echte Vergewaltigung! Bekomme ich das nicht, ist unser Deal geplatzt.«

Juri seufzte. Etwas in der Art hatte er befürchtet. Dieser verdammte Naumann. Dafür, dass er ihm alles versaut hatte, hätte er vor seinem Tod noch viel mehr leiden müssen. Jetzt konnte er wieder von vorn anfangen, aber mit dem Unterschied, dass dieses Mal die Voraussetzungen um einiges schwieriger waren. Mit Alina war es so einfach gewesen, auch wenn Meike noch versucht hatte, ihre Freundin zu beschützen. Das Mädchen war gar nicht so dumm gewesen, wie er die ganze Zeit geglaubt hatte.

»Ich kann mich nur wiederholen, es tut mir sehr leid. Der Boss wird sich bemühen, so schnell wie möglich für Ersatz zu sorgen, wenn Sie darauf bestehen.«

»Das will ich hoffen. Sagen Sie ihm, dass er froh sein kann, dass bisher immer alles zu meiner Zufriedenheit ablief, sonst würden Sie diese Chance nicht bekommen. Was ist denn mit dem anderen Mädchen? Die hat mir gut gefallen. Wann ist sie wieder einsatzbereit?«

»Sie wird nicht mehr vor der Kamera stehen«, sagte Juri. »Sie ist tot.«

Bacher lachte. Zumindest kamen Geräusche aus seinem Mund, die darauf schließen ließen. »Mir war bisher nicht klar, dass Sie das auch anbieten.«

»Das tun wir auch nicht. Wir sind mit der Entführung schon über unsere üblichen Leistungen hinausgegangen. Normalerweise bewegen wir uns auf völlig legalem Boden. Von den Drogen mal abgesehen.«

»Ihre Leistungen sind nur eine Frage des Preises, hm? Vielleicht kommen wir doch noch zusammen.«

20. Kapitel

Lydia sah die beiden Polizisten an, die ihr gegenüber auf der Couch saßen. Die kurzhaarige Frau kannte sie von früher. Sie hatte mal wegen der Drogen mit ihr zu tun gehabt, doch die Kommissarin schien sich nicht an sie zu erinnern. Nervös nestelte sie am Saum ihres Jeansrockes herum. In letzter Zeit hatte sie sich nichts zuschulden kommen lassen und fragte sich, was die beiden von ihr wollten.

»Kann ich Ihnen was zu trinken anbieten?«, fragte sie, weil sie das Schweigen der beiden nicht ertrug. War das eine Taktik, um sie mürbe zu machen, bevor die Befragung überhaupt begonnen hatte?

»Nein, danke«, sagte die Frau. Wie war noch ihr Name? Vor lauter Aufregung hatte sie an der Tür nicht richtig zugehört. Etwas mit Tanne oder so. Tannenfließer? Seltsamer Name.

»Ich würde ein Wasser nehmen, wenn es nichts ausmacht«, antwortete der Mann. Prior hieß er. Das hatte sie sich merken können.

»Bringe ich Ihnen«, sagte sie, stand auf und eilte in die Küche, wo sie ein Glas aus dem Schrank nahm und es mit Leitungswasser füllte.

Als sie zurückkam, lag ein Foto auf dem Wohnzimmertisch. Es zeigte ihr Gesicht. Lydia wusste sofort, wo es herkam und spürte, wie sie errötete. Gewöhnlich schämte sie sich nicht für ihren Beruf, aber normalerweise bekamen auch keine Fremden zu sehen, was sie da tat. Und wenn, dann stand sie ihnen nie gegenüber.

Sie stellte das Glas vor den Kommissar und mied es, ihn dabei anzusehen. Die Einstichstelle an ihrem Arm juckte, doch sie konnte sich jetzt unmöglich kratzen.

»Frau Pauly, wir würden gerne mit Ihnen über die Filme sprechen, in denen Sie mitgespielt haben«, sagte die Frau. Kannengießer, das war der Name, jetzt fiel es ihr wieder ein.

Lydia lachte gekünstelt. »Das klingt ja, als wäre ich eine berühmte Schauspielerin.«

»Die Sache ist ernst«, sagte Prior und machte ein dementsprechendes Gesicht.

»Da ist nichts Illegales dabei. Sie sind komplett gestellt und nicht zum Verkauf gedacht«, sagte Lydia abwehrend. Hatte sie wirklich so gut geschauspielert, dass die Polizei die Videos für echte Vergewaltigungen hielt? Und wie waren sie überhaupt darangekommen? »Alles passiert freiwillig und ich werde gut dafür bezahlt«, bekräftigte sie noch mal.

»Das haben wir uns gedacht«, sagte die Kurzhaarige. »Kennen Sie diese Frau?« Sie legte ein weiteres Bild auf den Tisch.

Lydia bemühte sich, keine Reaktion zu zeigen. Natürlich kannte sie das Mädchen. Es war das neueste Opfer von Juris Masche. So wie er sie damals dazu gekriegt hatte, für ihn anschaffen zu gehen. Nachdem sie einen Moment mit zusammengezogenen Augenbrauen auf das Bild gestarrt hatte, schüttelte sie langsam den Kopf.

»Habe ich noch nie gesehen«, sagte sie.

»Sicher? Sie war ebenfalls auf einem der Videos.«

Lydia zuckte mit den Schultern. »Na und? Ich sagte doch, dass alles freiwillig ist.«

»Können Sie uns etwas zu den Personen sagen, die diese Filme produzieren?«, fragte wieder die Frau. Anscheinend hatte sie den Auftrag bekommen, die Befragung durchzuführen, in der Annahme, dass Lydia dann eher auspacken würde. Von Frau zu Frau sozusagen.

Wieder schüttelte Lydia den Kopf, dieses Mal energischer. »Im Endeffekt weiß ich gar nichts. Diese Typen bekommen Anfragen von Kunden und schauen, welche von uns dazu passt. Dann wird uns eine Zeit und ein Ort genannt und wir kommen dahin, lassen uns beim Sex filmen und das war's.« Sie glaubte sich selbst kein Wort, aber das war egal. Niemand konnte sie dazu zwingen, etwas auszusagen, das sie in Gefahr brachte.

»Sie müssen doch irgendwie dafür bezahlt werden. Wie läuft das? Überweisen die das Geld auf Ihr Konto?«

»Das bekommt man bar nach Abschluss der Dreharbeiten.« Das letzte Wort setzte sie mit ihren Fingern in Anführungszeichen. »Bevor Sie fragen: Es ist ein Handlanger. Den Boss, so nennt er sich, hat noch niemand zu Gesicht bekommen. Irgendein Kerl fährt uns zu den Drehs, wartet vor der Tür, bis es fertig ist, und gibt uns dann die Kohle.«

»Darf ich fragen, wie viel Sie dafür bekommen?«, erkundigte sich die Kurzhaarige.

»Nein, dürfen Sie nicht.« Vermutlich würden die sie auslachen, wenn sie erfuhren, dass sie nach einem Dreh, der oft viele Stunden dauerte, mit gerade mal 200 Euro nach Hause ging. Allein dem Auto nach zu urteilen, das Juri fuhr, sprang für den Boss mindestens das Zehnfache raus, eher noch mehr.

»Was sind das für Orte, an denen die Videos aufgenommen werden?«

Lydia zuckte mit den Schultern. »Ich war bisher an drei Locations. So viele geeignete gibt es ja nicht, immerhin müssen wir schreien und so. Es muss also was sein, wo es keine Nachbarn gibt, die sofort die Polizei rufen.«

»Gehen Sie doch etwas mehr ins Detail.«

Lydia überlegte. Eigentlich gab sie nicht zu viel preis, wenn sie den beiden die Drehorte nannte. Vielleicht würden sie das blonde Mädchen ja sogar rechtzeitig finden, ohne dass sie Juri direkt verraten musste. Sie beschloss, die Wahrheit zu sagen. »Es gibt da eine abgelegene Lagerhalle in einem Industriegebiet etwas außerhalb von Frankfurt, bei Hanau. Dort wurden verschiedene Räume abgeteilt, sodass es aussieht, als wäre es eine Wohnung oder ein Club. Außerdem ist da noch eine Scheune, die als Studio umgebaut wurde, weiter draußen in Richtung Neu-Isenburg. Viele Männer mögen die düstere Atmosphäre mitten im Wald. Und eine geschlossene Disco, ziemlich weit draußen. Dort können wir allerdings nur nachts hin, weil gegenüber eine Schule steht.«

Prior machte sich eifrig Notizen, während sie erzählte. »Und Sie wundern sich gar nicht über diese ... nennen wir sie mal *Sonderwünsche*, die Sie dabei erfüllen?«, fragte er, als sie geendet hatte.

»Wissen Sie, ich gehe jetzt seit mehr als fünf Jahren anschaffen.« Während sie die Zahl laut aussprach, erschrak Lydia selbst ein wenig. Als sie damals angefangen hatte, Juri mit ihrem Körper *auszuhelfen,* hätte sie sich niemals vorstellen können, dass sie das mit Anfang zwanzig noch immer machte. »In dieser Zeit sieht man so einige seltsame Vorlieben von Freiern.«

»Diese Männer spielen mit Ihnen eine Vergewaltigung nach und filmen das auch noch. Viel außergewöhnlicher geht es doch kaum noch.«

Lydia wagte nun doch, Prior direkt anzuschauen. Er hatte hübsche Augen und kantige Wangenknochen, war außerdem trainiert. Wäre er nicht bestimmt schon Ende dreißig, könnte sie sich glatt ein bisschen in ihn vergucken. Allerdings war er bestimmt vergeben. Wenn sie doch nur mal einen Kunden wie ihn hätte ...

»Das kann man so sehen. Oder man überlegt sich, dass diese Männer dafür vielleicht keine Frau im echten Leben vergewaltigen.« Dass dies blanker Unsinn war, wusste Lydia spätestens seit ein paar Tagen.

»Was für Männer sind das, die solche Filme haben wollen? Können Sie sie uns beschreiben?«

»Was sollen das schon für Männer sein? Keine anderen als normale Freier auch. Mit dem Unterschied, dass die ein bisschen mehr Kohle haben. Ist nicht billig, so eine Produktion. Und beschreiben könnte ich Ihnen keinen so genau, ich blende das aus.« Eigentlich hätte sie sagen müssen *Ich ballere mich völlig zu, um möglichst wenig davon mitzubekommen,* aber das konnte sie wohl kaum vor den Polizisten zugeben.

Kannengießer holte ein drittes Bild hervor und legte es neben die anderen beiden. »Wie sieht es mit dieser Frau aus, kennen Sie die?«, fragte sie.

»Nein«, antwortete Lydia dieses Mal wahrheitsgemäß. Sie hatte das Mädchen noch nie gesehen, wusste aber sehr wohl von ihr. Es hatte sich unter ihren Kolleginnen herumgesprochen, dass ein Kunde eine Anfrage nach einem *unverbrauchten* Mädchen gestellt hatte. Eine, die bisher weder vor der Kamera gestanden, noch einem Freier ihren Körper verkauft hatte. Dazu waren weitere genaue Vorstellungen gekommen, jedenfalls ging das rum. Blond sollte sie sein, ungefärbt, blaue Augen.

Eine reinrassige Deutsche, auf die Hitler stolz gewesen wäre. Lydia hatte auch Gerüchte über den Preis gehört, den er zu zahlen bereit war: 200.000 Euro. Ihr war schwindelig geworden. Eine unvorstellbare Summe. Kein Wunder, dass Juri dafür von seiner Masche abwich und ein Mädchen kidnappte, anstatt sie zur Prostitution zu überreden.

»Hören Sie, wir verstehen, wenn Sie Angst haben, mit uns darüber zu sprechen«, sagte der Mann und schaute sie mit seinen hübschen Augen ernst an. »Aber die Männer, die für Ihre Filme verantwortlich sind, haben nun ein Mädchen entführt. Mag sein, dass Sie das alles freiwillig machen. Dieses Mädchen tut es nicht.«

»Aber ich weiß nichts.« Erst jetzt bemerkte Lydia, dass ihre Hände zitterten, und versteckte sie unter ihren Oberschenkeln.

»Die Familie von Alina Sander macht sich große Sorgen. Sie wollte im Sommer ein Studium beginnen, stattdessen wird sie von Menschenhändlern irgendwo festgehalten. Wenn Sie etwas wissen, dann sprechen Sie mit uns. Wir können Sie schützen.«

Ein falsches Lächeln breitete sich auf Lydias Gesicht aus. Schützen! Von wegen. Wie wollten sie ihre Familie schützen? Ihre kleine Schwester? »Ich brauche keinen Schutz«, sagte sie energisch. »Was ich brauche, ist meine Ruhe. Wie ich Ihnen sagte, ich mache das alles freiwillig. Und jetzt will ich, dass Sie mich in Frieden lassen!« Sie stand auf, um zu verdeutlichen, dass die beiden jetzt gehen sollten. Die Kurzhaarige seufzte, während der mit den schönen Augen die Fotos zusammenräumte und stattdessen eine Visitenkarte auf den Tisch legte.

»Wenn Sie sich überlegen, doch noch mit uns sprechen zu wollen ...«

»Jaja«, unterbrach Lydia ihn. »Dann rufe ich an. Aber warten Sie besser nicht drauf.«

Sie begleitete die beiden zur Tür. Als die Polizisten auf den Hausflur traten, lief ihre Nachbarin Katha an Lydias Tür vorbei, ebenfalls eins von Juris Mädchen. Ausgerechnet in diesem Moment sagte die kurzhaarige Polizistin: »Danke für Ihre Bereitschaft, mit uns zu sprechen.«

Lydia biss sich auf die Lippen. Katha warf einen neugierigen Blick auf die beiden Beamten. Natürlich verstand sie sofort, um wen es sich dabei handelte. Die Frauen aus dem Gewerbe hatten dafür quasi eine Antenne. Ein wissendes Lächeln huschte über ihr Gesicht, während sie sich beeilte, an Lydia vorbei und die Treppe hinunterzulaufen.

»Hey, warte mal, ich wollte was mit dir besprechen«, rief Lydia ihr nach. Sie musste ihr sagen, dass sie nichts verraten hatte, doch Katha hielt nicht an und war schon aus dem Haus verschwunden.

Lydia warf den beiden Polizisten einen wütenden Blick hinterher. Die schienen nicht bemerkt zu haben, was sie da gerade angerichtet hatten. Mit hängendem Kopf ging sie in ihre Wohnung, warf die Tür hinter sich zu und sank mit dem Rücken dagegen gelehnt zu Boden. Dort legte sie ihren Kopf auf die Knie und fing an zu weinen. Es war nur eine Frage der Zeit, bis Juri und der Boss erfuhren, dass sie mit der Polizei geredet hatte.

21. Kapitel

Mit finsterem Gesicht kam Juri aus dem Gebäude gestürmt. Irgendetwas war wohl nicht so gelaufen, wie er es sich vorgestellt hatte. Alina saß mit der anderen Frau auf der Rückbank. Während der Wartezeit hatten sie sich so gut wie gar nicht unterhalten. Nur ihren Namen hatte sie erfahren. Nastja wirkte zugedröhnt und nicht fähig, mehr als ein paar Worte zu sprechen, und Alina war nicht gerade undankbar deswegen. Ihre Angst vor dem, was sie gleich erwartete, hatte sich zu Panik gesteigert und sie hatte schon Probleme, gleichmäßig zu atmen.

Juri stieg in den Wagen und knallte die Fahrertür zu. Dann startete er den Motor und legte ruppig den Gang ein.

»Schon fertig?«, nuschelte Nastja.

Juri reagierte nicht. Im Rückspiegel sah Alina, dass er die Augen schloss. »Du hast dich dermaßen abgeschossen, dass es nicht mehr feierlich ist«, murmelte er zwischen zusammengebissenen Zähnen. »Wie soll ich dich bitte so an einen Kunden verkaufen?«

Er drehte sich nach hinten und rüttelte mit wutverzerrtem Gesicht an Nastjas Bein. Die gab nur ein »Mhh« von sich. Ihr Kopf schlackerte hin und her. Alina schaute ihn ängstlich an und versuchte, sich so klein wie möglich zu machen. Das hier wirkte ganz und gar nicht wie der Juri, der versprochen hatte, ihr zu helfen und sie vor seinem Boss zu beschützen.

Mit der Faust schlug Juri der Frau aufs Schienbein, dann drehte er sich zu Alina. Er setzte ein mildes Lächeln auf, doch in seinen Augen flackerte noch die Wut. »Alles gut, du musst keine Angst haben«, sagte er.

Alina nickte mit angehaltenem Atem. Plötzlich fiel ihr ein, wo sie ihn schon einmal gesehen hatte. Es war an dem Abend gewesen, als sie mit Meike ausgegangen war. Ihre Kehle schnürte sich zu; Juri war Meikes Freund. Der Abend manifestierte sich mit einem Mal überdeutlich vor ihren Augen.

Sie und Meike waren gerade erst aus der Haustür getreten. Beide hatten Plastikbecher mit Sekt in der Hand, die Flasche hatten sie zum Vorglühen beim Fertigmachen geleert.

Ein Auto hielt am Straßenrand, ein Porsche Cayenne. Das Auto, in dem sie gerade saß. Alina beachtete den Wagen gar nicht, bis der Fahrer die Scheibe herunterließ und Meikes Namen rief.

»Kennst du den?«, fragte sie ihre Freundin.

Die zuckte mit den Schultern. »Ist mein Freund«, sagte sie beiläufig.

»Der fährt so ein Auto?«, fragte Alina verwundert. Sie hatte erst vor einigen Wochen erfahren, dass Meike einen Freund hatte. Für ein paar Monate war ihre Freundschaft eingeschlafen gewesen und sie waren gerade dabei, sich einander wieder anzunähern.

»Ist nichts Besonderes«, sagte Meike. Sie wirkte nicht gerade begeistert, ihn hier zu sehen.

»Mann, was der wohl gekostet hat«, flüsterte Alina, denn der Fahrer war mittlerweile ausgestiegen und kam auf sie zu. Er war um einiges älter als Meike, bestimmt schon über dreißig. Vielleicht war es ihr peinlich und sie war deswegen so angefressen, dass er aufgetaucht war.

»Hey, Süße. Wie geht es dir?«, fragte er, als er bei ihnen angekommen war. Er legte den Arm um Meike und küsste sie auf die Wange, die sie ihm hinhielt. Dann wandte er sich Alina zu. »Na, und wer bist du?«

»Meine Freundin«, antwortete Meike knapp und hakte sich bei Alina unter. »Wir waren gerade auf dem Weg ins Rooftop.«

Ihr Freund reichte Alina die Hand. »Ich bin der Juri. Ins Rooftop wollt ihr also. Deshalb habt ihr euch so rausgeputzt. Ihr seht echt scharf aus.«

Alina merkte, wie sie errötete. Ein Kompliment von einem älteren, gut aussehenden Mann mit Geld hatte sie noch nie bekommen.

»Wir müssen dann auch mal los«, sagte Meike eindringlich in Richtung von Alina.

»Nicht so schnell.« Juri packte seine Freundin am Arm. Meike verzog das Gesicht. »Ich wollte euch gerade einen Vorschlag machen.«

»Keine Zeit. Unser Abend ist verplant.« Sie versuchte, sich aus seinem Griff zu lösen, doch er hielt sie fest.

»Ich würde den Vorschlag gerne hören«, sagte Alina. Im Rooftop waren sie schon so oft gewesen. Vielleicht war es an der Zeit, mal etwas Neues auszuprobieren.

»Siehst du, deine Freundin ist vernünftig. Wie wär's, wenn ihr mit mir auf eine Party kommt? Ein Freund von mir feiert Geburtstag. Es gibt Schampus und …«

»Oh, das klingt Hammer«, rief Alina, bevor er zu Ende gesprochen hatte. »Ich habe noch nie Champagner getrunken. Komm, Meike, scheiß aufs Rooftop.«

»Auf keinen Fall«, sagte Meike kühl. »Auf den Abend mit dir habe ich mich schon so lange gefreut. Das soll ein Frauending sein.«

Juri lächelte, doch er sah nicht erfreut aus. »Gut, wenn das so ist. Dann gehe ich eben allein zur Party. Vielleicht komme ich euch später noch mal besuchen.«

Ohne sich zu verabschieden, ging er zurück zum Auto und brauste davon.

»Den hast du aber schön vergrault«, sagte Alina. »Ich hätte nichts gegen eine Privatparty gehabt.«

»Glaub mir, es ist besser so.«

Diese letzten Worte, die Meike zu ihr gesagt hatte, bevor sie in den Club gegangen waren, bekamen nun eine völlig andere Bedeutung.

Alles, was Juri gesagt hatte, war gelogen. Er hatte die ganze Zeit über gewusst, dass sie entführt worden war. Vermutlich war er es sogar selbst gewesen. Er musste ihnen in den Club gefolgt sein, ihnen Drogen verabreicht und dann sie und Meike zur Scheune gebracht haben ...

Ein eiskalter Schauer durchfuhr Alina. Hatte er Meike etwa auch umgebracht? Weil sie nicht auf die Party gewollt hatte? Was hatte er in der Wohnung zu ihr gesagt? Der Boss hätte sie umgebracht, weil sie Alina hatte schützen wollen. Woher hätte der Boss das wissen sollen, wenn Juri es ihm nicht verraten hatte?

Alina bemühte sich, ruhig zu atmen und die Tränen zurückzuhalten. Juri war inzwischen losgefahren. Kurz überlegte Alina, ob sie einfach die Tür aufreißen und aus dem Wagen springen sollte. Aber wo sollte sie hin mit den auf den Rücken gefesselten Händen? Sie fuhren mitten auf der Autobahn. Wenn sie Pech hatte, würde sie das Auto hinter ihnen einfach überrollen. Und selbst wenn nicht, was, wenn die Tür nicht aufging, weil er eine Kindersicherung aktiviert hatte? Mit ziemlicher Sicherheit war das der Fall. Er war ja nicht blöd und wollte auf keinen Fall, dass sie entkam. Vorhin hatte sie ihm versprochen, dass sie mitspielte, bis ihm eine Lösung einfiel, wie er sie befreien konnte. Wenn sie jetzt einen Fluchtversuch unternahm, verriet sie sich. Sie musste das Spiel zumindest noch so lange mitspielen, bis sich eine bessere Gelegenheit ergab. Und sie hatte auch schon eine Idee, wie das aussehen könnte.

22. Kapitel

Das Penthouse von Karolina Mazur war modern eingerichtet. Weiße Fliesen, weiße Wände, weiße Möbel, silberne und weiße Dekoration. Das Wohnzimmer, das bestimmt vierzig Quadratmeter maß, war so gut wie leer. Ein riesiger Flachbildfernseher hing an der Wand und ein Regal mit Gläsern und diversen Sorten Spirituosen, professionellen Aufnahmen der Hausherrin sowie einem Plastikfarn stand an der Stirnseite des Raumes. Ansonsten dominierten die Sofalandschaft aus – natürlich – weißem Leder und ein Glastisch, auf dem ebenfalls rein gar nichts stand.
Geschmackvoll und ordentlich, würden manche behaupten, Helga fand es eher stinklangweilig. Sie saß auf der vordersten Kante eines riesigen Sessels und hoffte, dass ihr Schlüssel keinen Kratzer in das Material machte oder gar der Stift auslief, den sie in der hinteren Tasche ihrer Jeans stecken hatte.

Fabian schien sich ähnlich unwohl zu fühlen, auch er saß nur mit einer halben Arschbacke auf dem Sofa neben Mazur. Sie war eine hochgewachsene Frau, schlank, blond und mit großen braunen Augen. Ihre Kleidung war so blütenweiß wie ihre Möbel. Das einzig Farbige an ihr, abgesehen von den knallrot geschminkten Lippen, war eine Brosche in Form einer Spinne, deren Hinterleib aus einem blauen Stein bestand. Die Beine waren mit weißen Steinen, vermutlich Diamanten, besetzt. Seit Fabian und

Helga die Wohnung betreten hatten, war ein Lächeln auf ihrem Gesicht einbetoniert.

»Erst mal vielen Dank, dass Sie sich so spontan Zeit für uns genommen haben«, stieg Helga in das Gespräch ein.

»Sehr gerne«, antwortete die Frau noch immer lächelnd. »Wenn Sie mir dann verraten würden, worum es geht.«

»Wir haben einige Fragen zu Ihrer Wohnung in der Leipzigerstraße.« Helga beobachtete Mazurs Gesicht genau. Keine Reaktion.

»Was möchten Sie wissen?«

»Zunächst waren wir etwas verwundert, dass der Eigentümer eine Frau ist. Bei Gesprächen mit den Nachbarn wurde uns gesagt, dass ein Mann der Vermieter wäre.«

»Wie Sie sehen, trifft das nicht zu. Vermutlich meinten sie meinen Lebensgefährten, er verwaltet meine Mietobjekte.«

Objekte also. Kein Wunder, dass sie sich eine Riesenwohnung mitten im Frankfurter Westend leisten konnte.

»Wissen Sie denn, wer die Wohnung in der Leipzigerstraße bewohnt?«, fragte Fabian.

Karolina Mazur stand auf, ging an die Bar, die die offene Küche vom Wohnzimmer abtrennte, und ließ sich ein Glas Wasser ein. Den beiden Beamten bot sie nichts an. »Ich weiß nur, dass es eine junge Frau ist. Mein Lebensgefährte ist da besser informiert.«

»Anscheinend hat er einen sehr viel tieferen Einblick, als Ihnen lieb sein dürfte«, sagte Helga mürrisch, wofür ihr Fabian einen missbilligenden Blick zuwarf. Doch das wollte sie jetzt durchziehen, ob es ihm passte oder nicht. Diese Frau war so aalglatt, dass Helga unbedingt eine andere Reaktion als dieses Fakelächeln aus ihr herauskitzeln wollte. »Die Nachbarn sagten uns auch, der Vermieter wäre mit Frau Liebig liiert.«

Mazur lachte glockenhell auf. »Wie bitte?«

»Sie haben schon richtig verstanden.« Aus dem Augenwinkel sah Helga, wie Fabian nervös auf seinem Platz herumrutschte. Er hätte offenbar eine andere Taktik gewählt.

»Natürlich glauben Sie den gelangweilten Durchschnittsmenschen diesen Unsinn aufs Wort. Aber schauen Sie mich doch an. Was sollte mein Lebensgefährte denn mit diesem neunzehnjährigen Gör?« Sie ging von der Küchentheke zur Panoramafensterfront im Wohnzimmer und bewegte sich dabei wie auf einem Laufsteg.

»Gerade haben Sie noch gesagt, Sie wüssten nichts über die Mieterin«, merkte Fabian an.

»Hätten Sie richtig zugehört, dann hätten Sie verstanden, dass ich sie als junge Frau bezeichnet habe. Natürlich kenne ich ihr Alter, ich habe den Mietvertrag gesehen. Und das reicht mir schon, um zu wissen, dass an dem Gerede der Leute nichts dran ist.«

»Sie haben Frau Liebig noch nie gesehen?«, fragte Helga.

»Das muss ich nicht. Ich habe Charisma, ich habe Lebenserfahrung und ich habe eine Menge Geld. Das reicht mir, um zu wissen, dass mein Lebensgefährte diese Mieterin sicher nicht bespringen würde. Wenn Sie mir nicht glauben, fragen Sie ihn selbst. Er kommt nämlich gerade nach Hause.«

»Das trifft sich gut«, sagte Fabian. »Wir hätten da einige Fragen bezüglich Frau Liebigs Tod.«

Endlich zeichnete sich in Karolina Mazurs Gesicht etwas anderes als das dämliche Lächeln ab. Von dieser Nachricht war sie offenbar ehrlich überrascht. »Sie ist ... tot?«, fragte sie. »Seit wann?«

Helga fragte sich, ob sie das nur wissen wollte, um auszurechnen, ab wann sie keine Mieteinnahmen mehr bekommen würde oder ob sie den Zeitpunkt erfahren wollte, um sich schon mal ein Alibi für ihren Lebensgefährten zurechtzulegen. »Details zu unseren Ermittlungen dürfen wir leider nicht preisgeben«, antwortete sie bissig. Wie beiläufig stand sie auf und schlenderte zu der Fensterfront. Im Hinterhof entdeckte sie einen schwarzen Porsche Cayenne, der vorhin noch nicht dort gestanden hatte. Bingo. Das war der SUV vom Bahnwärterhaus, da war sie sich hundertprozentig sicher.

Kurz darauf öffnete sich die Tür zum Penthouse. Ein Mann mit zurückgegelten Haaren, einem Anzug und teuren Designerschuhen kam herein. Er wirkte genervt, was sich noch verstärkte, als er Helga und Fabian entdeckte.

»Wer sind Sie denn?«, fragte er.

»Prior und Kannengießer von der Kripo Frankfurt«, sagte Fabian. »Gut, dass Sie zufällig auftauchen, wir haben gerade über Sie gesprochen. Dürften wir Ihren Namen erfahren?«

Der Kerl zog die Augenbrauen hoch und nickte. Es wirkte beinahe so, als hätte er mit ihrem Besuch gerechnet und wäre nun bestätigt worden. »Loose mein Name. Juri Loose«, sagte er in bester James-Bond-Manier. Dass Männer immer so einen auf dicke Hose machen mussten.

»Herr Loose, es wäre vielleicht angenehmer für Sie, wenn wir mit Ihnen allein sprechen könnten«, schlug Helga vor, doch er schüttelte den Kopf.

»Vor Karolina habe ich nichts zu verbergen. Fragen Sie, was Sie wollen. Umso schneller sind Sie wieder weg.«

Helga schaute zu Fabian, der mit den Schultern zuckte und nickte. »Also gut«, sagte sie. »In welchem Verhältnis standen Sie zu Meike Liebig?«

Nun wirkte er doch etwas überrascht. Seine Hand wanderte über seine Hosentasche, in der sich sein Handy abzeichnete. »In überhaupt keinem. Sie ist eine Mieterin. Was ist mit ihr?«

»Auch ein Mietverhältnis ist dem Namen nach eins«, murmelte Fabian und Helga konnte sich ein Grinsen nicht verkneifen. »Sie ist tot.«

»Ah. Das sind ja keine guten Neuigkeiten. Was ist passiert? Und was hat das mit uns zu tun?«

»Die Nachbarn erzählten uns, dass der Vermieter ihr Freund wäre. Die Beschreibung passt ziemlich genau auf Sie«, erklärte Helga.

»Stimmt nicht.«

»Wie kommt die Nachbarschaft dann darauf?«

Loose zuckte die Achseln und machte ein überhebliches Gesicht. »Keine Ahnung. Hätten Sie besser mal gefragt, als Sie vor Ort waren.«

»Haben wir«, versuchte Helga sowohl seinen Tonfall als auch seinen Gesichtsausdruck zu imitieren. Sie wusste, dass sie sich nicht provozieren lassen durfte, aber bei diesem Schleimscheißer fiel ihr das schwerer denn je. »Die Antwort lautete, dass Sie ständig bei Frau Liebig ein und aus gingen. Und nicht nur Sie. Manchmal haben Sie auch andere Männer mitgebracht.«

»Keine Ahnung, was daran verboten sein soll. Die Liebig hat für mich gearbeitet.« Loose schaute zu Karolina Mazur, die kaum merklich nickte. »Für uns«, fügte er dann hinzu.

»Gut, dass Sie doch noch von selbst auf das Verhältnis zu sprechen kommen«, sagte Helga und holte die Mappe mit den Screenshots hervor, welcher sie den von Meike Liebig entnahm. »Ich wollte Ihnen nämlich gerade dieses Foto hier zeigen und Sie fragen, was das zu bedeuten hat.«

»Ist aus einem unserer Filme«, entgegnete er. »Auch nicht verboten. Im Endeffekt sind das nichts anderes als etwas härtere Pornos für den Privatgebrauch.«

»Wo drehen Sie diese Videos?«, fragte Fabian.

Loose machte eine vage Handbewegung. »Mal hier, mal dort. Es gibt kein festes Studio, wenn Sie das meinen. In der Regel drehen die Kunden außerdem selbst. Wir vermitteln die Mädchen, stellen manchmal die Kameras, das war's.«

»Wie ist das mit dem ehemaligen Bahnwärterhaus an den Gleisen Richtung Louisa im Frankfurter Stadtwald? Haben Sie jemals dort gedreht?«

»Wenn Sie Karl Naumann meinen, er ist ein Kunde von uns, ja«, gab Loose bereitwillig Auskunft.

»Wann hat er Ihre *Vermittlung,* wie Sie es nennen, zuletzt in Anspruch genommen?« Helga verschränkte die Arme vor der Brust. Sie konnte das Gerede dieses schleimigen Typen kaum ertragen. Die meisten Frauen in den Filmen sahen aus, als wären sie entweder auf Droge oder würden zumindest regelmäßig konsumieren. Vermutlich versorgte er sie neben einem Hungerlohn zusätzlich mit Stoff, sodass den Frauen gar nichts anderes übrig blieb. Ihre Sucht zwang sie dazu, in diesen furchtbaren Filmen mitzuspielen. Ihr wurde übel, wenn sie nur darüber nachdachte.

»Sie brauchen gar nicht so einen abfälligen Ton an den Tag zu legen. Die Mädels machen alles freiwillig. Die sind froh, wenn sie mal ein oder zwei Tage was anderes sehen. Um Ihre Frage zu beantworten: Herr Naumann hat unsere Dienste schon länger nicht mehr in Anspruch genommen.«

»Alles freiwillig, kein Zwang. Das haben wir heute schon mal gehört«, sagte Helga und verzog verächtlich das Gesicht. »Wenn ein Mädchen entführt und ein anderes ermordet wird, hat das nichts mehr mit Freiwilligkeit zu tun.«

Looses Miene verhärtete sich. »Moment mal, was versuchen Sie, mir anzuhängen? Ich hab niemanden entführt und ganz sicher niemanden umgebracht.«

Helga atmete einmal tief durch, um ihn nicht anzubrüllen. »Meike Liebig ist aber tot und ihre Freundin, Alina Sander, ist spurlos verschwunden«, sagte sie so ruhig wie möglich. »Frau Liebig hat für Sie Videos gedreht. Auf denen sie nicht gerade glücklich aussah, wenn ich mir dieses Urteil erlauben darf. Sander war mit Liebig befreundet und wird seit dem Tag, an dem ihre Freundin umgebracht wurde, vermisst.«

»Das ist der Job der Mädchen. Sich *vergewaltigen* zu lassen. Wäre irgendwie unpassend, wenn sie dabei lächeln würden, oder? Und zu Ihrer unterschwelligen Anschuldigung«, er baute sich vor ihr auf, »wenn die Mädchen über uns vermittelt werden, passen wir auch auf, dass sie wieder zurückkommen. Was kann ich dafür, wenn die Liebig ohne uns einen Termin macht? Damit haben wir überhaupt nichts zu tun. Von der anderen, von der Sie da reden, hab ich noch nie was gehört.«

Am liebsten hätte Helga ihm auf den Kopf zu gesagt, dass sie am fraglichen Abend sein Auto auf Video hatten. Sie durfte aber nicht noch einmal denselben Fehler wie bei Naumann machen. Loose war geschickt, er passte auf, was er sagte, und wenn sie ihn auf seinen Wagen ansprachen, dann würde er sich sofort daran machen, sämtliche Spuren zu vernichten.

»Können Sie uns verraten, wo Sie in der Nacht von Samstag auf Sonntag waren?«, fragte Fabian.

»Um welche Uhrzeit? Das ist Wochenende, da bin ich immer viel unterwegs.«

»Nennen Sie uns doch die Stationen.«

»Da muss ich in meinen Terminkalender schauen, einen Moment.« Er zog sein Handy aus der

Hosentasche. Seine Kiefer mahlten, während er darauf herumtippte. »Zwischen sieben und halb neun war ich in einer unserer Mietwohnungen. Ein Abfluss war verstopft und ich musste mich darum kümmern.«

Man konnte ihm den Unmut darüber ansehen, dass er sich vor ihnen als Hausmeister outen musste. Helga fand diesen Umstand amüsant. Er stand hier im feinsten Zwirn vor ihnen, fuhr eine dicke Karre, die ihm vermutliche seine Lebensgefährtin oder etliche Frauen, die er ausbeutete, finanziert hatten und musste trotzdem Abflüsse reinigen. Sie konnte sich ein Grinsen nicht verkneifen.

Loose bemerkte es und warf ihr einen verächtlichen Blick zu. »Ich bin mir nicht zu fein, mir die Hände schmutzig zu machen«, sagte er.

»Gilt das auch für den Fall, dass die Mädchen mal nicht so wollen, wie Sie es gerne hätten?«, fragte sie schnippisch.

»Wissen Sie was?«, sagte Loose und steckte das Handy zurück in die Hosentasche. »Unser Gespräch ist hiermit beendet. Ich mache von meinem Zeugnisverweigerungsrecht Gebrauch. Wenn Sie etwas in der Hand haben, können Sie mich gerne vorladen. Ansonsten wünsche ich Ihnen noch einen schönen Tag.«

Helga biss sich auf die Lippe. Dass sie aber auch nie ihren Mund halten konnte. Fabian musste sie dafür verfluchen, dass sie immer wieder die Zeugenbefragungen mit ihrem losen Mundwerk torpedierte. Zähneknirschend stapfte sie zur Tür. Fabian folgte ihr.

Im Erdgeschoss angekommen, steuerte Helga auf den Hinterausgang zu.

»Wo willst du hin?«, fragte Fabian.

»Komm mit, ich zeig dir was«, sagte sie. Auf dem Hof deutete sie auf den schwarzen Cayenne, der in der Nähe der Tür geparkt war.

»Das Auto von dem Video«, sagte Fabian.

Helga nickte, zückte ihr Handy und machte ein Foto. »Mittlerweile sollten wir genug für einen Durchsuchungsbeschluss haben, meinst du nicht?«

Ein Grinsen erschien auf Fabians Gesicht. »Worauf du dich verlassen kannst.«

23. Kapitel

Zurück in der Adickesallee besprachen Fabian und Helga alles Notwendige für den Durchsuchungsbeschluss von Looses Auto. Damit Peitsch sie nicht wie bei Naumann abblitzen ließ, bereiteten sie ihre bisherigen Erkenntnisse sorgfältig auf.

Die Auskunft aus dem zentralen Melderegister bestätigte, dass der Cayenne aus dem Hinterhof auf Juri Loose zugelassen war. Dazu kam die Aussage von Meike Liebigs Nachbarin, die ihn mit der Ermordeten in Verbindung brachte. Zudem hatte er selbst zugegeben, dass er sie kannte und sie für ihn gearbeitet hatte. Das Video von der Katze zeigte, dass ein Wagen derselben Marke und desselben Modells nur einen Tag vor der Ermordung von Meike Liebig neben Karl Naumanns Grundstück geparkt und der Fahrer zwei leblose Personen im Kofferraum transportiert hatte. Ein Schnellvergleich der DNS der an der Leiter gefundenen Haare mit einer Probe von der Haarbürste, die ihnen Herr Sander zur Verfügung gestellt hatte, bewies die Anwesenheit von Alina Sander in der Scheune.

Peitsch war endlich überzeugt und versprach, sich darum zu kümmern. Die beiden gingen in Fabians Büro, wo ein Mitarbeiter der Technik auf sie wartete. Ihm und seinen Kollegen war es gelungen, das Handy von Meike Liebig zu entschlüsseln. Das Gerät war ein älteres Modell, das noch keine so gute Verschlüsselung hatte wie die ganz neuen. An dem Handy von Alina Sander waren sie noch dran, machten sich aber keine allzu große Hoffnung, dort ebenfalls Erfolg zu haben. Sie hatte das neueste iPhone, das über eine der besten Verschlüsselungen verfügte.

»Schließen Sie besser das Ladegerät an, sonst schmiert es Ihnen bald ab«, sagte der Techniker noch, bevor er sie allein im Büro ließ.

Zum Glück war die Anschlussbuchse dieselbe wie bei ihren Diensthandys, sodass sie seinen Rat befolgen konnten. Eine Mailbox hatte Meike Liebig offenbar nicht eingerichtet, denn das Handy vermeldete nichts in diese Richtung. Der Browserverlauf gab auch nicht viel her, ebenso wenig die installierten Apps, also machten sie sich daran, die Kurznachrichten zu durchforsten. Fabian verband das Telefon mit dem WhatsApp-Programm auf ihrem PC, damit sie nicht die ganze Zeit auf das winzige Display starren mussten.

»Mit wem fangen wir an?«, fragte er. Ganz oben fanden sich insgesamt vier Chats mit ungelesenen Nachrichten. Fabian und Helga überflogen sie.

Die neuesten waren samstags von einer Nummer verschickt worden, die Meike nicht eingespeichert hatte. Der Inhalt bestand nur aus *»diese Nachricht wurde gelöscht«,* und die Nachrichten reichten bis in den späten Abend.

»Ich wusste gar nicht, dass das geht«, sagte Fabian.

»Solange der andere die Nachricht noch nicht empfangen hat, kann man sie löschen, dann erscheint das«, erklärte Helga ihm. Sie griff zum Hörer und wählte die angegebene Nummer. »Mailbox«, sagte sie.

Fabian machte sich eine Notiz. Er würde in der Technik nachfragen, ob es möglich war, solche Nachrichten wiederherzustellen. Viel versprach er sich nicht davon, aber so könnten sie zumindest sehen, ob es sich lohnte, die Telefonnummer weiterzuverfolgen.

Der nächste ungelesene Chat war ebenfalls von Samstag und stammte von einer Nora. Die erste Nachricht von ihr, die Meike nicht angesehen hatte, war Freitagnacht verschickt worden.

Hey, wo seid ihr denn so plötzlich hin? Stehe an der Shotsbar. Kommt ihr?

Eine Stunde später folgte eine Sprachnachricht, in der Nora mit verwaschener Stimme beleidigend wurde: »Hey, das ist echt richtig scheiße von euch. Seit 'ner Stunde warte ich hier dumm rum und muss mich von Typen anmachen lassen. Ihr könnt mich!«

Die letzte Nachricht von Nora stammte vom nächsten Vormittag.

Sorry wegen gestern, ich wollte dich nicht blöd anmachen. Alles okay bei dir? Meld dich mal, wenn du das Handy wieder einschaltest.

Sie konnten also vermutlich ausschließen, dass es eine private Absprache zwischen Meike Liebig und Naumann gegeben hatte. Offensichtlich waren sie und Alina mit Freunden unterwegs gewesen, so wie es Herr Sander auch ausgesagt hatte.

Das bestätigte auch der Chatverlauf zwischen Alina und Meike. Am Freitag hatten sie sich den ganzen Nachmittag über Nachrichten hin und her geschickt, bei denen sie sich ausmalten, wie der Abend ablaufen würde. Dabei fiel kein Wort davon, dass Alina an irgendwelchen Videoaufnahmen teilnehmen sollte oder sie noch etwas anderes vorhatten.

Fabian scrollte in der Timeline zurück bis zum ersten Nachrichtenwechsel. Dieser stammte von vor knapp einem Jahr.

Habe endlich wieder ein Handy, lautete die Nachricht, die Meike geschickt hatte. Daraufhin Glückwünsche und überschwängliche Freude von Alina. Fabian scrollte weiter nach unten und sie stießen auf den Knicks in der Freundschaft, den Herr Sander erwähnt hatte. Schon vorher wurden die Nachrichten auffallend weniger, bis sie schließlich ganz ausblieben und im Juli diesen Jahres nach einer Lücke von drei Monaten wieder einsetzten.

Fabian rieb sich die Augen. Dieser Chat der beiden Mädchen war voller irrelevanter Informationen, sodass man die für sie interessanten kaum herausfiltern konnte. Warum waren Frauen nur so kommunikativ? Männer erledigten alles mit knappen Worten.

»Halt mal«, sagte Helga, während er durch die Zeilen scrollte. »Gib mir mal die Maus.«

Er reichte sie ihr und sie ging zurück zu einer Nachricht von vor drei Wochen.

Ich muss dir übrigens was gestehen, schrieb Meike.

Oh, was denn?

Ich habe einen Freund.

Alina schickte drei Smileys mit Herzchenaugen. *Wie cool. Wer ist es denn?*

Den kennst du nicht. Sind schon eine Weile zusammen. Er hat mir damals die Wohnung hier besorgt.

Darunter war ein Foto angehängt. Es zeigte Juri Loose und war offensichtlich heimlich gemacht worden.

»Also doch«, sagte Helga. »Von wegen, sie arbeitet nur für ihn.«

»Schauen wir mal, ob es auch einen Chatverlauf mit ihm gibt.«

Sie fanden ihn. Zum letzten Mal hatten die beiden vor zwei Wochen miteinander geschrieben. Auch hier gingen sie zurück zu den ersten Nachrichten, die ziemlich genau in den Zeitraum fielen, in dem der Kontakt zwischen Alina und Meike eingeschlafen war.

»Außergewöhnlich wenig für ein frisch verliebtes Paar, findest du nicht?«, sagte Fabian. Er dachte zurück an die Zeit, als er und Josi gerade zusammengekommen waren. Damals hatten sie ständig am Handy gehangen.

»Wenn man bedenkt, dass er eigentlich eine Lebensgefährtin hat, nicht. Mit Meike Liebig war er ja nur zusammen, um sie zur Prostitution zu zwingen.«

»Da hast du auch wieder recht.«

Schweigend arbeiteten sie sich durch den Chatverlauf.

»Hier hat er damit angefangen, sie für sich zu instrumentalisieren«, sagte Helga, als sie bei einer Nachricht von vor sechs Wochen angekommen waren.

Kommst du heute Abend zu mir?, schrieb Meike.

Ja. Dauert aber noch. Habe zu tun.

Oh, toll. Ich freu mich auf dich. Bringst du auch … mit?

Nicht am Handy! Kann eh nichts versprechen. Muss nachher über ein ernstes Thema mit dir sprechen.

Ein Smiley, das große Augen machte, darunter ein *Okay.*

Die Unterhaltung wurde zwei Tage später von Meikes Seite aus fortgesetzt.

Habe jetzt echt lange darüber nachgedacht und ich glaube, ich kann das nicht, was du verlangst.

Scheiße. Dann habe ich voll das Problem.

Sry, echt, aber das ist doch … Das ist echt krank, wenn ich so was machen würde.

Und ich dachte, du liebst mich. Glaubst du, mir geht es dabei gut, wenn ich weiß, dass du mit einem anderen … Aber die Situation ist eben, wie sie ist.

»Alles freiwillig«, murmelte Fabian und ballte die Fäuste. »Dem würde ich gerne mal freiwillig nachts in einer dunklen Ecke begegnen.«

»Oh, Herr Kollege. Eine ganz neue Seite an Ihnen«, sagte Helga sarkastisch.

Fabian verkniff sich den Kommentar, dass sie ihn ja schon so lange kannte, und las weiter. Wieder gab es ein paar Tage Funkstille zwischen Meike und Loose und dann einen weiteren Versuch von Meike, ihren Freund davon zu überzeugen, dass sie seine Forderungen nicht erfüllen konnte. Anscheinend hatte sie aber bereits zugesagt, denn dieses Mal drohte er ihr ganz offen.

Du kannst doch nicht plötzlich deine Meinung ändern. Wie stehe ich denn jetzt da?

Keine Antwort von Meike. Einige Stunden später wurde er deutlicher:

Außerdem hat man dir angemerkt, dass du Spaß hattest. Überleg mal, wenn deine Freundinnen das Video zu sehen bekommen. Die wollen dann bestimmt nichts mehr mit dir zu tun haben.

So eine Nummer würdest du abziehen? Und du sagst, du liebst mich.

Das sag ich nicht nur. Aber du lässt mir keine andre Wahl. Ich bin verzweifelt. Das kannst du dir nicht vorstellen. Wenn du mich hängenlässt, geht hier alles bergab.

Aus dem Gesprächsverlauf ergab sich nicht, wie sie verblieben waren, doch das zeigten ihnen die Videos, die sie bei Naumann gefunden hatten. Loose hatte Meike so sehr unter Druck gesetzt, dass sie augenscheinlich alle seine Forderungen erfüllt hatte.

»Glaubst du, Naumann hat sie umgebracht?«, fragte Fabian. »Oder war es Loose, weil sie nicht mehr bereit war, sich von ihm überreden zu lassen, als es um ihre Freundin ging?«

Helga rieb sich über die kurzen Haare. »Klingt beides plausibel. Loose ist jemand, der garantiert nicht davor zurückschreckt, über Leichen zu gehen. Naumann ist auf den ersten Blick nur ein geiler alter Bock, der seine Scheune den falschen Leuten zur Verfügung gestellt hat. Außerdem hat man bei ihm keinerlei Verletzungen festgestellt, die auf einen Kampf mit der Liebig hindeuten würden. Ich tendiere in Richtung Loose.«

»Allerdings muss man auch festhalten, dass Naumann nicht ganz aus der Sache raus ist«, erinnerte Fabian Helga an die bisherigen Ergebnisse. »Er wusste, was sich in seiner Scheune abspielt und er hat mitgemischt. Die Drogen in seinem Kühlschrank sprechen dafür.«

»Die könnten auch platziert worden sein. Wenn Naumann sich tatsächlich nicht selbst umgebracht haben sollte, war jemand im Haus.«

»Wofür es keine Hinweise gibt«, sagte Fabian. Bevor Helga zu einer Antwort ansetzen konnte, fügte er hinzu: »Was nicht heißt, dass niemand da war. Dennoch finde ich, dass der Mord an Meike Liebig dilettantisch ausgeführt wurde. Das passt nicht zu einem abgeklärten Typen wie Loose.«

»Wir werden sehen, was die DNS-Analyse ergibt.« Helga lehnte sich in Thomas' Schreibtischstuhl zurück. »Vielleicht haben wir bei der Durchsuchung des Wagens Glück und finden eine Kippe oder eine ausgetrunkene Flasche von Loose. Dann könnten wir seine DNS auch vergleichen, falls Naumann keinen Treffer ergibt.«

Fabians Augen brannten. Er gähnte und schaute auf die Uhr. Es war bereits nach sechs. Heute würde Peitsch keinen Richter mehr für den Beschluss erreichen.

»Machen wir für heute Schluss?«, fragte er und massierte sich den Nacken.

Helga nickte sichtlich erleichtert. »Ich dachte schon, du willst bis morgen Früh durcharbeiten. Ich brauche dringend eine Pizza und 'ne Zigarette. Kommst du mit?«

Fabian überlegte, lehnte dann aber ab. Er wollte jetzt nur noch unter die Dusche und sich dann eine Runde auf die Couch und vor den Fernseher knallen.

Helga verabschiedete sich und Fabian räumte noch seinen Schreibtisch auf, als die Tür aufging und Peitsch den Raum betrat.

»Ah, Herr Prior. Gut, dass Sie noch da sind. Ich muss kurz mit Ihnen reden.«

»Eigentlich bin ich gerade auf dem Sprung.« Fabian stand demonstrativ auf und schob seinen Stuhl an den Schreibtisch. Ihm hing der Magen in den Kniekehlen und er hatte keine Lust, jetzt noch ein ausuferndes Gespräch mit Peitsch zu führen.

»Keine Sorge, es wird nicht lange dauern. Ich will Sie nur über Ihren Termin mit der Dienstaufsichtsbehörde informieren. Er ist morgen.«

»Morgen?«, wiederholte Fabian verwundert. Er hatte damit gerechnet, dass die Anhörung bei dem juristischen Sachbearbeiter erst stattfinden würde, wenn Thomas wieder zurück war. Er konnte nicht so einfach entscheiden, wie viel und ob er überhaupt etwas sagen sollte. »Wir stecken mitten in den Ermittlungen. Das ist ein ganz schlechter Zeitpunkt.«

»Es ist Ihre Entscheidung. Sie müssen sich nicht äußern, das wissen Sie. Aber ich halte es für ratsam, wenn wir Herrn Wendtner so schnell wie möglich entlasten wollen.«

»Ich verstehe nicht, warum Sie das überhaupt verfolgen, wenn Sie die Sache für Unsinn halten.«

»Weil sexuelle Belästigung eine ernste Anschuldigung ist. Zudem behält sich die Frau vor, Anzeige gegen ihn zu erstatten. Wenn ich die Beschwerde ablehne, sollte ich besser einen guten Grund haben.«

»Und dem geht eine ordentliche Prüfung voraus«, nahm Fabian weitere Erklärungen vorweg. Wenn er Thomas helfen wollte, blieb ihm wohl nichts anderes übrig.

24. Kapitel

Ernüchtert ließ Alina sich auf den Küchenstuhl fallen. Einen Stift hatte sie gefunden, aber in der ganzen Wohnung war kein Stück Papier aufzutreiben. Sie hatte schon überlegt, ob sie die Tür eines Küchenschrankes abmontieren und auf deren Rückseite schreiben sollte, aber das könnte sie unmöglich verstecken, wenn Juri zurückkam. Doch irgendeine Lösung musste sie finden. Sie konnte nicht einfach darauf warten, dass er sie zu einem dieser Perversen brachte, der sie vergewaltigen und dabei filmen würde.

Die Angst davor trieb sie an, noch mal alle Möglichkeiten im Kopf durchzugehen. Die Schranktür fiel aus, ebenso die Unterseite der Sitzkissen des Sofas, denn die war mit schwarzem Stoff abgenäht. Bettwäsche gab es hier nur die, die aufgezogen war, und es würde auffallen, wenn sie verschwand. Dann kam ihr eine Idee. Klopapier. Natürlich. Dass sie darauf nicht früher gekommen war.

Sie ging ins Bad und holte sich eine Rolle. Pflaster gab es auch. Jetzt musste sie sich beeilen. Es war schon eine Weile vergangen, seit er sie in der Wohnung abgesetzt hatte und wieder verschwunden war. Vermutlich brachte er die zugedröhnte Frau weg und würde danach wieder bei ihr aufkreuzen.

In der Packung befanden sich noch genau zehn Pflaster. Wenn sie jeweils die Klebeenden von der Wundauflage abtrennte, hätte sie zwanzig Streifen.

Dennoch musste sie sparsam damit umgehen. Mit Pech musste sie das Banner mehrmals aufhängen, bis es hier oben jemand entdeckte. Sie rollte mehrere Lagen von dem Klopapier auf dem Boden aus und klebte sie zusammen, bis sie eine ausreichend große Fläche hatte. Nun blieben ihr noch sechs Streifen. Dreimal aufhängen. Vielleicht sechsmal, wenn einer der Streifen reichte, um das Schild zu halten. Dann nahm sie den Filzstift, den sie in der Küchenschublade gefunden hatte.

Jetzt stand nur noch die Entscheidung an, was sie draufschreiben sollte. Es musste eindringlich sein. Verzweifelt. Und es war wichtig, dass es auf jeden Fall deutlich machte, dass das hier kein schlechter Scherz von irgendwelchen Kindern war. Außerdem musste sie groß genug schreiben, damit die Leute unten auf der Straße es im vierten Stock lesen konnten, der Text durfte also nicht zu lang werden, sonst passte er nicht mehr auf die Fläche. Sie ließ sich Zeit, ging im Kopf mehrere Varianten durch, bis sie sich schließlich für eine entschied.

In großen Druckbuchstaben schrieb sie vorsichtig, damit sie das Klopapier nicht zerriss:

HILFE. WERDE

FESTGEHALTEN!

RUFT POLIZEI!

KEIN SCHERZ.

Die unterste Zeile war etwas klein geraten, aber die wichtigsten Informationen waren hoffentlich auch vom Bürgersteig aus lesbar. Irgendjemand würde die Zeilen hoffentlich ernst nehmen.

Sie trug den Hilferuf ans Wohnzimmerfenster und hielt es probeweise mittig an die Oberseite der Scheibe. Da das Klopapier zu leicht war, klappten die Seiten nach hinten weg. Sie brauchte also zwei Klebestreifen. Nachdem sie die Konstruktion angebracht hatte, stützte sie sich mit den Ellbogen auf die Fensterbank und schaute nach unten. Ein dunkler Geländewagen fuhr vorbei und Alina befürchtete schon, es wäre Juri.

Dabei fiel ihr auf, dass auch er das Schild entdecken könnte, wenn er zurückkam. Darüber hatte sie vorher überhaupt nicht nachgedacht. Kurz überlegte sie, ob sie den Hilferuf wieder abnehmen sollte, entschied sich jedoch dagegen. Immerhin bestand eine Chance, dass Juri nicht nach oben schaute, wenn er aus dem Auto stieg. Wenn sie das Schild jedoch abhängte, hatte sie überhaupt keine Chance, gerettet zu werden.

Kommt schon, schaut mal jemand nach oben, forderte sie die Leute in Gedanken auf. Obwohl sie wusste, dass ihr das bei der Schallisolierung nur wenig bringen würde, klopfte sie an die Scheibe. Niemand folgte ihrem Aufruf. Kein Wunder, die Sonne brannte vom Himmel. Vermutlich spiegelte die Scheibe ohnehin so stark, dass niemand das Schild entziffern, geschweige denn überhaupt sehen konnte.

Nach einer gefühlten Ewigkeit hörte sie, wie der Schlüssel ins Schloss der Wohnungstür gesteckt wurde. Gehetzt schaute sie sich um. Sie hatte seinen Wagen überhaupt nicht vorbeifahren oder einparken sehen und es war ihr auch niemand aufgefallen, der aufs Haus zugegangen war. Eilig knibbelte sie das Schild ab und faltete es zusammen. Die Tür wurde aufgestoßen. Wo sollte sie es nur so schnell verstecken? Schritte in der Diele. Alina warf sich auf die Knie und schob das Klopapier unters Sofa. Gerade als Juri den Raum betrat, richtete sie sich wieder auf.

»Warum bist du nur so eine wehrhafte Schlampe?«

25. Kapitel

Lydia konnte sich kaum beruhigen. Bei jedem Auto, das auf der Straße vorbeifuhr, rannte sie ans Fenster, um zu schauen, ob Juri gleich vor ihrer Tür aufkreuzen würde. Katha würde sie an den Boss verraten, da gab es überhaupt keine Zweifel. Jede von ihnen würde das tun, denn nichts war wichtiger, als etwas gut zu haben beim Boss. Gerade Verrat stand besonders hoch im Kurs. Meist bekam man als Belohnung ein Tütchen Meth extra oder man wurde mit einem besonders großzügigen Freier bedacht und durfte etwas mehr von der Bezahlung behalten. Dabei hatte sie überhaupt nichts verraten. Sie hatte sich extra Mühe gegeben, so wenig wie möglich preiszugeben und über das verschleppte Mädchen hatte sie überhaupt nichts gesagt.

Und das war vermutlich ein Fehler gewesen. Niemand konnte wissen, was Juri und der Boss mit ihr vorhatten. Normalerweise entführten sie keine Mädchen. Ihre Masche war eine andere. Einige von den Frauen, die für sie arbeiteten, taten das tatsächlich aus freien Stücken. Den meisten jedoch war es wie Lydia gegangen und sie waren auf Juris perfides Spiel reingefallen.

Juri, der hübsche Mann mit Einfluss und Geld, der ihnen schöne Augen machte. Der sie ausführte, ihnen das Gefühl gab, geliebt und gebraucht zu werden. Er kaufte ihnen hübsche Dinge, nahm sie mit auf Partys, küsste sie in aller Öffentlichkeit und schämte sich nicht für sie. Sprach davon, dass sie sich eine gemeinsame

Zukunft aufbauen würden. Das ging meist ein, manchmal zwei Monate so, je nachdem wie schnell ein Mädchen auf ihn hereinfiel. Wenn er merkte, dass sie emotional von ihm abhängig war, ging es los. Juri behauptete, in großen Schwierigkeiten zu stecken. Bei ihr war es ein Freund gewesen, dem er angeblich einen Gefallen schuldete und der ihn bedrohte. Angeblich würde dieser Freund allerdings Ruhe geben, wenn sie mit ihm ins Bett stieg. Nur einmal und es würde ja schnell gehen.

Also hatte sie schweren Herzens eingewilligt. Vielleicht würde es ja gar nicht so schlimm, hatte sie sich eingeredet. Es war doch nur Sex. Doch sie hatte es unterschätzt, es war schlimm und der Typ tat ihr weh. Eine gefühlte Ewigkeit war sie mit ihm in seinem Schlafzimmer, während Juri draußen wartete. Als es endlich vorbei war, hatte sie sich schmutzig gefühlt. In Juris Armen war das aber ganz schnell wieder vergessen gewesen. Er tat, als wäre nichts dergleichen passiert, und erwähnte es nicht, bis ein paar Tage später plötzlich ein anderer Kumpel ebenfalls mit ihr Sex wollte. Lydia lehnte natürlich ab. Auf keinen Fall wollte sie so etwas noch mal durchmachen.

Juri verstand das. Wegen ihm müsste sie das auch überhaupt nicht machen. Er liebte sie doch und würde alles für sie tun. Da war nur diese eine Sache. Der erste Kumpel hatte heimlich Bilder von ihnen beim Sex gemacht, und wenn sie nicht bereit wäre, sich auch auf den anderen einzulassen, würde er die an all ihre Freunde verteilen. Vielleicht sogar an ihre Eltern. Das könnten sie nicht zulassen. Lydia sah das selbstverständlich ähnlich. Sie hatte nicht viele Freunde und das Verhältnis zu ihren Eltern war nicht das beste. Solche Fotos würden dafür sorgen, dass sie bald ganz allein war. Juri bot an, etwas zu besorgen, damit es ihr leichter fiel, mit dem Fremden ins Bett zu steigen, aber Lydia lehnte ab, sie wollte keine Drogen nehmen. Als sie jedoch erfuhr, dass der Mann wesentlich älter war als sie, auch noch viel älter als Juri, nahm sie das Angebot doch an. Und das war der Anfang vom Ende gewesen. Hätte sie geahnt, wie schnell und heftig dieses verdammte Meth abhängig machte, sie hätte die Finger davon gelassen.

Wieder ein dumpfes Brummen, das Lydia an die Scheibe trieb. Ein schwarzer SUV. Sie hielt den Atem an. Er fuhr vorbei. Es war auch kein Porsche gewesen. Sie stieß die Luft aus. Damit musste jetzt Schluss sein!

Lydia rieb sich über das tränennasse Gesicht. Sie hatte eine Entscheidung getroffen. Eine, die längst überfällig gewesen war. Und sie würde sie gleich heute umsetzen, bevor sie es sich wieder anders überlegte. Dafür musste sie nur noch ein paar Vorkehrungen treffen. Sie besaß nur eine kleine Reisetasche, viel konnte sie also nicht mitnehmen, aber von den Dingen, die sie besaß, sollte eh nichts mit in ihr hoffentlich neues Leben kommen. Im Schlafzimmer packte sie das Nötigste zusammen und stellte die Tasche in den Flur.

Auf dem Wohnzimmertisch lag die Karte, die ihr der hübsche Kommissar hingelegt hatte. Lydia nahm ihr Handy und ließ den Daumen über der Tastatur schweben. Wenn sie das jetzt machte, gab es kein Zurück mehr. Wollte sie das wirklich?

Lydia drehte die Visitenkarte in ihrer Hand hin und her. »Ja, das will ich«, sagte sie laut, um sich selbst Mut zuzusprechen.

Ihr war klar, dass sie das am nächsten Morgen anders sehen würde, wenn das Verlangen nach der Droge einsetzte. Deshalb musste sie es tun. Um keine andere Möglichkeit mehr zu haben. Um jede Brücke in die Vergangenheit einzureißen. Viel zu lange hatte sie ihr Leben vor die Hunde gehen lassen. Sie wählte die Nummer und lauschte dem Freizeichen. Niemand hob ab und irgendwann sprang die Mailbox an.

Lydia seufzte und legte auf. Vermutlich war das ein Zeichen. Es war ihr nicht vergönnt, mir nichts dir nichts in ein neues Leben zu starten. Was hatte sie sich auch vorgestellt?

26. Kapitel

Juri hastete aus der Tür. Er rannte, so schnell er konnte, die Treppe zum vierten Stock hinunter und pfriemelte währenddessen den Schlüssel aus seiner Tasche. Seine Hände zitterten vor Wut so stark, dass er ihn beinahe fallen ließ. Dieses kleine Miststück hatte ihn verarscht und einen Hilferuf ins Fenster gehängt. Ein loyales Mädchen hatte es entdeckt und ihm eine Nachricht geschrieben. Unten angekommen schloss er die Tür auf und stürmte in die Wohnung. Da auf dem Boden saß sie, die kleine Fotze, und versteckte ihr Kunstwerk gerade unter dem Sofa. Sie richtete sich auf, als er das Wohnzimmer betrat.

»Warum bist du nur so eine wehrhafte Schlampe?«, presste er zwischen zusammengebissenen Zähnen hervor.

Sie hob abwehrend die Hände und wich vor ihm zurück. Ihr Mund öffnete sich, doch es kam kein Ton heraus.

»Was, hm? Welche Ausrede bleibt dir im Hals stecken?« Mit drei großen Schritten hatte er das Sofa umrundet und war bei ihr.

»Es tut mir leid«, bekam sie schließlich heraus.

»Mehr nicht?« Er gab ihr eine schallende Ohrfeige, dass ihr Kopf zur Seite geschleudert wurde. Ihre Lippe platzte auf und Blut lief ihr den Mundwinkel herab. »Das solltest du dir das nächste Mal besser vorher überlegen.«

Er holte aus und schlug erneut zu. Dieses Mal duckte sie sich weg, sodass seine Hand nur die Oberseite ihres Kopfes streifte. Mit der anderen fasste er in ihre Haare und packte zu. Sie wimmerte in seinem Griff, während er sie in die Küche zerrte. Mit der freien Hand zog er die Schublade neben dem Kühlschrank auf und holte das Panzerband hervor.

»Lass mich los, du tust mir weh«, jammerte sie.

»Ach«, sagte er abfällig. »Das ist erst der Anfang. Warte mal ab, was dir später noch blüht.« Mit den Zähnen löste er den Anfang der Rolle. Dann riss er ihren Kopf an den Haaren nach hinten und umwickelte ihren Kopf mit mehreren Lagen des Klebebands. Es war so eng, dass es in ihre Wangen einschnitt.

»So«, sagte er und stieß sie zu Boden. Er war völlig außer Atem und Schweiß lief ihm über die Stirn. Sein Handy klingelte. Ungehalten drückte er den Anrufer weg. Jetzt war nicht der richtige Zeitpunkt. Er schaute Alina an, die zitternd zu seinen Füßen hockte und versuchte, sich das Klebeband vom Mund zu entfernen.

»Mhh, mhh«, machte sie. Juri musste kurz lachen, so ein lächerliches Bild gab sie ab. Eigentlich ärgerte er sich gar nicht so sehr über sie, sondern mehr über sich selbst. Er hatte sie unterschätzt. Clever war sie und gerissen, nicht so ein unterwürfiges, unsicheres Ding wie Meike. Sie hatte den Spieß umgedreht und ihn ausgetrickst, indem sie ihm vorgespielt hatte, mitzumachen. Dabei hatte sie die ganze Zeit einen anderen Plan gehabt.

Überhaupt ging alles schief, seit er sie entführt hatte. Es war eine Kurzschlussreaktion gewesen. Er hatte sie mit Meike auf der Straße gesehen und an den Auftrag gedacht, den er von dem Anwalt bekommen hatte. Alina passte perfekt, sie war genau das, was er für sein Video wollte. Und er war bereit, viel Geld zu bezahlen. Ein Vielfaches von dem, was sie sonst bekamen.

»Konnte ja niemand ahnen, dass du mir solche Probleme bereiten wirst«, murmelte er und fesselte ihre Hände mit Kabelbindern. Er musste sich zügeln, Alina nicht so lange die Scheiße aus dem Körper zu prügeln, bis sie aufhörte zu atmen.

»Du kannst froh sein, dass ich keine Lust auf eine Sauerei in der Wohnung habe«, knurrte er ihr ins Ohr. Sie sah ihn verängstigt an. Tränen liefen ihr über die Wangen und ihre Nasenflügel blähten sich beim panischen Versuch, zu atmen. Vielleicht sollte er sie einfach unter dem Klebeband ersticken lassen. So sehr sie sich auch bemühte, sie würde es nicht abbekommen. Selbst schuld, wenn sie hier rumheulte wie ein Baby. Konnte sie sich doch denken, dass ihre Nase irgendwann verstopfte und sie dann keine Luft mehr bekam.

Aber er hatte keine Lust, auch noch eine Leiche entsorgen zu müssen. Die Bullen waren ihm ohnehin schon auf den Fersen. Sie würden ihm zwar nichts nachweisen können, aber er musste vorsichtig sein. Er zog Alina auf die Füße und setzte sie auf einen der Küchenstühle. Dann nahm er sein Messer aus der Hosentasche. Panisch rutschte sie mit dem Stuhl zurück. Einen Moment schaute er ihr amüsiert dabei zu. Als könnte sie ihm entkommen, wenn er ihr wirklich etwas antun wollte.

Er wartete, bis sie mit der Lehne an die Arbeitsplatte schlug. Dann ging er zu ihr und hielt das Messer so, als wolle er ihr damit die Kehle aufschneiden. Alina wimmerte unter ihrem Knebel. Sie schloss die Augen und warf den Kopf wild hin und her. Juri packte ihre Wangen und zwang sie, stillzuhalten. Dann stach er dort zu, wo sich unter dem Klebeband die Öffnung ihres Mundes abzeichnete. Als er es wieder herauszog, sog sie zischend die Luft ein.

»Ich werde dich nicht umbringen«, flüsterte er ihr ins Ohr. »Noch nicht und garantiert nicht hier.«

27. Kapitel

Schon im Treppenhaus hörte Fabian Stimmen aus seiner Wohnung und der Duft von gebratenem Fleisch strömte ihm entgegen. Er schloss die Tür auf. Die Stimmen wurden lauter. Sein Vater. Das Lachen seiner Mutter.

Verdammt!

Das hatte er völlig vergessen. Josi hatte die beiden zum Familienessen zu ihm eingeladen, weil sein Bruder mit seiner Frau im Urlaub war und seine Mutter sich den Knöchel gebrochen hatte. Er seufzte und bückte sich, um die Schuhe auszuziehen. Ausgerechnet heute hatte er überhaupt keinen Kopf dafür. Am liebsten hätte er sich jetzt mit Josi aufs Sofa gesetzt, ein Glas Wein getrunken und mit ihr über die Sache mit Thomas gesprochen. Bisher hatte er ihr nichts von der Affäre erzählt. Sie kannte und mochte Thomas' Freundin Jana und er hatte befürchtet, sie könnte sich so sehr auf ihre Seite schlagen, dass sie ihr davon erzählte.

Josi steckte den Kopf aus der Küche. »Wie schön, du bist endlich da«, sagte sie ohne einen Vorwurf in der Stimme. Lächelnd kam sie in die Diele und gab Fabian einen Kuss auf die Wange. Dann schaute sie sich suchend um. »Wo hast du den Wein?«

Fabian zog überrascht die Augenbrauen hoch. »Wein?«, wiederholte er lang gezogen. Fieberhaft überlegte er, wann sie ihn damit beauftragt hatte.

»Habe ich dir vorhin doch geschrieben«, sagte sie. »Sag nicht, du hast es übersehen.«

Fabian griff in seine Hosentasche und holte sein Handy hervor. Der Flugmodus war noch eingeschaltet. Den aktivierte er bei seinem privaten Gerät immer, wenn er sich in Zeugenbefragungen befand. Heute war so viel los gewesen, dass er völlig vergessen hatte, ihn wieder auszuschalten. »Sorry«, murmelte er kleinlaut und zeigte ihr das Display. »Im Keller ist, glaube ich, noch eine halbe Kiste Bier.«

Josi seufzte theatralisch. »Aber doch nicht zum Züricher Geschnetzelten. Das passt nicht. Ich gehe noch mal schnell los.«

»Bier ist hervorragend«, sprang Fabians Vater ihm aus der Küche bei. »Ich muss noch fahren und Wein steigt mir immer so schnell in den Kopf. Beate kann eh nichts trinken wegen der Schmerzmittel.«

»Dann bin ich wohl überstimmt«, kapitulierte Josi. »Ich begnüge mich dann einfach mit dem Rest Weißwein aus dem Kühlschrank. Für ein Glas wird es reichen.«

Sie gingen in die Küche, wo bereits der Tisch gedeckt war. Josi hatte sogar eine Tischdecke aufgelegt, und eine Kerze stand neben einem Strauß Blumen, den vermutlich seine Eltern mitgebracht hatten. Fabian umarmte seine Mutter zur Begrüßung.

»Halb acht. Du hast uns ganz schön warten lassen«, sagte sie. »Ich bin am Verhungern.«

Fabian sparte sich die Erklärung, dass seine Arbeit sich nun mal nicht nach seinen privaten Terminen richtete. Mittlerweile hatte er die Hoffnung aufgegeben, dass sie es jemals verstehen würde.

»Ich gehe schnell in den Keller, das Bier holen«, sagte Josi. »Du kannst schon mal die Rösti auftun. Sie sind im

Ofen zum Warmhalten. Hoffentlich sind sie noch knusprig.«

»Meinem Bein geht es gut, danke der Nachfrage«, sagte seine Mutter in ironischem Tonfall, nachdem Josi die Küche verlassen hatte.

»Das freut mich.« Fabian öffnete die Ofentür. Er hatte keine Lust, auf den unterschwelligen Vorwurf einzugehen. Die Kartoffelrösti waren goldbraun und rochen fantastisch. Fabian griff nach der Servierplatte, auf der sie gelagert waren. Bis jetzt hatte er nicht mal gewusst, dass er so etwas besaß.

»Du solltest besser ...«, setzte seine Mutter an, als Fabian schmerzerfüllt zurückzuckte. Die Keramik war schweineheiß. Leider ließ er nicht schnell genug los, sodass er die Platte ein Stück mit herauszog. Nun stand sie nicht mehr richtig auf dem Rost und kam ins Rutschen. Wie in Zeitlupe kippte sie nach vorne. Instinktiv griff Fabian danach und verbrannte sich erneut. Er schubste die Platte zurück in den Ofen und fluchte laut.

»... einen Topfhandschuh benutzen«, führte seine Mutter ihren Satz zu Ende.

»Danke für den Tipp«, murmelte Fabian und ging zum Spülbecken, um sich kaltes Wasser über die lädierten Finger laufen zu lassen.

»Immerhin hast du es gerettet«, sagte sein Vater.

»Was hast du gerettet?«, fragte Josi, die gerade mit vier Bierflaschen zurück in die Küche kam.

»Unser Abendessen«, sagte Fabian und betrachtete seinen Zeigefinger, an dem sich bereits eine Brandblase bildete.

Josi schaute zwischen ihm und dem Ofen hin und her. Ein Grinsen breitete sich auf ihrem Gesicht aus. »Hätte ich dich etwa vorwarnen sollen, dass das Essen heiß ist?«

»Jaja, schon verstanden. Ich bin ein Idiot, was das Kochen angeht«, sagte er, nahm ihr die Flaschen ab und stellte je eine davon vor seinen Vater und an seinen Platz. Die anderen beiden legte er in den Kühlschrank und nahm den Wein heraus, den er Josi einschenkte.

In der Zwischenzeit hatte sie die Rösti unfallfrei auf den Tisch bugsiert. Sie trug die Pfanne zum Tisch und schöpfte jedem etwas von dem Geschnetzelten auf. Angewidert stellte Fabian fest, dass Pilze in der Soße schwammen. Die waren für ihn beinahe so schlimm wie Rosenkohl, mit dem Unterschied, dass sie nach gar nichts schmeckten. Warum gab man sie dann überhaupt ins Essen? Man fügte im Grunde einfach nur eine geschmacklose, wabbelige Masse hinzu.

Fabians Mutter beobachtete seine Reaktion interessiert. Sie wusste von seiner Abneigung und er hoffte, dass sie nichts verriet. Beim letzten Mal, als sich Fabian über eine Zutat in Josis Essen beschwert hatte, war ihr erster richtiger Streit entbrannt. Er würde sich also hüten, etwas über die Pilze zu sagen.

Beim Essen berichtete Josi von ihrem Tag in der Nachmittagsbetreuung. Ein Junge war von der Schaukel abgesprungen und hatte sich beim Aufkommen das Handgelenk gebrochen. Im Gegensatz zu ihren Kolleginnen war Josi ruhig geblieben und hatte sich besonnen um ihn gekümmert, obwohl sein Knochen durch die Haut gestochen war. Während sie davon erzählte, als wäre es gar nichts, wurde Fabians Mutter immer blasser.

»Können wir nicht das Thema wechseln«, bat sie.

»Oh, entschuldige«, sagte Josi und kicherte. »Ich vergesse immer, dass nicht jeder so unempfindlich ist wie ich. Wenn man jeden Tag mit Kindern arbeitet, ist man einiges gewöhnt.«

»Ich habe zwei Jungs großgezogen, da hab ich auch nicht gerade wenig gesehen. Aber im Alter werde ich weich«, sagte seine Mutter lachend.

»Isst du die nicht?«, fragte Josi und deutete mit der Gabel auf die Champignons auf Fabians Teller, um die er unauffällig herumgestochert hatte.

»Bedien dich ruhig«, antwortete er erleichtert.

Als alle aufgegessen hatten, stand Josi auf. »Geht doch schon mal ins Wohnzimmer. Ich mache uns Espresso und wir kommen dann gleich mit dem Nachtisch«, sagte sie zu Fabians Eltern. Er lächelte gequält. Auch noch Nachtisch. Eigentlich hatte er gehofft, dass sein Vater und seine Mutter sich bald auf den Weg machen würden, damit er endlich Zeit hatte, mit Josi über Thomas zu sprechen. Je länger er darüber nachdachte, desto unsicherer wurde er, ob die Dinge wirklich so eindeutig waren, wie sie sich für ihn darstellten. Er glaubte Thomas, natürlich tat er das, schließlich war er seit Jahren sein Ermittlungspartner und sie hatten viel zusammen durchgestanden. Aber genau dieser Umstand sorgte vielleicht dafür, dass er die Sache zu einseitig sah. Er brauchte dringend Josis Rat. Sie würde ihm bestimmt helfen können, einen objektiveren Blick auf die Anschuldigungen zu werfen.

Zum Glück war seine Mutter keine Nachteule. Sie schaute demonstrativ auf die Uhr und sagte: »Puh, aber nicht mehr so lange. Ich muss dringend ins Bett.«

»Och, einen Moment habt ihr doch sicher noch«, entgegnete Josi. »Es gibt da nämlich noch eine kleine Ankündigung, die ich euch servieren möchte.«

Für eine Sekunde glaubte Fabian, sein Herz würde aussetzen. Auf dem Gesicht seiner Mutter erschien ein Strahlen und ihre Augen leuchteten erwartungsvoll.

»Da sind wir aber gespannt«, sagte sie mit Quietschstimme.

Schwanger, schoss es Fabian durch den Kopf. *Sie ist bestimmt schwanger.* Sein Mund war plötzlich wie ausgetrocknet und er musste sich darauf konzentrieren, normal weiter zu atmen. Dabei hatten sie doch immer verhütet. Wie hatte das passieren können? Er fühlte sich überhaupt nicht bereit für ein Kind.

Vor Kurzem hatte er es nicht mal geschafft, sie angemessen darum zu bitten, mit ihm zusammenzuziehen, wie sollte er da ein Kind großziehen? Dann fiel sein Blick auf Josis Weinglas und er stieß erleichtert die Luft aus. Nie und nimmer würde sie auch nur einen Schluck Alkohol anrühren, wenn sie schwanger wäre. Sein Herzschlag normalisierte sich wieder. Josi war zum Glück so mit der Kaffeemaschine beschäftigt, dass sie nichts von seiner schockierten Reaktion mitbekommen hatte.

»Die Quarkspeise ist im Kühlschrank. Du kannst sie schon mal auf Schälchen verteilen.« Josi stellte zwei Espressotassen unter den Ausguss der Maschine und drückte die Taste. Lautstark erwachte das Mahlwerk zum

Leben, während Fabian den Nachtisch auftat. Sie stellten alles auf ein Tablett, das er ins Wohnzimmer trug.

Fabians Mutter saß auf dem Sessel und hatte den geschienten Fuß hochgelagert. Sichtlich aufgeregt fummelte sie am Saum ihrer Strickjacke herum. Wahrscheinlich ging ihre Vermutung über Josis Ankündigung in dieselbe Richtung wie Fabians erster Gedanke. Sie nahm ihren Espresso entgegen und kippte ihn in einem Zug runter.

»Erzähl, Josi. Was willst du uns ankündigen?«, fragte sie. Ihr Gesicht schien zu glühen vor gespannter Erwartung.

In der Diele ertönte die Titelmelodie vom Tatort. Fabian sprang vom Sofa auf und erntete dafür einen vorwurfsvollen Blick von seiner Mutter.

»Du wirst doch jetzt nicht etwa da rangehen?«

»Sorry, aber das ist mein Diensthandy. Ich muss.«

»Jedes Mal behauptest du das«, motzte sie. »Es kann wohl nicht angehen, dass Polizisten nicht auch mal Freizeit haben dürfen. Wir sind schließlich nicht alle Tage bei dir zum Essen eingeladen.« Sie verschränkte die Arme vor der Brust wie ein schmollendes Kind.

»Mama, es geht um das Leben einer jungen Frau. Die interessiert sich herzlich wenig dafür, ob ich gerade Besuch habe.«

»Lass ihn, Beate. Es gibt Dinge, die sind wichtiger als ein gemeinsames Abendessen«, sagte Josi.

Fabian wusste, dass sie es in keiner Weise ironisch meinte, und doch klang es komisch, wenn sie das so sagte. Es wäre ihm auch lieber gewesen, einen ruhigen

Abend zu verbringen, aber in seinem Beruf ging es eben manchmal nicht nach dem, was er sich wünschte.

Bis Fabian in der Diele ankam, war die Melodie verstummt. Er nahm das Telefon von der Ablage und entsperrte das Display. Der verpasste Anruf kam von einer unbekannten Nummer. Er ging in die Küche, um in Ruhe sprechen zu können, und drückte die Rückruftaste. Sofort meldete sich eine Frauenstimme am anderen Ende der Leitung.

28. Kapitel

Lydia zuckte zusammen, als das Telefon in ihrer Hand vibrierte. Der Kommissar. Er rief sie zurück. Sie zitterte, als sie den Anruf entgegennahm. Mehr als ein »Hallo« brachte sie kaum über die Lippen.

»Guten Abend. Prior, Kripo Frankfurt. Sie hatten versucht, mich zu erreichen«, sagte er.

»Oh, wie gut, dass Sie gleich zurückrufen«, antwortete sie und bemühte sich, ihrer Stimme einen festen Klang zu geben. »Hier ist Lydia Pauly. Ich muss mich dringend mit Ihnen unterhalten. Es geht um das Mädchen.«

»Um Alina Sander?«, fragte er nach einer kurzen Pause.

»Genau. Ich will ihr helfen.« Lydia war sich bewusst, dass dies nur die halbe Wahrheit war. Sie wollte vor allem sich selbst retten. Der Kommissar hatte angedeutet, dass sie sie schützen würden, wenn sie auspackte. Vermutlich konnte sie ohnehin keine wertvollen Informationen über Alina liefern, denn das wenigste von dem, was sie sagen konnte, stammte aus erster Hand. Aber sie konnte alles erzählen, was sie über Juri und den Boss wusste. »Können wir uns treffen?«

»Lebt sie noch? Wissen Sie, wo sie ist? Ich könnte ein Team losschicken.« Mit einem Mal klang er angespannt. Würde er sie abweisen, wenn er glaubte, dass sie nicht genug wusste? Sie konnte nicht mehr zurück.

»Soweit ich weiß, ist sie noch am Leben. Ich weiß nicht genau, wo sie sie festhalten. Aber ich habe Informationen.« Sie blieb vage. »Sie haben gesagt, dass Sie mich schützen könnten. Wenn wir uns treffen, sage ich alles, was ich weiß, aber Sie müssen mich ins Zeugenschutzprogramm aufnehmen. Heute noch.«

Prior räusperte sich. »Hören Sie, ich kann das gar nicht allein entscheiden. Wir müssen Ihre Aussage dem Staatsanwalt vortragen und der entscheidet darüber, welche Schutzmaßnahmen nötig sind. Auf jeden Fall werden wir Ihren Namen aus den Ermittlungen raushalten, das garantiere ich Ihnen.«

Lydia schüttelte heftig den Kopf. »Nein! Das reicht nicht!« Verzweifelt rang sie die Hände. Warum war sie nur so naiv? Immer wieder fiel sie auf falsche Versprechungen rein. »Sie werden so oder so wissen, wer sie verpfiffen hat. Das funktioniert nicht. Es war ein Fehler, Sie anzurufen.«

»Halt, warten Sie«, sagte Prior. »Legen Sie nicht auf. Ich sagte ja nicht, dass Sie nicht ins Schutzprogramm aufgenommen werden. Es geht nur eben nicht so schnell, wie Sie sich das vorstellen.«

»Wenn ich mit Ihnen gesprochen habe, kann ich nicht mehr nach Hause.«

Der Kommissar schwieg. Er schien zu überlegen. »Also, was ich Ihnen anbieten kann, ist Folgendes. Sie packen jetzt ein paar Sachen und um, sagen wir mal, zehn Uhr treffen wir uns. Bis dahin habe ich ein abgelegenes Hotel für Sie gebucht. Um die Kosten machen Sie sich mal keine Sorgen. Dann erzählen Sie mir, was Sie wissen und ich kümmere mich gleich morgen um die Sache mit dem Staatsanwalt. Einverstanden?«

Lydia merkte, wie ihr Tränen der Erleichterung in die Augen stiegen. Sie schaute auf die Uhr. Bis zehn waren es noch knapp eineinhalb Stunden.

»Abgemacht«, sagte sie. Sie vereinbarten einen Treffpunkt und legten auf. Lydia löschte überall in der Wohnung das Licht. Wenn Juri vorbeifuhr, sollte er glauben, dass sie nicht zu Hause war. Langsam fiel die Anspannung von ihr ab. Noch etwas mehr als eine Stunde, dann könnte sie diese Wohnung für immer verlassen.

29. Kapitel

Mit einer Mischung aus Vorfreude und Angst verließ Lydia um zwanzig vor zehn das Haus. Sie war etwas früh dran, aber sie hatte es nicht mehr ausgehalten, noch länger zu warten. Die letzte Stunde war ein ständiges Auf und Ab gewesen. Mal war sie kurz davor, alles abzublasen und bei Juri anzurufen, um ihm zu erklären, dass alles ein großes Missverständnis war. Er musste doch verstehen, dass sie nichts dafür konnte, wenn aus heiterem Himmel zwei Kommissare vor ihrer Tür standen. Noch hatte sie nichts verraten, und wenn Juri sie vor der Polizei versteckte, wäre die Sache bestimmt bald ausgesessen.

Dann wieder malte sie sich ihr neues Leben aus. Sie stellte sich vor, wie es sein würde, einen ganz normalen Job zu haben und nicht mehr anschaffen zu müssen. Ein Leben ohne Drogen, ohne abhängig von Juris Launen zu sein und die Bedürfnisse wildfremder Männer erfüllen zu müssen. In dieser Phase befand sie sich gerade, also hatte sie ihre Tasche geschnappt und war gegangen.

Je weiter sie sich von ihrem Wohnhaus entfernte, desto leichter wurden ihre Schritte. An der Ecke warf sie einen Blick zurück und entdeckte einen Kleinwagen, der langsam die Straße entlangfuhr. Ihr Herzschlag beschleunigte sich.

Mach dich nicht verrückt, sagte sie sich. *Du kannst nicht bei jedem Auto in Panik verfallen.*

Sie überquerte die Kreuzung und versuchte, das mulmige Gefühl zu verdrängen, das sich in ihr ausbreitete. Vielleicht sollte sie zur Sicherheit erst mal eine andere Richtung einschlagen. Falls der Fahrer ihr wirklich folgte, könnte sie nach einem Park suchen und ihn dort abhängen, um ihn nicht sofort zum Kommissar zu führen. Also bog sie, anstatt geradeaus zu gehen, nach rechts ab. Der Wagen war mittlerweile an der Kreuzung angekommen. Er bremste und hupte. Lydia zuckte zusammen, zwang sich aber, sich nicht umzudrehen und weiterzugehen. Wieder hupte er. Dann rief jemand ihren Namen. Eine plötzliche Angst lähmte ihre Glieder. Sie erkannte die Stimme genau. Ihre Hände fingen an zu zittern und sie hatte das Gefühl, dass sie ihre Tasche nicht mehr halten konnte.

»Hey, Lydia. Komm doch mal her«, rief Juri. Langsam drehte sie sich um und machte ein paar Schritte auf ihn zu. Ihre Beine waren kurz davor, ihr den Dienst zu versagen. Panisch schaute sie sich um. Es gab hier keine Möglichkeit zur Flucht. Um sie herum befanden sich geschlossene Häuserreihen ohne die Möglichkeit, irgendwo in einen Hof zu gelangen.

Mittlerweile war sie bei dem Auto angekommen. Juri lehnte sich leger aus dem Fenster und grinste sie an. »Na, wo geht's hin?«, fragte er und deutete auf die Tasche in ihrer Hand. Lydia könnte sich dafür ohrfeigen, dass sie sie nicht einfach hinter einem der geparkten Wagen abgestellt hatte.

»Zu einer Freundin«, antwortete sie schnell, da ihr nichts Besseres einfiel. Es klang nicht nur wie eine offensichtliche Lüge, Juri wusste vermutlich auch genau, dass sie nicht die Wahrheit sagte. All ihre Freundinnen hatten schon vor Jahren den Kontakt zu ihr abgebrochen, genau wie ihre Eltern. Es war ihnen nicht übel zu nehmen, nachdem sie immer wieder Verabredungen abgesagt hatte oder einfach nicht aufgetaucht war. Das war nicht nur Juri zu verdanken, er verbot ihr Treffen mit Freundinnen nie direkt. Sie selbst schämte sich einfach zu sehr für ihren Lebenswandel.

»Du weißt doch, dass ihr uns Bescheid geben sollt, wenn ihr wegfahrt«, sagte er.

Lydia entspannte sich etwas. Vielleicht glaubte er ihr ja doch. »Ach so. Ich fahre ja gar nicht weg. Sie wohnt hier in Frankfurt. Ich bringe ihr ein paar abgelegte Klamotten von mir. Deswegen die Tasche.« *Bleib ruhig. Erklär nicht so viel,* ermahnte sie sich.

Juri nickte langsam. »Komm, steig ein. Ich fahr dich. Dann können wir uns noch kurz unterhalten«, sagte er.

»Äh, nein, schon gut. Die frische Luft tut mir gut«, sagte Lydia. »Was ist das überhaupt für ein Auto?«

»Ein Ersatzwagen.« Juri schlug mit der flachen Hand auf die Fahrertür. »Der Porsche ist in der Werkstatt.«

Lydia wunderte sich kurz, warum eine Vertragswerkstatt von Porsche einen derart alten Ersatzwagen rausgab, verdrängte den Gedanken aber sofort wieder. »Worüber willst du denn mit mir reden?«, fragte sie und schaute auf die Uhr. Noch zehn Minuten, bis sie beim Treffpunkt sein musste.

»Ein Vögelchen hat mir gezwitschert, dass die Bullen bei dir waren.«

Die Worte waren wie eine Ohrfeige für Lydia. Sie hatte es befürchtet. Da Leugnen keinen Sinn hatte, sagte sie:

»Ja, das stimmt. Sie sind irgendwie an eines der Videos gekommen und wollten wissen, was es damit auf sich hat.«

Juri nickte langsam und rieb sich über das Kinn. »Warum hast du mir nicht selbst davon erzählt?«

Lydia senkte den Kopf. »Keine Ahnung«, antwortete sie fast wahrheitsgemäß. Sie hatte überlegt, ihn gleich, nachdem die Kommissare ihre Wohnung verlassen hatten, anzurufen. Irgendetwas hatte sie davon abgehalten. »Aber ich habe ihnen die Wahrheit gesagt, keine Sorge.«

Als sie Juris hochgezogenen Augenbrauen sah, korrigierte sie sich schnell. »Also, dass alles freiwillig abläuft und wir gut dafür bezahlt werden.«

»Haben sie dich nach dem Mädchen gefragt?«

»Welches Mädchen?« Schon während sie es aussprach, wusste sie, dass das zu viel war.

»Stell dich nicht dumm.« Juris Gesichtszüge verhärteten sich.

»Nein, haben sie nicht«, antwortete sie. Schweiß trat ihr auf die Stirn.

»Komisch. Denn nur eine Stunde später waren sie bei mir und haben sich nach ihr erkundigt.«

»Oh«, machte Lydia. Das war schlecht. Verdammt schlecht. Warum hatte sie ihn nicht angerufen, um ihm zu sagen, dass sie befragt worden war? Egal, was sie sonst plante, sie hätte es tun sollen, um sich so unverdächtig wie möglich zu machen. Natürlich ging er jetzt davon aus, dass sie ihn verraten hatte. »Von mir haben sie gar nichts erfahren«, beteuerte sie.

Juri lächelte. »Na gut. Das muss ich dir wohl so abnehmen. Ist ja zum Glück noch mal alles gut gegangen. Ich hab ein Alibi für den Zeitpunkt, als die Kleine abgemurkst wurde.«

»Sie ist tot?«, fragte Lydia schockiert. Schlimmer konnte es für sie kaum kommen. Wenn Prior keine Chance mehr hatte, das Mädchen zu retten, war er dann überhaupt noch an ihrer Aussage interessiert?

»Schon seit Samstag. Aber ich lass dich jetzt mal gehen, du hast es sicher eilig. Schönen Abend für euch Mädels. Wenn sich deine Freundin mal etwas dazuverdienen möchte, weißt du ja, wo sie sich hinwenden kann.«

Lydia nickte. Ihre Gedanken kreisten um das tote Mädchen. Ob die Polizei schon davon wusste? Hatten sie es sogar schon gewusst, als sie bei ihr gewesen waren? Das musste doch so sein, wenn sie Juri nach einem Alibi gefragt hatten. Aber warum hatten sie dann nichts gesagt? Sie murmelte eine Verabschiedung und schlug die entgegengesetzte Richtung ein.

»Hey, Lydia«, rief Juri ihr hinterher. Sie drehte sich zu ihm um. »Du wolltest doch gerade da rechts lang.«

»Ach, stimmt ja«, sagte sie und bog in die Straße ein. Das Handy in ihrer Tasche vibrierte. Eine Nachricht von Prior.

Verspäte mich etwas, schrieb er nur knapp.

Lydia atmete auf. Das bedeutete, er kam. Seine Unpünktlichkeit verschaffte ihr etwas Luft. Für den Fall, dass Juri sie weiter beobachtete, würde sie einfach bei der nächsten Gelegenheit in eine Hofeinfahrt biegen und dort warten, bis er verschwunden war.

Hinter ihr startete Juri den Motor und fuhr an. Das Brummen wurde lauter. Wie erwartet, schien er sie zu verfolgen. Lydia drehte sich um und sah den Kleinwagen, wie er auf der falschen Straßenseite fuhr. Er wurde immer schneller und er steuerte genau auf sie zu. Noch bevor sie reagieren konnte, erwischte er sie frontal.

Ein lautes Krachen erfüllte die Luft.

Ihr Körper wurde hochgeschleudert und schlug dann auf der Motorhaube auf. Mit dem Kopf prallte sie auf die Windschutzscheibe.

Vor ihren Augen explodierten grelle Blitze. Während sich alles wie in Zeitlupe abspielte, fragte sie sich, warum sie keinerlei Schmerzen spürte.

Sie rutschte von der Motorhaube und fiel schlaff auf den harten Beton. Blut lief ihr in die Augen und nahm ihr die Sicht. Ihre Rippen schienen sich in ihre Lunge zu bohren. Das Auto ruckte ein Stück nach vorne. Verschwommen erkannte sie Juri, der ausstieg und davonrannte.

Lydia wollte schreien, um Hilfe rufen, aber sie bekam keinen Ton heraus, konnte nicht atmen. Ihr Mund war voller harter Brocken. Vermutlich ihre Zähne. Was sollte sie bloß ohne sie machen? Lydia lachte. Ein Blutschwall kam zwischen ihren Lippen hervor. Irgendwie ironisch, dass sie sich in diesem Augenblick über ihre Zähne Gedanken machte. Sie schloss die Augen und versuchte, ihren Körper zu entspannen. Es war vorbei. Juri hatte es beendet.

30. Kapitel

Fabian gab Gas. Nur noch fünf Minuten, bis er beim Treffpunkt sein sollte. An einer Ampel tippte er Lydia schnell eine SMS, dass er sich etwas verspäten würde. Er war zu spät losgefahren, denn seine Mutter hatte darauf bestanden, dass er noch schnell eine Flasche Sekt von der Tankstelle holte, damit sie anstoßen konnten. Zwar hatten sich ihre kühnsten Erwartungen nicht erfüllt – Josi war, wie Fabian korrekt analysiert hatte, nicht schwanger – aber Josis Ankündigung war dennoch Grund genug, zu feiern. Sie würde ihre Wohnung kündigen, um mit Lumpi zu Fabian zu ziehen.

Er verstand die Frauen einfach nicht. Natürlich freute er sich über diese Entscheidung, aber er konnte es nicht nachvollziehen. Als er sie vor ein paar Monaten darum gebeten hatte, mit ihm zusammenzuziehen, war sie völlig ausgerastet und sie hatten den größten Streit ihrer bisherigen Beziehung gehabt. Zugegeben, er hatte sich äußerst ungeschickt angestellt und die falschen Worte gewählt, aber das war kein Grund, ihn deshalb so lange schmoren zu lassen.

Immerhin hatte er sich in der Zwischenzeit mit dem Gedanken anfreunden können und seine Bedenken beiseitegeschoben. Das Zusammenziehen konnte der erste Schritt zu Sachen wie Heiraten und Kinderkriegen sein, musste aber nicht. Es kam ganz auf sie an, wie sie es handhaben würden. Und weder er noch Josi hegten in dieser Richtung irgendwelche Erwartungen. Sie würden es auf sich zukommen lassen.

An einer Kreuzung sah Fabian Blaulicht. Er verlangsamte den Wagen und suchte nach der Ursache. In der Seitenstraße hatte es wohl einen Unfall gegeben. Zwei Streifenwagen sowie ein Krankenwagen waren bereits vor Ort, es herrschte hektisches Treiben. Da er bereits ein paar Minuten zu spät dran war, fuhr er weiter.

Als er beim Treffpunkt ankam, war Lydia nirgends zu sehen. Sie hatten sich auf dem Parkplatz eines Supermarktes verabredet, der mittlerweile geschlossen hatte. Es war also nicht so viel los, dass er sie hätte übersehen können. Fabian schaute auf sein Handy. Seine Nachricht hatte sie erhalten und gelesen, aber nicht geantwortet. Vielleicht sollte er Helga schreiben, um ihr von dem Treffen zu berichten. Aber sie hatte sich vorhin so auf ihren Feierabend gefreut, dass er darauf verzichtete.

Um viertel nach zehn war Lydia immer noch nicht da. So langsam machte er sich Sorgen. Er wählte ihre Nummer und bekam ein Freizeichen, aber niemand hob ab. Ein zweiter Versuch brachte dasselbe Ergebnis. Hatte sie es sich anders überlegt oder war ihre Angst vorhin berechtigt gewesen? Er dachte an den Unfall, den er auf dem Weg passiert hatte. Womöglich war ihr etwas zugestoßen, ob nun absichtlich oder nicht. Noch einmal hielt er Ausschau nach ihr, konnte sie jedoch nirgends entdecken.

Mit einem mulmigen Gefühl wendete er den Wagen und fuhr zurück zur Unfallstelle. Der Krankenwagen war mittlerweile losgefahren, sodass Fabian den Ort des Geschehens besser einsehen konnte. Ein Kleinwagen stand auf dem Bürgersteig kurz vor einer Hauswand. Die Rücklichter waren eingeschaltet, die vorderen schienen jedoch kaputt zu sein. Im Schein des Blaulichtes erkannte Fabian, dass die Motorhaube völlig verbeult war. Auf dem Boden davor waren dunkle Flecken zu sehen. Entweder war das Kühlerflüssigkeit oder, wie er befürchtete, Blut. Fabian schaltete den Warnblinker ein und stellte das Auto in zweiter Reihe ab.

Beim Aussteigen schaute er noch mal auf sein Handy. Immer noch keine Nachricht von Lydia. Er befürchtete das Schlimmste.

»Was ist hier passiert?«, fragte er den uniformierten Kollegen, der gerade mit Kreide Markierungen auf den Boden machte.

»Dazu kann ich nichts sagen. Fahren Sie bitte weiter«, murmelte er, ohne aufzusehen.

Fabian zückte seine Marke, bückte sich und hielt sie dem Mann vor die Nase. »Prior von der Kripo«, sagte er.

Der Kollege schreckte hoch und drückte die Schultern durch, als habe er einen Vorgesetzten beim Militär vor sich. »Oh, entschuldigen Sie. Das wusste ich nicht. Wenz mein Name. Warum ist die Kripo hier?«

»Ich bin nur zufällig vorbeigekommen. Eigentlich war ich mit einer Informantin verabredet, aber sie ist nicht erschienen.«

Der junge Kollege verzog den Mund und schaute zwischen Fabian und dem Unfallwagen hin und her. »Eine junge Frau?« Er ging zum Streifenwagen und nahm einen Geldbeutel heraus. »Lydia Pauly?«, fragte er.

Fabian atmete tief durch. Instinktiv wanderte sein Blick zu den Flecken vor dem Unfallwagen. Es war eindeutig Blut. Die Szenerie hatte etwas von einem Horrorfilm, da die Sanitäter bei ihrer Arbeit tiefrote Fußspuren auf dem Gehsteig verteilt hatten. Verdammte Scheiße. »Das ist ihr Name«, sagte er schließlich. »Was ist passiert?«

»Das wissen wir nicht genau. Sie wurde frontal erwischt, hat schwere Kopfverletzungen. Als wir ankamen, war sie bewusstlos und der Fahrer verschwunden. Mehrere Anwohner haben den Unfall gemeldet, aber keiner hat mitbekommen, wie genau es dazu kam. Sie haben erst aus dem Fenster geschaut, als sie das Krachen hörten.«

Der Täter war also geflohen. Das hier war eindeutig kein Unfall. Niemand konnte in einer verkehrsberuhigten Zone derart die Kontrolle über seinen Wagen verlieren, dass er auf den Bürgersteig der verkehrten Straßenseite raste und dabei einen Menschen umfuhr. Nicht, wenn er nicht am Steuer einen Herzinfarkt oder etwas Ähnliches erlitten hatte. Jemand hatte versucht, Lydia Pauly umzubringen. Womöglich war es ihm sogar gelungen.

»Lebt die Frau noch?«, fragte Fabian bang.

Der junge Kollege zuckte die Achseln. »Es hat sie wirklich übel erwischt. Einer der Anwohner hat sofort Erste Hilfe geleistet. Mehr weiß ich auch nicht.«

»Sie wurde in die BGU gebracht?«

»Nehm ich mal an.«

»Danke Ihnen«, sagte Fabian und drückte dem Streifenbeamten seine Karte in die Hand. »Halten Sie mich auf dem Laufenden«, bat er und verabschiedete sich.

Die Unfallklinik lag am anderen Ende der Stadt. Während er zurück zu seinem Auto ging, rief er Helga an und berichtete ihr kurz, was passiert war. Obwohl er nicht viel Hoffnung hatte, heute noch eine Aussage von Lydia Pauly zu bekommen, verabredeten sie sich im Krankenhaus.

Von den Ärzten bekamen Fabian und Helga nur die Auskunft, dass das Unfallopfer gerade operiert wurde und danach eine Weile nicht ansprechbar sein würde. Immerhin lebte sie, auch wenn das Gesicht der Notfallschwester Bände darüber sprach, wie es um den Zustand von Lydia Pauly bestellt war.

»Glauben Sie, sie wird sich an etwas erinnern können?«, erkundigte sich Helga.

»Eigentlich darf ich gar nichts Genaues zu Ihrem Zustand sagen«, wich die Krankenschwester aus.

»Wir ermitteln in der Unfallsache und müssen davon ausgehen, dass sie absichtlich angefahren wurde«, sagte Fabian. »Deswegen wäre es wichtig für uns zu wissen, wann wir damit rechnen können, eine Aussage von ihr zu bekommen.«

»Absichtlich?«, fragte die Frau schockiert. »Wer macht denn so etwas? War das etwa ein Terroranschlag? Wie in London oder auf dem Weihnachtsmarkt vor einigen Jahren?«

»Um das herauszufinden, müssen wir schnellstmöglich mit ihr sprechen.«

Die Krankenschwester nickte eifrig. Dann machte sie jedoch ein trauriges Gesicht. »Sie hat mehrere Knochenbrüche erlitten. Gerade wird ihre Schädeldecke geöffnet, weil sie starke Hirnblutungen hat. Es dürfte an ein Wunder grenzen, wenn sie die Nacht übersteht.«

»Vielen Dank für Ihre Kooperation«, sagte Helga. Auch wenn es nicht das war, was sie hatten hören wollen, wussten sie zumindest, woran sie waren.

»Wir sollten zur Sicherheit einen Kollegen anfordern, der ihr Zimmer überwacht. Nur für den Fall, dass Loose hier aufkreuzt«, merkte Fabian an, nachdem die Krankenschwester die beiden allein gelassen hatte. Falls Loose mitbekam, dass sie noch lebte, würde er sicher nicht davor zurückschrecken, die Sache im Krankenhaus zu Ende zu bringen. Auf der Intensivstation wurden die Patienten zwar überwacht, aber der Zuhälter war gefährlich und nahm möglicherweise noch weitere Opfer in Kauf.

»Noch lieber wäre es mir, wenn wir direkt hinfahren und den Drecksack verhaften«, sagte Helga mürrisch.

»Das wäre mir auch am liebsten. Aber noch können wir ihm nicht nachweisen, dass er es war.« Fabian war mittlerweile von den Kollegen der Streife vor Ort darüber informiert worden, dass der Halter des Fahrzeugs in der unmittelbaren Nähe des Unfallorts wohnte. Man hatte ihn zu Hause angetroffen, wo er, wie seine Frau glaubhaft vermittelte, die letzten Stunden auch gewesen war.

Anscheinend hatte Loose das Auto gestohlen, um damit Lydia Pauly zu überfahren. Die Aufbruchspuren an der Tür des Wagens hatten diese Theorie bestätigt, wenngleich noch niemand sagen konnte, wer der Autodieb war. Loose war vermutlich nicht so dumm gewesen, auf Handschuhe zu verzichten. Auch die Spuren am Unfallort sprachen gegen einen Unglücksfall: Auf der Straße fanden sich keinerlei Bremsspuren. Der Fahrer war mit voller Geschwindigkeit auf den Bürgersteig gerast und hatte erst gebremst, nachdem er Lydia Pauly voll erwischt hatte.

Helga und Fabian warteten noch, bis der Beamte eintraf, der sich um die Bewachung von Lydia Paulys Zimmer kümmern würde, dann fuhren sie nach Hause. Es war mittlerweile fast zwei Uhr. Der nächste Tag würde sie hoffentlich endlich einen Schritt weiter bringen.

31. Kapitel

Fabian saß todmüde vor Peitschs Büro und wartete darauf, aufgerufen zu werden, um mit der juristischen Sachbearbeiterin zu sprechen. In der Nacht hatte er kaum ein Auge zugemacht. Nicht nur die Sorge darüber, ob Lydia Pauly überleben würde, hatte ihn wachgehalten. Seine Gedanken waren ununterbrochen um die heutige Anhörung gekreist. Er hatte überlegt, Thomas zu schreiben und ihm von der Beschwerde zu berichten, sich aber dagegen entschieden, ihn in seinem Urlaub damit zu belasten. In der Zwischenzeit würde er einfach berichten, was Thomas ihm von der Affäre und Nadine Wolfs anschließendem Verhalten erzählt hatte. Es lag nicht bei ihm, darüber zu entscheiden, inwiefern es der Wahrheit entsprach.

Da er nicht wusste, wie lange die Anhörung dauern würde, hatte Helga sich gemeinsam mit Mario auf den Weg zu Loose gemacht. Der Durchsuchungsbefehl für seinen Wagen war von einem Richter unterzeichnet worden und sie wollten nicht unnötig Zeit verlieren. Fabian ärgerte sich schwarz, dass er nicht dabei sein konnte. Er hätte zu gerne Looses Reaktion gesehen und ihm außerdem wegen gestern Abend ein wenig auf den Zahn gefühlt. Das würde nun Helga für ihn erledigen. Sie war gut, wenn auch manchmal noch etwas ungestüm. Aber das war er auch gewesen, damals als Frischling bei der Mordkommission. Mit der Erfahrung würde sie das immer mehr ablegen und besonnener reagieren.

Fabian wurde aufgerufen und betrat das Büro des Kommissariatsleiters. Die Sachbearbeiterin saß mit strenger Miene seitlich von Peitschs Schreibtisch. Die Frau um die fünfzig trug einen unauffälligen hellgrauen Anzug und hatte eine Lesebrille auf der Nase. Ihre Haare waren zu einem straffen Dutt gebunden. Fabian fühlte sich ein wenig wie ein Schüler, der etwas ausgefressen hatte und zur Direktorin gerufen wurde. Die Frau war ihm von Grund auf unsympathisch. Zwar war er sich bewusst, dass dieses Gefühl vor allem daher kam, dass sie darüber entschied, wie es mit der Beschwerde gegen Thomas weitergehen würde, doch er konnte es nicht abschütteln.

»Setzen Sie sich doch«, sagte Peitsch, da Fabian mitten im Raum stehen geblieben war. Auch der Kommissariatsleiter wirkte angespannt.

Die Sachbearbeiterin schob die Brille auf ihre Nasenspitze und schaute Fabian ernst an. »Vielen Dank für Ihre Kooperation, Herr Prior«, sagte sie. »Die Anschuldigungen gegen den Kollegen sind strafrelevant, deshalb ist es notwendig, dass wir verschiedene Seiten anhören.«

»Herr Peitsch hat mich bereits umfassend informiert.«

»Sie wissen also auch, von wem die Vorwürfe stammen?«

»Nein, aber ich kann es mir denken«, antwortete Fabian mürrisch.

»Interessant. Verraten Sie mir Ihre Vermutung?«

»Nadine Wolf aus der Rechtsmedizin.«

Die Sachbearbeiterin nickte. »Korrekt. Wie kamen Sie darauf?«

»Bin ich Teil der Anhörung oder worum geht es hier?« Er schaute zu Peitsch, der ihm mit seinen Blicken zu sagen schien, dass er sich zurückhalten sollte. Aber Fabian hatte keine Lust, freundlich zu sein. Der Schlafmangel bereitete ihm Kopfschmerzen und er brauchte dringend einen Kaffee.

»Also gut. Dann sagen Sie mir doch bitte, was Sie von den Vorwürfen gegen Herrn Wendtner halten«, forderte ihn die Sachbearbeiterin auf.

»Ich weiß ja nicht mal, was ihm genau vorgeworfen wird.«

»Sie sagten doch gerade, Ihr Vorgesetzter hätte Sie umfassend informiert.«

»Bisher weiß ich lediglich, dass es um sexuelle Belästigung geht. Aber das ist ein weites Feld.«

»Weiter ins Detail werde ich bei dieser Anhörung nicht gehen.« Sie zupfte am Kragen ihres Blazers herum. Er fragte sich, ob sie sich in dem Blazer und der langen Hose nicht zu Tode schwitzte. »Beantworten Sie bitte meine Frage.«

»Ich halte die Anschuldigung für völligen Unfug«, sagte Fabian. »Thomas ... Herr Wendtner ist nicht der Typ, der Frauen gegen ihren Willen belästigt.«

»Mir liegt eine Aussage darüber vor, dass Herr Wendtner sich an Frau Wolf außerordentlich interessiert gezeigt hat.«

Die konnte ja nur von Gering stammen. Fabian verspürte Wut auf den Gerichtsmediziner, versuchte aber, es objektiv zu sehen. Er selbst war dabei gewesen, als Thomas und Nadine Wolf während einer Obduktion geflirtet hatten, als befänden sie sich in einer Bar und nicht in einem Sektionssaal. »Das beruhte auf Gegenseitigkeit.«

»Nun, Frau Wolf behauptet das Gegenteil.« Ihre Lippen waren noch schmaler als zu Beginn der Unterhaltung. Offensichtlich war sie genervt von Fabian.

»Ich kann lediglich beurteilen, was Herr Wendtner mir erzählt hat. Und laut ihm hat sich Frau Wolf an ihn herangemacht. Sein Fehler war es, darauf einzusteigen.«

»Wenn das der Wahrheit entspricht, warum sollte Frau Wolf es nun genau andersrum darstellen?«

»Das fragen Sie am besten sie selbst«, konterte Fabian. Peitsch schüttelte unmerklich den Kopf. Wahrscheinlich war er innerlich am Explodieren. Sein Fuß wippte nervös auf und ab.

»Ich würde gerne Ihre Erklärung hören«, sagte die Sachbearbeiterin ruhig.

»Weil sie sich mehr erhofft hat, als Herr Wendtner zu geben bereit war. Sie hat seine Abfuhr nicht akzeptiert und ihn seitdem mit Anrufen belästigt. Herr Wendtner ist vergeben, müssen Sie wissen.«

»Das wissen Sie vom Hörensagen oder haben Sie jemals mitbekommen, wie Frau Wolf ihm nachgestellt hat?«

Fabian überlegte, den Vorfall von Montagabend zu erwähnen, entschied sich aber dagegen. Im Endeffekt hatte sich Nadine nur nach Thomas erkundigt. Das könnte genauso gut Erleichterung darüber gewesen sein, dass er nicht da war. Er schüttelte den Kopf. »Ich habe es nie direkt mitbekommen. Aber ich vertraue Herrn Wendtner in dieser Hinsicht. Warum sollte er so etwas erfinden?«

»Dieselbe Frage stellt sich in Bezug auf Frau Wolf«, merkte die Sachbearbeiterin an. Fabian musste ihr recht geben. Einer von beiden log. Thomas hatte Fabian seine Version der Geschehnisse allerdings schon vor einigen Monaten dargelegt, wohingegen Nadine Wolf erst jetzt mit ihren Vorwürfen um die Ecke gekommen war. Für ihn war die Sache klar und das würde die Sachbearbeiterin am Ende auch so sehen, wenn sie erst mit Thomas gesprochen hatte. Die Wahrheit kam immer ans Licht, auch wenn es manchmal ein ziemlicher Umweg bis dahin war.

Die Frau stellte ihm noch ein paar Fragen darüber, wie die Affäre zwischen den beiden angefangen hatte und zu Details darüber, wie Nadine Wolf Thomas nach der gemeinsamen Nacht nachgestellt hatte. Fabian konnte dazu nicht mehr viel sagen. Seine dahingehenden Gespräche mit Thomas waren recht oberflächlich geblieben, da sich sein Partner für seinen Fehltritt schämte. Schließlich wurde das Gespräch beendet. Wie bei einer Vernehmung unterzeichnete er das Protokoll, das die Sachbearbeiterin angefertigt hatte, und durfte gehen.

Kaum hatte er das Büro verlassen, zückte er sein Handy und rief Helga an.

»Wie läuft es?«, fragte er.

»Wir kommen gut voran.«

»Soll ich losfahren? Die Anhörung ist durch.« *Und ich bin es auch,* fügte er in Gedanken hinzu. Am liebsten würde er jetzt nach Hause fahren und sich für ein paar Stunden aufs Ohr hauen. Aber er wusste, dass das nicht funktionieren würde. Die Zeit lief ihnen davon und Juri

Loose ging immer brutaler vor. Wollten sie Alina noch lebend finden, mussten sie sich beeilen. Wenn es nicht schon zu spät war …

»Moment mal.« Helga unterhielt sich kurz mit einer Person im Hintergrund. »Das lohnt nicht. Bis du hier bist, packen wir vermutlich zusammen.«

»Alles klar.« Fabian war erleichterter, als er es sich eingestehen wollte. Er war nicht gut darin, bei Ermittlungen, die er leitete, wichtige Aufgaben an andere abzugeben. Aber jetzt brauchte er einen Moment Ruhe. »Bis gleich.«

»Hey, wie war die Anhörung?«, fragte Helga, bevor er auflegen konnte.

Fabian rieb sich über das Gesicht. »Später, okay?«

»Alles klar.«

Er beendete das Gespräch und ging in sein Büro, wo er sich an den Computer setzte. Für den Augenblick musste er die Sache mit Thomas aus dem Kopf bekommen und sich auf den Fall konzentrieren. In seinem Mailfach wartete eine Nachricht von der KTU. Die Spuren unter den Nägeln von Meike Liebig stimmten nicht mit der DNS von Naumann überein. Keine große Überraschung, denn abgesehen von dem aufgeschlitzten Unterarm hatten sie keinerlei Verletzungen an dem Mann gefunden. Was Loose als möglichen Täter noch mehr in den Fokus rückte.

Jetzt konnten sie nur hoffen, dass sie in Looses Wagen die entsprechenden Spuren fanden, um den Anfangsverdacht zu erhärten. Blieb die Frage, was er mit Alina Sander gemacht hatte. Lebte sie noch? Bislang bestand berechtigte Hoffnung. Ihre Leiche war trotz des erweiterten Suchradius nicht aufgetaucht. Die Öffentlichkeitsfahnung hatte bisher keine ernstzunehmenden Hinweise erbracht und sie war in keinem Krankenhaus der Umgebung aufgetaucht. Was bedeutete, dass sie sich höchstwahrscheinlich noch in den Fängen von Loose befand.

Wenn sie Lydia Pauly glauben konnten, brachten die Filmdrehs den Machern eine Menge Geld ein. Die Darstellerinnen wurden sicherlich mit einem Hungerlohn abgespeist und im Fall von Alina musste Loose überhaupt nichts von den Einnahmen abgeben. Alina Sander war lebend wertvoller für Loose. Noch.

Fabian stand auf. Wenn er noch länger am Schreibtisch saß, würde er einnicken. Er stellte sich an die Pinnwand und rekonstruierte die Ereignisse, wie sie sich ihrer Meinung nach zugetragen hatten.

In den Nachrichten zwischen Meike Liebig und Juri Loose hatte es vor Kurzem ein Gespräch darüber gegeben, dass Loose ein zweites Mädchen für einen Dreh brauchte. Eine Deutsche, die unverbraucht war.

Er fragte Meike, ob sie nicht eine Freundin hätte, die bereit wäre, sich etwas Geld dazuzuverdienen, was diese verneinte. Womöglich hatte Loose die beiden Mädchen am Freitagabend im Club getroffen und beschlossen, dass Alina genau die Richtige war. Sie sah gut aus mit ihren blonden langen Haaren, war schlank, hatte große blaue Augen und füllige Lippen. Er hatte den beiden ein Barbiturat verabreicht, sie mit einem Helfer in seinen Wagen verfrachtet und zu Naumanns Scheune gebracht.

Meike Liebig war es gelungen, sich zu befreien und zu entkommen. Vermutlich war sie in den Wald gelaufen und hatte dort die Orientierung verloren. Die Nachwirkungen der K.-o.-Tropfen konnten noch bis zu dreißig Stunden später sogenannte Flashbacks nach sich ziehen, die unter anderem Störungen der Motorik hervorriefen.

Naumann hatte die Flucht bemerkt und Loose benachrichtigt. Die Verbindungsnachweise seines Telefons zeigten einen Anruf in der Nacht, in der Meike Liebig ermordet worden war. Es war davon auszugehen, dass Loose sofort losgefahren war, um die Flüchtige zu suchen, was ihm offensichtlich gelungen war. Nachdem er sie umgebracht hatte, war er zurück zu Naumanns Grundstück gegangen, um Alina zu holen. Ihm musste klar gewesen sein, dass es nicht lange dauern würde, bis jemand Meikes Leiche fand.

Aber wo hatte er sie hingebracht? Sie in einer Wohnung von Karolina Mazur festzuhalten, war viel zu gefährlich, dort waren sie gewesen. Spätestens nach ihrem Besuch hatten sie Alina vermutlich irgendwo anders hingebracht.

Die Scheune hatte Loose in bar bezahlt und sie hatten bei Naumann keinerlei Papiere über die angebliche Vermietung gefunden. Deshalb hatte er die Mädchen dort festgehalten. Es gab keine Fäden, die zu ihm führten. Naumann selbst hatte zu tief mit dringesteckt, als dass er jemals etwas verraten hätte. Sie waren ihm nur über das Video vom Halsband der Katze auf die Spur gekommen.

Fabian erinnerte sich daran, was Lydia ihnen gesagt hatte. Sie wusste von drei Orten, an denen die Filme gedreht wurden, alle drei abgelegen. Die Scheune an den Bahnschienen, eine leer stehende Disco neben einer

Schule und eine Lagerhalle bei Hanau. Es war naheliegend, dass Juri Alina zum nächsten Setting gebracht hatte.

Er googelte nach Industriegebieten in Hanau. Es gab zwei, die infrage kamen. Da war zum einen der Industriepark Wolfgang, in dem hauptsächlich Unternehmen aus der Chemiebranche angesiedelt waren. Anhand der Bilder schloss Fabian das Gebiet aus. Dort standen moderne Gebäude, die Fläche war dicht bebaut. Lydia Pauly hatte davon gesprochen, dass die Lagerhalle außerhalb lag.

Das andere Industriegebiet war am Main angesiedelt und nannte sich Hanau Hafen. Google Maps zeigte ihm hier große Lagerflächen und brachliegende Gelände. Das kam schon eher infrage. Fabian ging auf die Webseite des Hafenbetreibers. Dort fand er die Rubrik ›freie Grundstücke‹ und klickte drauf. »Derzeit stehen leider keine Flächen im Angebot«, vermeldete die Seite. Unter ›Ansässige Firmen‹ fand er nichts, was auf ein Medienunternehmen oder eine Produktionsfirma hinwies. Insgesamt waren auf der Webseite über fünfzig alphabetisch geordnete Betriebe aufgelistet. Sie alle abzutelefonieren, würde eine Weile dauern, zumal es nicht sonderlich erfolgversprechend schien.

Wenn es ähnlich wie bei Naumanns Scheune war, hatte Loose die Lagerhalle unter der Hand von jemandem gemietet, der möglicherweise selbst an den Videos beteiligt war und sich deshalb hüten würde, etwas zu verraten. Es musste einen anderen Weg geben.

32. Kapitel

Juri starrte auf das Stück Papier, das die Polizistin ihm vor die Nase hielt. Er konnte es nicht fassen. Ein Durchsuchungsbeschluss für seinen Wagen. Statt ihres Kollegen vom letzten Mal hatte die Kurzhaarige – bestimmt eine Lesbe, das roch er auf einen Kilometer Entfernung – einen Gorilla in Uniform und einen Anzugträger zur Verstärkung mitgebracht.

»Händigen Sie uns bitte die Autoschlüssel für den Porsche Cayenne aus«, verlangte sie. Der Triumph in ihrem Blick war nicht zu übersehen. »Sie haben übrigens das Recht, Ihren Anwalt zu informieren und zu schweigen.«

»Vorher werde ich mir wohl den Beschluss noch durchlesen dürfen, oder?«

»Selbstverständlich.« Mit einem süffisanten Grinsen händigte sie ihm das Schriftstück aus. »Besser wäre es für Sie, wenn Sie gleich mit der Sprache rausrücken.«

Juri überflog die Zeilen. Was er las, beunruhigte ihn. Im ersten Moment hatte er geglaubt, es ginge um Lydia, aber die Bullen suchten nach Beweisen, dass er die blonde Schlampe entführt hatte. Und die würden sie garantiert auch finden, denn immerhin hatte sie im Kofferraum seines Cayennes gelegen.

Er fragte sich, wie sie genug Beweise gegen ihn zusammenbekommen hatten. Von einer Videoaufnahme war die Rede, die sein Fahrzeug zeigen sollte. Woher die wohl stammte? Beim Rooftop hatte er extra darauf geachtet, seinen Wagen an einer Stelle zu parken, die nicht von Kameras erfasst wurde. Er kannte den Parkplatz genau und war sich sicher, dass er dort nicht gefilmt worden war. Aber wo dann? Eigentlich blieb nur Naumann. Der Drecksack musste ihn heimlich aufgenommen haben, als er die beiden gebracht hatte. Vermutlich hatte er vorgehabt, ihn mit den Aufnahmen zu erpressen. Wieder ärgerte er sich, dass er den Alten vor seinem Tod nicht mehr hatte leiden lassen.

»Sind Sie fertig?«, fragte die Kommissarin ungeduldig und hielt die offene Hand hin. Er überlegte, sie noch einen Moment zappeln zu lassen. Das würde sie jedoch nur noch mehr gegen ihn aufbringen. Es war besser, wenn er jetzt kooperierte und seinen Anwalt anrief.

»Hier«, sagte er, griff in seine Hosentasche und übergab ihr den Schlüssel. »Ich nehme an, Sie warten nicht mit der Durchsuchung, bis mein Anwalt anwesend ist, oder?«

»Brauchen Sie denn einen?«, versuchte die Bullenschlampe, ihn zu provozieren. Er ließ es an sich abprallen. Dafür hatte er schon zu viel durch.

»Es ist mein gutes Recht, mir einen dazu zu holen«, entgegnete er ruhig.

»Wenn Sie sich so gut auskennen, dann wissen Sie auch, dass es unser gutes Recht ist, sofort mit der Durchsuchung zu beginnen. Und das werden wir auch.« Damit drehte sie sich um und verschwand mit ihren zwei Bodyguards in Richtung Aufzug.

»Vielleicht solltest du besser mal die Treppe nehmen, dann würde dein fetter Arsch ein wenig schrumpfen«, murmelte Juri leise, sodass sie ihn nicht hören konnte.

Wütend schlug er die Tür zu. Er ballte die Fäuste und holte aus, um dagegen zu schlagen, riss sich dann aber zusammen. Stattdessen holte er sein Handy hervor und suchte die Nummer seines Anwalts raus. Karolina saß auf dem Sofa und schaute ihm schmallippig dabei zu. Wenn sie gar nichts sagte, war das nie ein gutes Zeichen. Aber was konnte er denn dafür, wenn Naumann ihn reingelegt hatte?

Wie befürchtet, machte Juris Anwalt ihm wenig Hoffnung. Gegen einen richterlich abgesegneten Durchsuchungsbeschluss konnte man kaum etwas ausrichten. Er beschwor Juri, sich nicht zu der Sache zu äußern, was er ohnehin nicht vorgehabt hatte, und versprach, sich sofort auf den Weg zu machen. In der Zwischenzeit sollte Juri die Durchsuchung beaufsichtigen. Falls es der Anwalt nicht schaffte, aufzutauchen, bis die Bullen fertig waren, sollte er sich ein Protokoll über die beschlagnahmten Gegenstände ausfertigen lassen, was Juri für überflüssig hielt. Sie suchten nach DNA-Spuren von Alina, um zu beweisen, dass er sie in seinem Auto transportiert hatte. Das stand im Beschluss.

Nervös stapfte Juri durchs Wohnzimmer. Er konnte einfach nicht stillsitzen, im Gegensatz zu Karolina. Die beobachtete ihn mit eisigem Blick von der Couch aus. Kein Wunder, dass sie so ruhig war, sie hatte ja nichts zu befürchten.

»Scheiße, Mann«, fluchte Juri. »Die kriegen mich am Arsch.«

»Das hast du dir selbst eingebrockt. Hättest du auf mich gehört ...«

»Ja, schon gut. Mir ist klar, dass ich Mist gebaut habe. Aber wir hätten richtig Kohle machen können. Zweihundert Mille.«

Karolina strich sich ihre blonde Mähne zurück und schaute ihn ungerührt an. »Geld, das dir gar nichts bringt, wenn du im Gefängnis sitzt.«

»Es ist dir wohl völlig egal, was mit mir passiert, hm?« Juri rieb sich genervt über das Gesicht. Da erledigte er seit Jahren die Drecksarbeit, musste neue Mädchen ranschaffen, ihnen Honig ums Maul schmieren und so tun, als vergötterte er sie, nur damit er fallen gelassen wurde, sobald es ernst wurde.

»Du hast dich gegen meine Anweisung gestellt und eigenmächtig entschieden, ein Mädchen zu entführen. Damit riskierst du alles, was wir uns über die Jahre aufgebaut haben. Was ich aufgebaut habe. Ehrlich gesagt, ja. Mich interessiert es gerade am allerwenigsten, wie es für dich weitergeht. Ich möchte nur, dass du dich darum kümmerst, das Mädchen so schnell wie möglich aus dem Haus zu schaffen.«

»Aber wo soll ich denn hin mit ihr?«

»Das ist nicht mein Problem. Von mir aus bring sie um die Ecke und leg sie unter einer Autobahnbrücke ab.«

Juri ballte eine Faust und schluckte seine Antwort herunter. Ja, er war einen Schritt zu weit gegangen. Doch bei Bachers Angebot – wie hätte er da nein sagen können? Sein einziger Fehler bei der Sache war, dass er vorschnell gehandelt hatte. Er hätte alles besser planen sollen, bevor er Alina entführte. Aber sie war einfach perfekt gewesen, also hatte er die Gelegenheit ergriffen. Vielleicht hätte er die Handys nicht entsorgen, sondern stattdessen den Eltern des Mädchens von ihrem Telefon aus eine Nachricht schicken sollen, dass sie sich eine Auszeit genommen hatte oder so. Dann hätte sie niemand vermisst.

Im Endeffekt war alles Naumanns Schuld. Wenn ihm Meike nicht entwischt wäre und er sie nicht umgebracht hätte, dann hätte Juri noch alles regeln können. Er hätte einfach die Handys wieder eingesammelt und irgendwann wäre auch Alina seinem Charme erlegen. Bisher hatte das immer funktioniert. Genau so sollte er das Karolina erklären. Sie würde es verstehen und nicht mehr so wütend auf ihn sein.

»Weißt du, eigentlich ...«

Die Türklingel unterbrach ihn. Endlich, das musste sein Anwalt sein. Er öffnete die Tür.

»Wo bleiben Sie denn?«, fragte er und schaute in das Gesicht der Kommissarin. Dieses Mal hatte sie vier Uniformierte im Schlepptau.

»Ah, Sie sind fertig. Ich hätte gern ein Protokoll über die beschlagnahmten Gegenstände«, plapperte er das nach, was sein Anwalt ihm aufgetragen hatte.

»Das bekommen Sie gerne auf dem Revier ausgehändigt.« Die Bullenschlampe lächelte ihn an. Loose runzelte die Stirn. Was hatte das zu bedeuten?

Einer der Uniformierten trat auf ihn zu. »Herr Loose, ich nehme Sie hiermit wegen Verdachts auf Freiheitsberaubung und Menschenhandels zum Zweck der sexuellen Ausbeutung fest.«

33. Kapitel

Die Tür zu Fabians Büro wurde aufgestoßen und Helga stürmte herein. Vor Schreck verschüttete Fabian beinahe den Kaffee, den er sich gerade geholt hatte.

»Das war ein voller Erfolg. Du hättest sein Gesicht sehen sollen!«, rief sie, als wäre Fabian schwerhörig.

»Was habt ihr gefunden?« Er stellte die Tasse auf seinen Schreibtisch und setzte sich aufrecht hin. Seit er nicht mehr regelmäßig ins Training ging, litt seine Körperhaltung und das merkte er immer stärker im Rücken. Er nahm sich vor, demnächst wieder mehr Zeit in den Sport zu investieren. Dieser Ausgleich war wichtig.

»Oh, eine Menge.« Sichtlich stolz legte ihm Helga ein Dokument hin. Eine Liste der Dinge, die sie aus Looses Auto beschlagnahmt hatten.

Neben belanglosen Gegenständen wie einer leeren Wasserflasche, dem ungeöffneten Brief eines Versandhauses oder einer Sonnenbrille der Marke Ray-Ban waren dort auch Kabelbinder sowie eine Rolle Panzerklebeband, an deren Ende ein paar blonde Haare klebten, aufgelistet.

»Du hättest den Kofferraum sehen sollen. Voller Spuren. Das Labor sagt, mit etwas Glück haben wir morgen schon ein erstes Ergebnis.«

»Klingt nach einem erfolgreichen Tag.«

»Es wird noch besser. Ich habe der KTU direkt zu Beginn der Durchsuchung ein Foto von den Reifen geschickt. Das Profil stimmt mit den Spuren überein, die wir vor Naumanns Grundstück gefunden haben. Die Kabelbinder sind dasselbe Model wie die aus der Scheune.«

»Es gibt Kabelbindermodelle?«

»Na, sie haben dieselbe Länge und Breite und auch die Farbe stimmt überein.«

»Ach so.« Fabian war einfach nicht auf der Höhe. »Das dürfte genug für eine vorläufige Festnahme sein.«

Helga lehnte sich betont lässig an die Wand und deutete über ihre Schulter. »Rate mal, wer in Raum Drei sitzt und sich mit seinem Anwalt bespricht.«

»Hervorragende Arbeit, Frau Kollegin.« Fabian stand auf und trat an die Pinnwand. Er gab Helga eine Kurzfassung seiner Rekonstruktion der Geschehnisse.

Als er damit fertig war, nickte Helga zufrieden. »Das klingt alles schlüssig. Komm, wir konfrontieren ihn damit.«

Die beiden gingen über den Flur und klopften an die Tür zum Verhörraum. Ein Mann in einem schicken Anzug öffnete und trat zu ihnen heraus. »Hermann Wörl«, stellte er sich Fabian vor, verzichtete aber darauf, ihm die Hand zu schütteln. »Bringen Sie mir endlich die Ermittlungsakte?«

Fabian tauschte einen Blick mit Helga, die die Schultern zuckte. »Das sollte eigentlich längst erledigt sein.«

Wörl setzte ein süffisantes Grinsen auf. »Nun, das ist nicht der Fall. Dürfte ich Sie also bitten?«

In diesem Moment kam Mario mit einem beigefarbenen Ordner den Flur entlang. Er reichte Wörl die Dokumente.

»Was hat da so lange gedauert?«, fuhr Fabian ihn an, als der Anwalt die Tür wieder geschlossen hatte.

Mario war sichtlich verwirrt. »Das musste alles noch kopiert werden«, rechtfertigte er sich. »Kein Grund, sich hier so aufzuspielen.«

»Das Leben eines entführten Mädchens ist für dich kein Grund, sich aufzuspielen? Sie befindet sich seit Tagen in den Fängen dieses lausigen Pissers da drin. Wir haben keine Zeit zum Rumtrödeln.«

»Bleib doch mal ruhig. Nur weil ich fünf Minuten kopiert habe, wirst du sie nicht später finden.« Kopfschüttelnd zog Mario ab.

Helga war die Situation sichtlich unangenehm. Sie rieb sich über die kurzen Haare, bis sie wild in alle Richtungen abstanden. »Dir sollte man heute besser nicht ans Bein pinkeln«, murmelte sie.

Looses Anwalt ließ auf sich warten. Nach einer Stunde beschlich Fabian das Gefühl, dass er den Anpfiff von Mario mitbekommen hatte und sie absichtlich schmoren ließ. Erst nach knappen neunzig Minuten erklärte er sich bereit, Fabian und Helga mit seinem Mandanten sprechen zu lassen.

»Herr Loose verweigert auf mein Anraten die Aussage«, ließ er verlauten, kaum dass sie den Raum betreten hatten. Loose nickte mit siegessicherem Gesicht. Er saß breitbeinig auf dem Holzstuhl, die Arme wie ein Pascha auf der Rückenlehne drapiert.

»Ihre Fragen richten Sie bitte an mich. Mein Mandant und ich haben uns über die Gegebenheit ausführlich besprochen.«

»Fangen wir doch mal klein an.« Helga spiegelte Looses Sitzhaltung, was dieser sichtlich amüsiert zur Kenntnis nahm. »Wie kommt es, dass Alina Sander sich in seinem Auto befunden hat, obwohl er behauptet, sie überhaupt nicht zu kennen?«

Der Anwalt setzte ein professionelles Lächeln auf. »Dafür haben Sie keinerlei Beweise.«

»Noch nicht«, murmelte Helga.

»Wofür wir allerdings Beweise haben, ist, dass Ihr Mandant vor Kurzem Meike Liebig, zu der er nachweislich in Kontakt stand, nach einer Freundin gefragt hat, die sich *etwas dazuverdienen will*«, sagte Fabian. »Zufälligerweise verschwindet danach Frau Liebig aus einem Club und ihre Begleitung gleich mit.«

»Das Leben ist voller Zufälle.« Der Anwalt strich über seine Krawatte. »Das beweist überhaupt nichts.«

»Interessant, dass ein weiterer Zufall hinzukommt«, sagte Helga. »Nämlich der, dass Ihr Mandant sich Freitagabend beim Grundstück von Herrn Naumann aufgehalten hat. Was er im Übrigen bestreitet.«

»Und jetzt äußert er sich nicht mehr dazu. Egal, wie viele Fragen Sie stellen.«

»Wir wüssten gerne, was er dort gemacht hat.« Fabian ignorierte die Zurückweisung und entnahm der Fallakte einen Screenshot von dem Katzenvideo, auf dem zu erkennen war, wie eine leblose Person aus dem Wagen gehoben wurde. »Wie ein Freundschaftsbesuch sieht das nicht aus.«

Loose schnaufte abfällig durch die Nase. Man konnte ihm ansehen, wie schwer es ihm fiel, sich nicht an der Unterhaltung zu beteiligen.

»Mein Mandant weigert sich, zu diesen haltlosen Vorwürfen Stellung zu beziehen.«

»Das sind keine Vorwürfe, sondern Anschuldigungen, die wir nach Auswertung der Spuren aus dem Wagen *Ihres Mandanten*«, Fabian spie das Wort förmlich hervor, »beweisen können.«

»Zu schade, dass Sie diese Beweise nicht werden verwerten können.« Der Anwalt lehnte sich in dem Stuhl zurück, wobei sein gestärkter Anzug knisterte. »Ich werde nämlich den Durchsuchungsbeschluss anfechten und ein Beweisverwertungsverbot erwirken.«

Fabian konnte sich ein Lachen nicht verkneifen. Bisher war ihm kein Fall bekannt, bei dem ein Verteidiger mit so etwas durchgekommen wäre, wenn die ermittelnden Beamten sorgfältig vorgegangen waren. Entweder dieser Rechtsverdreher – als etwas anderes konnte Fabian ihn kaum bezeichnen – war vollkommen unerfahren, was er aufgrund des Alters ausschloss, oder er hielt Fabian für einen Idioten.

»Das Feixen wird Ihnen noch vergehen, wenn die Durchsuchung für rechtsfehlerhaft erklärt wird und die angeblichen Beweismittel unwirksam werden«, sagte Wörl.

»Der Beschluss wurde von einem Richter unterzeichnet.«

»Wegen eines Videos, auf dem meines Erachtens überhaupt nichts zu erkennen ist. Wie viele Modelle des Porsche Cayennes gibt es dort draußen? Zudem ist das

Filmen dieses öffentlichen Bereichs unzulässig. Wir werden sehen, ob ein weiterer Richter das Beweismittel anerkennt, auf dem Ihr Beschluss beruht.«

»Sie wollen uns doch nicht allen Ernstes erzählen, dass Frau Liebig weitere Bekannte mit einem Auto dieser Preisklasse hat.« Helga wedelte mit dem Foto in Looses Richtung. »Und zufällig stand dieser Bekannte ebenfalls mit Herrn Naumann in Kontakt.«

»Es ist Ihre Aufgabe, die Schuld meines Mandanten nachzuweisen, nicht meine, das Gegenteil zu beweisen. Sie sollten sich mit dem deutschen Justizsystem auskennen.«

Fabian ballte die Fäuste. Er hätte dem Anwalt am liebsten das überhebliche Grinsen aus dem Gesicht gewischt. »Eine Frau ist tot, eine weitere kämpft um ihr Leben. Die dritte ist spurlos verschwunden und Sie streiten sich mit uns über die Auslegung von Gesetzen. Wie können Sie nachts ruhig schlafen?«, fuhr er ihn an.

»Mit dem Tod von Frau Liebig hat mein Mandant nichts zu tun. Obwohl ich ihm davon abgeraten habe, ist er gerne bereit, Ihnen eine DNS-Probe zu liefern, um seine Unschuld zu beweisen.«

Fabian und Helga sahen sich verwundert an. Damit hatte keiner von beiden gerechnet. Man hörte immer mal wieder von Fällen, in denen sich Täter freiwillig an genetischen Massentests beteiligt hatten, aber ihm persönlich war das noch nie untergekommen.

»Dieses Angebot nehmen wir gerne an«, sagte Fabian. Wenn Loose so dumm war, kam ihnen das nur gerade recht, aber es war doch verwunderlich. »Wir veranlassen alles Notwendige.« Dann kam ihm eine Idee. Er wandte sich an Loose. »Wenn Sie in diesem Punkt wirklich unschuldig sind, sollten Sie sich überlegen, mit uns zu kooperieren. Verraten Sie uns, wo Sie Alina Sander festhalten. Das würde sich deutlich mildernd auf Ihre Strafe auswirken, fragen Sie Ihren Anwalt. Wenn wir das Mädchen lebend finden, kann Ihnen lediglich Freiheitsberaubung nachgewiesen werden. Sie könnte mit einer Geldstrafe davonkommen.« Fabian erwähnte den Vorfall mit Lydia nicht. Solange Loose glaubte, nur wegen der Entführung belangt zu werden, würde er vielleicht endlich den Mund aufmachen.

»Denken Sie drüber nach«, sagte Helga.

Gemeinsam verließen sie den Verhörraum und gingen in Fabians Büro.

»Sollen wir weitermachen?«, fragte Helga, nachdem Fabian in der KTU angerufen hatte, um jemanden zur Durchführung des Tests anzufordern.

Er schüttelte den Kopf. »Das bringt nichts. Aus dem ist nichts rauszubekommen.«

»Wenn wir nur lang genug von Strafmilderung reden, macht er vielleicht irgendwann den Mund auf.«

»Dieser verdammte Anwalt ist clever. Setzt ihm den Floh mit den ungültigen Beweismitteln ins Ohr und macht ihn so mundtot. Wir könnten ihm das Blaue vom Himmel versprechen, das würde nichts ändern.«

Helga schlug mit der Faust auf den Tisch. »So eine Scheiße.« Sie wandte sich zur Pinnwand, an die Fabian auch Ausdrucke von den Satellitenaufnahmen der beiden Industriegebiete in Hanau gehängt hatte. »Du bist dir sicher, dass er sie in diese Lagerhalle gebracht hat, die laut Lydia Pauly als Drehort genutzt wird?«

»Nicht im Entferntesten. Aber wir müssen uns an jeden Strohhalm klammern, solange Loose uns nicht verrät, wo er sie versteckt hält.«

»Haben sich Meike und Alina nicht mal über WhatsApp darüber unterhalten?«

»Über die Lagerhalle?«, fragte Fabian hoffnungsvoll.

»Nein, nicht direkt. Aber ... hier, warte.« Helga nahm das Handy von Meike Liebig vom Tisch und scrollte durch die Nachrichten. »Hier, ich hab's. Alina hat sie gefragt, ob sie zusammen in die Stadt wollen.« Sie legte das Smartphone vor Fabian und deutete auf die Antwort.

Geht nicht, bin mit meinem Freund unterwegs zu einem Dreh.

Ein Dreh? Was heißt das denn?

Er ist Filmproduzent. Nichts Aufregendes ...

Das sagst du! Du musst mir alles erzählen!!! Was für Filme macht er denn?

Dies und das. Werbung. Meistens Aufträge von Firmen.

Oh, das klingt spannend. Wo dreht ihr denn? In einem richtigen Studio und so? So was wollte ich ja schon immer mal sehen.

Als Antwort folgte eine Sprachnachricht von Meike. Angespannt drückte Fabian auf die Taste zum Abspielen.

»Muss ich dir mal in Ruhe erzählen«, sagte Meike und ihre Stimme klang leicht verwaschen. Vermutlich hatte sie sich bereits mit Drogen vollgepumpt, um das, was sie erwartete, besser ertragen zu können. Im Hintergrund waren Motorengeräusche zu hören, eine männliche Stimme fluchte unverständlich vor sich hin. »Wir sind gleich da. Ich werd den Tag über nicht mehr on kommen, denke ich, das dauert immer ziemlich. Wir telefonieren morgen, okay?«

Alina hatte einen hochgereckten Daumen als Antwort geschickt, damit war die Unterhaltung über dieses Thema beendet.

»So ein Mist«, sagte Fabian. »Es wäre aber auch zu schön gewesen.«

»Spiel es noch mal ab und stell den Ton ein wenig lauter.« Helga zupfte an der Haut unter ihrem Kinn.

Fabian spielte die Nachricht erneut ab und drückte auf den Lautstärkeregler. »Ist schon ganz laut.«

»Dann logg dich auf deinem PC ein und lass es uns da noch mal anhören. Ich will wissen, was der Kerl im Hintergrund gesagt hat. Das war doch garantiert Loose.«

Fabian folgte ihrer Anweisung und drehte den Ton bis zum Anschlag auf. Meikes Stimme und der Motor im Hintergrund dröhnten aus den Boxen. Er unterdrückte den Impuls, sich die Ohren zuzuhalten.

»Muss ich dir mal in Ruhe erzählen«, brüllte Meike durch den Raum.

»Scheiße, diese Hurensohn-Umleitungen immer. Wir kommen noch zu spät.«

»Da, hast du gehört?«, rief Helga über die restliche Sprachnachricht hinweg.

»Ich bin ja nicht taub. Aber das hilft uns auch nicht weiter.«

»Darauf würde ich nicht wetten.«

Fabian ließ seinen Kopf kreisen, um seine Nackenmuskulatur zu lockern. Er war viel zu müde, um bei Helgas Gedankensprüngen mitzukommen. »Was meinst du?«

Helga tippte auf die Lehne seines Schreibtischstuhls. »Lass mich mal dahin.«

Fabian stand auf. Sie öffnete Google und tippte etwas ein. »Die Lagerhalle, die wir suchen, steht in einem Industriegebiet in Hanau, so viel wissen wir. Und wir kennen das Datum der Nachricht. Außerdem muss sich irgendwo in der Nähe der Lagerhalle eine Straßensperre mit einer Umleitung befinden. ›Wir sind jetzt gleich da‹, hat sie gesagt. Es kann also nur in der unmittelbaren Umgebung gewesen sein.«

Endlich verstand Fabian, worauf sie hinauswollte.

»Voilà!« Helga tippte auf den Bildschirm. »In Hanau gab es zu diesem Zeitpunkt genau zwei Straßensperren und nur eine, die in einem Industriegebiet liegt.« Sie wechselte zu Google Maps und gab die Adresse ein. Dann schaltete sie auf die Satellitenansicht.

»Wenn wir davon ausgehen, dass er auf dem Weg zur Lagerhalle ist und von der B43 kam, dann kann er nur dahinten hingewollt haben.« Fabian deutete auf ein vom Main umschlossenes Gebiet. Seine Müdigkeit war auf einmal wie weggeblasen.

»Korrekt.« Helga sprang von Fabians Stuhl auf. Ihre Wangen glühten nahezu. Sie zupfte Fabian am Ärmel. »Du holst den Wagen, ich sehe zu, dass uns ein Team zur Unterstützung folgt.«

Gerade als Fabian aus der Tür stürmen wollte, kam ihm Looses Anwalt entgegen. »Mit Ihrem Gerede über Strafmilderung haben Sie es geschafft. Mein Mandant möchte mit Ihnen sprechen, obwohl ich ihm dringend davon abgeraten habe«, sagte er.

Fabian warf Helga einen verblüfften Blick zu. Die setzte ein triumphierendes Lächeln auf. »Da weiß Ihr Mandant anscheinend besser, was gut für ihn ist.«

Die beiden folgten Wörl zum Vernehmungsraum. Loose wirkte nervös, seine Wangen waren gerötet.

»Ich bin bereit für einen Deal«, redete er sofort los, nachdem Fabian und Helga den Raum betreten hatten. »Unter einer Bedingung.«

Fabian verschränkte die Arme vor der Brust. Er war gespannt, was jetzt kam. »Und die wäre?«

Loose warf seinem Anwalt einen Blick zu, der nickte. »Die von Ihnen angesprochene Strafmilderung wird meinem Mandanten durch den Staatsanwalt zugesichert. Eine zur Bewährung ausgesetzte Strafe ist unsere Bedingung.«

Fabian nickte. Das hatte er befürchtet. Eine offizielle Verständigung über den Staatsanwalt würde sie viel Zeit kosten. »Reicht Ihnen vorerst ein Telefonat?«, fragte er.

Wörl rieb sich in quälender Langsamkeit das Kinn und tat, als würde er überlegen. »Dafür bekommen Sie aber noch kein umfassendes Geständnis.«

»Der Standort von Frau Sander würde uns fürs Erste reichen.«

»Sie ist im Kettenhofweg achtundsechzig. Vierter Stock, Apartment zwei b«, platzte Loose heraus und handelte sich dafür einen eisigen Blick seines Anwalts ein.

»Kettenhofweg? Das ist doch ...«

»Ja, das Haus von Frau Mazur. Aber sie hat nichts damit zu tun. Sie wusste nichts davon. Die Wohnung ist momentan nicht vermietet und ...«

»Halten Sie jetzt besser den Mund«, fuhr Wörl ihn an.

Helga winkte ab. »Danke, wir haben genug.«

Fabian ging zur Tür.

»Vergessen sie nicht das Telefonat mit dem Staatsanwalt«, sagte Wörl.

Fabian grinste. »Das hat Zeit. Wie meine Kollegin sagte, wir haben erst mal genug.«

34. Kapitel

Bachers Handy klingelte. Erstaunt schaute er auf das Display. Mit seinem Kontaktmann hatte er nicht gerechnet. Loose hatte ihm eindeutig klargemacht, dass sein Vorschlag inakzeptabel war und ihm gesagt, dass es nun sicher einige Wochen dauern würde, bis er ein passendes zweites Mädchen anbieten konnte. Anscheinend hatte er doch schneller als erhofft Erfolg gehabt. Bacher nahm den Anruf entgegen.

»*Slash-Productions* bittet um Ihren Rückruf«, hielt sich der Mann am Telefon wie immer kurz und legte auf.

Bacher nahm das Gerät, das er nur für diese Zwecke eingerichtet hatte, zur Hand und wählte die entsprechende Nummer. Zu seiner Verwunderung war es nicht Loose, der sich am anderen Ende der Leitung meldete, sondern eine Frau.

»Guten Tag, Herr Bacher«, sagte sie freundlich. Ihre Stimme war angenehm tief. »Mein Name ist Mazur. Ich bin die Geschäftspartnerin von Herrn Loose und würde gerne mit Ihnen über ein Angebot sprechen, das Sie ihm gemacht haben.«

»Warum ruft Herr Loose mich nicht selbst an?«

Die Frau räusperte sich. »Sie kommen gleich zur Sache, hm?«

»Meine Zeit wächst nicht auf Bäumen.« Bacher wurde ungeduldig. Es war ihm suspekt, dass er plötzlich mit einer völlig fremden Person über ein so empfindliches Thema verhandeln musste. Was, wenn das am Telefon gar nicht Looses Geschäftspartnerin, sondern die Polizei war?

»Herr Loose hat mir von Ihrem Wunsch erzählt, also habe ich die Verhandlungen übernommen. Sie können sich vorstellen, dass bei einer solchen Anfrage die Geschäftsführung lieber selbst die Fäden in der Hand behält.«

Bacher stand von seinem Schreibtisch auf und ging ans Fenster. Die Frau ging bedacht vor, nannte nicht zu viele Details. Es konnte eine Falle sein, aber wenn auch er vage blieb, könnte man ihm am Ende nichts nachweisen. Er entschied, sich auf das Gespräch einzulassen. »Haben Sie einen passenden Ersatz gefunden?«

»Das nicht …«

»Warum verschwenden Sie dann meine Zeit? Ich habe ganz klare Wünsche geäußert.« Bacher schlug mit der Faust gegen den Fensterrahmen. Wenn diese Firma sich weiter so amateurhaft anstellte, müsste er sich bald nach einer anderen Möglichkeit umsehen.

»Ich beziehe mich auf Ihr zweites Angebot«, sagte die Frau, als er gerade schon wortlos hatte auflegen wollen.

Nun wurde er doch hellhörig. »Sie meinen das, das ich Loose bei unserem letzten Treffen unterbreitet habe?«

»Exakt.«

Ein angenehmes Ziehen breitete sich in Bachers Leistengegend aus. Aber er wollte seine Begeisterung nicht zu früh durchblicken lassen. »Woher kommt der plötzliche Sinneswandel?«

»Das spielt für unsere Verhandlungen keine Rolle.«

»Das entscheide immer noch ich.«

Die Frau atmete tief ein und aus. »Wenn Sie kein Interesse haben, sagen Sie es. Dann können wir uns diese Machtspielchen sparen.«

»Also gut«, wiegelte er ab, bevor sie doch einen Rückzieher machte. »Wie lauten die Konditionen?«

»Wir können Ihnen zwei verschiedene Angebote unterbreiten. Entweder bleibt der Preis derselbe, Sie bekommen das Mädchen in einer Stunde und nehmen sie mit. Um alles Weitere kümmern Sie sich.«

Bacher schnaubte abfällig. Was war das für ein Vorschlag? Wie zum Teufel sollte er so schnell eine Location aus dem Hut zaubern? »Wie lautet das zweite?«

»Sie nutzen unser Studio samt Equipment in Hanau. Entsorgung und Reinigung überlassen Sie uns. Ihnen bleiben etwas mehr als vierundzwanzig Stunden, da dort übermorgen ein weiterer Dreh stattfindet. Allerdings erhöht sich der Preis dann etwas, wie Sie sicherlich nachvollziehen können.«

»Das klingt akzeptabel. Für das, was ich vorhabe, ist die Örtlichkeit ohnehin geeigneter. Wie hoch ist der Aufschlag?«

»Bieten Sie etwas an.«

Bacher überlegte einen Moment. »Ich kann anstellen, was ich möchte?«

»Es gibt keine Grenzen.«

»Fünfzig Prozent mehr.«

»Wir haben einen Deal«, kam die Antwort prompt. Die Frau nannte ihm eine Adresse und wies in an, in einer Stunde vor Ort zu sein.

Bacher betrat die Halle, die trotz der sommerlichen Temperaturen draußen angenehm kühl war, und schaute sich um. Nach dem Telefonat hatte er sich über die Location schlaugemacht. Die Industrieanlage gehörte zu einem ehemaligen Schrotthandel, der vor einigen Jahren abgebrannt war. Sie lag ganz hinten auf einer Landzunge, die von zwei Seiten vom Main umschlossen wurde. Sämtliche Außenwände waren schallisoliert, obwohl das Gelände so weit draußen lag, dass ganz sicher niemand irgendwelche Schreie hörte. Das Innere der Halle war zu einem professionellen Studio umgebaut worden. Leichtbauwände trennten verschiedene Themenräume ab.

An den offenen Decken hingen Scheinwerfer, sodass die Szenerie perfekt ausgeleuchtet werden konnte. Bacher ging die einzelnen Räume ab. Es gab eine Art Büro mit bestückten Bücherregalen an den Wänden, einen realistisch gestalteten Folterkeller, etwas, das wie eine Gemeinschaftsdusche eines Sportvereins aussah und sogar einen vollständig ausgestatteten OP-Saal, der perfekt für das war, was ihm vorschwebte. Der Operationstisch bot Möglichkeiten zum Fixieren und es gab ausreichend Material, mit dem er sich an dem Mädchen vergnügen könnte.

Bacher war zufrieden. Bisher hatte er sich geweigert, in dieser Art von Studio zu drehen, denn Authentizität war für ihn das Wichtigste. Deshalb hatte es ihm auch nicht mehr gereicht, die gestellten Vergewaltigungsfilmchen mit Looses Nutten zu drehen. Man sah ihnen an, dass sie keine echte Angst hatten, keine von ihnen besaß auch nur annähernd schauspielerisches Talent. Nur eine hatte ihn zufriedengestellt, die, mit der er an der verlassenen Disco gedreht hatte. Bei ihr hatte es auf dem fertigen Video tatsächlich so gewirkt, als hätte er sie vollkommen erniedrigt und gedemütigt. Schade, dass sie nicht mehr am Leben war. Für die beiden Mädchen wäre er bereit gewesen, noch mehr Geld auf den Tisch zu legen.

Die metallene Außentür wurde geöffnet und eine hochgewachsene Blondine betrat die Halle. Bacher betrachtete sie interessiert. Ihre Haare waren eindeutig gefärbt und sie trug dickes Make-up, die aufgespritzten Lippen waren knallrot angepinselt. Sie trug einen weißen Hosenanzug und hochhackige Schuhe.

»Herr Bacher«, begrüßte sie ihn mit einem Lächeln und streckte ihm im Näherkommen die Hand entgegen. »Ich habe eine Lieferung für Sie.«

Seine Anspannung löste sich. »Sehr gut. Bringen Sie sie rein.«

»Wir sollten zunächst das Finanzielle regeln. Sobald ich das Geld habe, wird mein Mitarbeiter das Mädchen bringen.«

Bacher nahm den Koffer, den er im OP-Saal abgestellt hatte, und reichte ihn ihr. Sie sah ihn fragend an, woraufhin er ihr die Kombination für die Schnappschlösser nannte.

Die Blondine öffnete den Deckel und nickte zufrieden. »Ich nehme an, dass Sie vertrauenswürdig sind und ich nicht nachzählen muss.« Sie klappte den Koffer wieder zu. Dann holte sie ihr Handy hervor und tippte eine Nachricht. Kurz darauf erschien ein muskelbepackter

Kerl in der Tür. Über seiner Schulter trug er ein junges Mädchen.

»Wohin?« Er war offenbar ein Freund knapper Worte.

»Dort drüben auf den Tisch«, wies ihn Bacher an. Der Hüne ging an ihm vorbei und er erhaschte einen Blick auf die langen blonden Haare. Bacher erkannte auf den ersten Blick, dass sie echt waren. Im Gegensatz zu gefärbten wiesen sie kleine farbliche Unterschiede auf, wie sanfte Strähnen von der Sonne gemalt. Sie wirkten struppig, aber das konnte er ändern. Er hatte Shampoo dabei und Spülung, um sie schön weich zu machen. Vielleicht würde er sie hinterher als Trophäe mit nach Hause nehmen.

Mit Wehmut dachte er an die schwedische Touristin zurück, die er damals in Thailand umgebracht hatte. Es war spontan passiert und hatte rein gar nichts mit den Fantasien zu tun gehabt, die er sich heute erfüllen würde. Sie hatte sich an einer Bar mit schlechtem Englisch an ihn rangeschmissen und in die Strandhütte eingeladen, in der sie übernachtete. Da es die Nebensaison war, standen einige der Hütten leer und so hatten sie eine ungestörte Nacht miteinander verbracht, die für sie tödlich geendet hatte. Bis heute bereute er, dass er kein Souvenir von ihr mitgenommen hatte.

»Wie lange wird sie noch bewusstlos sein?«, fragte er den Hünen, der aus dem OP trat.

Der zuckte nur die Achseln und ging an ihm vorbei. »Nicht meine Sache.«

»Ich habe sie niedrig dosiert. Sie sollte bald aufwachen«, antwortete stattdessen die Frau. Sie öffnete eine unscheinbare Tür. »Hier vorne finden Sie ein

Badezimmer, falls sie nicht die Gemeinschaftsdusche nutzen wollen.«

»Der Rest läuft wie immer?«

»Alles wie gewohnt. Das Aufräumen überlassen Sie uns. Morgen Abend brauchen wir das Gebäude wieder, Sie sollten bis spätestens zwölf Uhr fertig sein.«

Bacher winkte ab. »Oh, viel länger als ein paar Stunden wird es wohl leider nicht dauern. Aber dafür habe ich diese außergewöhnliche Zeit für immer auf Video.«

Die Frau zog sich zurück und Bacher machte sich an die Vorbereitungen. Aus dem Wagen, den er in einem Holzverschlag nebenan geparkt hatte, holte er schnell seine Videoausrüstung und brachte sie in den OP-Saal. Dort schnallte er sein Opfer an den Tisch. Erst dann nahm er sich die Zeit, sie ausgiebig zu betrachten. Er strich ihr die Haare aus dem Gesicht und erschrak beinahe, so jung sah sie aus. Loose hatte ihm zwar gesagt, dass sie erst achtzehn war, aber irgendwie hatte er Mädchen in dem Alter reifer in Erinnerung. Aber das sollte ihn nicht stören.

Auf ihrer Wange leuchtete ein dunkles Hämatom. Das war also Looses Art, mit ihrer Kratzbürstigkeit umzugehen. Um ihren Mund herum befanden sich außerdem Reste von Klebstoff. Vermutlich hatte er sie mit Duct Tape geknebelt. Für seinen Film müsste er die Perspektive so wählen, dass die linke Gesichtshälfte nicht zu sehen war. Er wollte sich nicht mit einem Mädchen vergnügen, das aussah wie nach einer Kneipenschlägerei. Zum Glück hatte der Operationstisch

Rollen, sodass er ihn bequem um hundertachtzig Grad drehen konnte.

Als er damit fertig war, baute er das Stativ auf, postierte die Kamera und richtete sie aus. Eines der Funkmikrofone platzierte er unter der Liegefläche, ein weiteres befestigte er am Kopfende an einem Gestell für Infusionsbeutel. Dann überprüfte er, ob sie auf der Kamera nicht zu sehen waren. Das Mädchen regte sich mittlerweile. Sie war noch nicht ganz bei sich, aber lange würde es jetzt nicht mehr dauern.

Bacher startete die Aufnahme und machte sich auf die Suche nach einem Eimer oder einer Schüssel, damit er das Mädchen waschen konnte. In einer Kammer mit Putzutensilien wurde er fündig und füllte lauwarmes Wasser hinein. Den Eimer stellte er neben der Kamera ab und ging in den Nebenraum, wo er sich vollständig entkleidete und seine schwarze Ledermaske über den Kopf zog.

Als er zurück in den OP kam, schaute ihn die Blondine an. Sie war aufgewacht. Die offensichtliche Angst in ihren aufgerissenen Augen jagte ihm eine angenehme Gänsehaut über den Körper.

Sie ruckte an den Sicherungsgurten. »Was ... Wo bin ich?« Ihre Zunge war schwer, doch das würde sich geben. Sie hatten noch viel Zeit miteinander.

35. Kapitel

»Noch zwanzig Minuten laut Navi«, sagte Helga, als sie auf die A3 auffuhren. Der Berufsverkehr hatte noch nicht eingesetzt und sie sollten gut durchkommen. Sie hatten Alina nicht bei der von Loose angegebenen Adresse gefunden und waren nun auf dem Weg zur Lagerhalle.

Fabian ärgerte sich schwarz, dass sie auf Loose reingefallen waren. Die Wohnung, die er ihnen genannt hatte, war leer gewesen. Auf dem Sofa hatten sie ein aus Klopapier gebasteltes Banner mit einem Hilferuf gefunden. Looses Angabe war also nur halb gelogen gewesen, Alina hatte sich definitiv in der Wohnung befunden. Allerdings hatte man sie in der Zwischenzeit offensichtlich woanders hingebracht. Das Penthouse von Karolina Mazur war ebenfalls verlassen. Die Lagerhalle war jetzt ihr einziger Anhaltspunkt und Fabian hoffte, dass sie dort fündig wurden.

Die Fahrt fühlte sich wie eine Ewigkeit an. Fabian trat das Gaspedal durch und hielt sich auf der linken Spur. Anscheinend zum Ärger eines Lamborghini-Fahrers, der von hinten angebraust kam und dem Dienstwagen an der Stoßstange klebte. Mit Lichthupe und fuchtelnden Handbewegungen versuchte er, Fabian von der Spur zu verdrängen.

»Du kannst froh sein, dass wir keine Zeit für dich haben«, murmelte Fabian mit einem Blick in den Rückspiegel. »Sonst wärst du jetzt für mindestens ein halbes Jahr deinen Lappen los.«

Sobald sich die Möglichkeit ergab, überholte der Lamborghini sie auf der mittleren Spur. Sogar aus dem Augenwinkel konnte Fabian erkennen, dass der Fahrer ihnen den Mittelfinger zeigte.

»So ein Scheißpenner«, sagte Helga.

Noch zehn Minuten, vermeldete das Navi. Fabian krallte sich angespannt ans Lenkrad. Hoffentlich vergeudeten sie nicht ihre Zeit. Vielleicht hätten sie Karolina Mazur noch mal eingehender befragen sollen. Warum hatte das eigentlich niemand getan?

Weil die genauso wenig ausgesagt hätte und es noch mehr Zeitverschwendung gewesen wäre, versuchte Fabian, sich zu beruhigen. Sie steckte vermutlich selbst knietief in der Sache mit drin, verwaltete sie nach eigenen Angaben doch das Geld, das Loose mit den Frauen verdiente. Schon allein deshalb würde sie sich hüten, etwas zu verraten. Die Lagerhalle war ihre beste Chance und die mussten sie nutzen.

Sie verließen die A3 und fuhren auf die Schnellstraße in Richtung Hanau auf. Der Verkehr verdichtete sich, da die Schnellstraße hier nur zweispurig war. Zehn Kilometer bis ans Ziel, die sich wie Kaugummi zogen.

Obwohl die Klimaanlage auf Hochtouren lief, schwitzte Fabian. Endlich erreichten sie die Ausfahrt, die sie in Richtung Hafen führte. Mit siebzig bretterte Fabian durchs Industriegebiet auf die Straße zu, die vor zwei Wochen gesperrt gewesen war. Über dem Asphalt flimmerte die nachmittägliche Hitze. Der Dienstwagen holperte über die mit Teer geflickte Fahrbahn.

»Sie haben Ihr Ziel erreicht«, ließ die Stimme aus dem Navigationsgerät verlauten. Fabian bremste ab und der

Wagen kam zum Stehen. Vor ihnen gabelte sich die Straße. Auf der linken Seite führte sie zum Hafen, wo geschäftiges Treiben herrschte. Alle Grundstücke waren mit Firmen belegt, im Gegensatz zur rechten Seite. Dort befand sich ein brachliegendes, weitläufiges Gelände. Weiter hinten konnte Fabian ein paar Gebäude erkennen. Lagerhallen. Nirgendwo stand ein Lkw oder ein Auto.

In der Mitte der Gabelung gab es einen Kiosk, eine Bretterbude mit Wellblech, über dem Verkaufsfenster eine zerschlagene Leuchtreklame. Drei Männer standen an einem Stehtisch davor und genehmigten sich ein Bier. Fabian ließ das Fenster herunter. Warme Luft strömte ins Innere des Autos.

»Hey!«, rief er. Die Männer schauten kurz auf, reagierten aber nicht weiter. Er deutete auf einen von ihnen. »Sie, kommen Sie mal bitte her.«

Der Mann richtete seinen Zeigefinger auf seine Brust. Fabian nickte. Schulterzuckend schaute der Mann in die Runde, dann schlenderte er zu ihnen.

»Arbeiten Sie in der Nähe?«, fragte Fabian.

»Sehe ich so aus, als würde ich hier nur zum Saufen herkommen?«

»So war das nicht gemeint. Ich wollte wissen, ob Sie sich in der Gegend auskennen.«

»Wie in meiner Westentasche. Wer will das wissen?«

Fabian zückte seinen Dienstausweis und hielt ihn dem Mann hin.

»Aha.« Seine Körperhaltung wurde abweisend, er verschränkte die Arme und trat einen Schritt zurück.

Fabian ließ sich davon nicht abschrecken. »Wie lange steht dieses Gelände da drüben schon leer?«

Der Mann verzog das Gesicht und pustete die Backen auf. »Knapp drei Jahre jetzt?« Die Antwort klang eher wie eine Frage. »Gehört zu einem Schrotthandel. Der ist abgebrannt. Hier vorne stand mal ’ne große Halle, die hat’s komplett zerlegt.«

»Und das Gelände wurde verkauft?«

»Interesse hatten viele, aber der Besitzer hat das Grundstück nicht hergegeben. Hat sich mit dem Verwertungsbetrieb ’ne goldene Nase verdient und ruht sich jetzt auf den Millionen aus. Damals wurde gemunkelt, er wär’s selbst gewesen, um noch bisschen Versicherungsgelder einzustreichen.«

»Das Areal ist komplett ungenutzt?«, fragte Helga vom Beifahrersitz aus.

Der Mann beugte sich etwas nach unten, um sie besser sehen zu können. »Meistens. Manchmal kommen Autos und fahren ein paar Stunden später wieder.«

»Auch heute?«

Der Mann zuckte die Schultern. »Hab niemanden gesehen. Bin aber auch erst ’ne Stunde hier.«

Fabian bedankte sich bei dem Arbeiter und lenkte den Wagen nach rechts. Mario und Tillmann, die hinter ihnen am Straßenrand gehalten hatten, folgten. Sie passierten einen Stahlzaun, bis sie ein langes Schiebetor erreichten. Es stand einen Spalt breit offen. Auf dem Schotteruntergrund dahinter waren frische Reifenspuren zu erkennen. Fabians Anspannung wuchs ins Unermessliche. Das hier musste richtig sein. Alles passte zusammen.

36. Kapitel

Alina schlug die Augen auf und kniff sie sofort wieder zu. Gleißend helles Licht blendete sie. Es kam ihr vor, als würden die Strahlen direkt in ihr Hirn schießen. Sie wusste nicht, wo sie war. Angst und Verwirrung benebelten ihre Sinne und ihr Kopf fühlte sich an, als wäre er in Watte gepackt.

Dann hörte sie ein Geräusch, ein Plätschern. Vorsichtig blinzelte sie. Sie lag auf dem Rücken, über ihr hingen Scheinwerfer. Kein Wunder, dass ihr die Augen wehtaten. Vorsichtig sah sie sich um. Die Wände um sie herum waren weiß gekachelt und nach oben hin offen, wo die Scheinwerfer an Stahlträgern hingen. Überall standen elektronische Geräte, die aber nicht eingeschaltet waren. Ihre Arme und Beine waren mit breiten Gurten an die Liege gefesselt, auf der sie lag, und auch um ihren Bauch befand sich ein Riemen.

War das ein Operationssaal? Hatte man sie gerettet und sie war in einem Krankenhaus? Aber wo waren die Ärzte und Schwestern?

Plötzlich nahm sie eine Bewegung wahr und wandte den Kopf in die Richtung. Ein Mann stand vor der Liege. Er war nackt und trug eine schwarze Ledermaske, die sein Gesicht bis auf Augen und Lippen bedeckte. Neben ihm war eine Kamera auf einem Stativ, die Aufnahmelampe leuchtete. Angst jagte ihr einen Stoß Adrenalin durch die Blutbahn. Sie musste hier weg.

Instinktiv wollte sie sich aufsetzen, doch die Fesseln hielten sie gefangen.

»Was … Wo bin ich?« Das Sprechen fiel ihr schwer. Die Nachwirkungen der Spritze, die sie bekommen hatte. Sie konzentrierte sich auf die Augen des Mannes. Der Figur nach zu urteilen, war es nicht Juri.

Der Mann bückte sich und hob einen Eimer vom Boden auf. Damit trat er näher zu ihr. Alina schwitzte. Er streichelte ihr sanft über den Kopf und sie drehte ihr Gesicht von ihm weg.

Ihr Blick fiel auf ein Edelstahltablett, das auf einem Tisch in der Nähe ihrer Liege stand. Darauf befanden sich alle möglichen angsteinflößenden Werkzeuge. Sie erkannte ein Skalpell, Sägen in verschiedenen Größen, einen Spreizer und verschiedene Klemmen, außerdem eine Zange und so etwas wie einen Meißel. Das hier war eine Folterkammer.

Raus! Ich muss hier irgendwie raus, jagten ihre Gedanken durch ihr Bewusstsein.

Der Mann schöpfte ihr lauwarmes Wasser über die Haare. »Ganz ruhig«, sagte er. Seine Stimme war tief und bedrohlich. »Ich tue dir nicht weh.«

Alina versuchte, ruhig zu atmen. Mit geballten Fäusten starrte sie an die Decke, die sich einige Meter über den Stahlträgern befand. *Wenn du mitspielst, wird alles gar nicht so schlimm,* hatte Juri gesagt.

Der Boss wollte nicht, dass jemand eines seiner Mädchen umbrachte. Also würde doch auch hier jemand auf sie aufpassen, falls es der Maskenmann zu weit trieb. Oder etwa nicht?

Aber Juri hatte gelogen. Er hatte sie geschlagen und betäubt, um sie hierher zu bringen, in diese Folterkammer. Warum sollte er das tun, wenn er nicht zulassen würde, dass sie gequält wurde?

Der Mann rieb ihr über die Haare, es knisterte leise. Shampoonierte er sie etwa ein?

Während er weiter ihre Haare knetete, ging er mit seinem Gesicht dicht an ihr Ohr. »Es wird jedenfalls noch nicht wehtun«, flüsterte er.

Eine Gänsehaut überzog ihren Körper. *Das gehört alles zum Spiel,* redete sie sich ein. *Er sagt das nur fürs Video.* Sie durfte auf keinen Fall die Angst übermächtig werden lassen. Wenn sie bei Verstand blieb, konnte sie vielleicht eine Möglichkeit zur Flucht finden.

Der Mann begann wieder damit, ihr Wasser über den Kopf zu schöpfen. »Deine Haare sind einfach traumhaft«, murmelte er. »Schön kräftig und voll. Nicht so kaputtgefärbt wie bei den meisten.« Er stellte den Eimer beiseite. »Sie werden mir außerordentlich gut stehen.«

Alina starrte ihn mit aufgerissenen Augen an. Wie zum Teufel meinte er das?

Er verzog die Lippen zu einem diabolischen Grinsen. »Wenn ich sie dir samt der Kopfhaut vom Schädel geschnitten habe.«

Ein Keuchen entfuhr Alinas Mund. Jetzt konnte sie sich nicht mehr zusammenreißen und schluchzte laut auf. »Tun ... tun Sie das ... bitte nicht«, stammelte sie.

Der Mann antwortete nicht, sondern schob den Eimer hinter die Kamera und trat an den Tisch mit den

Folterinstrumenten. Einen Augenblick lang betrachtete er das Tablett, dann nahm er das Skalpell zur Hand.

Panik lähmte Alina und schnürte ihr die Kehle zu. Sie bekam kaum Luft.

Langsam drehte er sich zu ihr um, stellte sich neben die Liege und löste den Gurt um ihren Bauch. Mit dem Skalpell durchtrennte er quälend langsam den Stoff ihres T-Shirts. Zuerst schlitzte er die Vorderseite auf, dann die Ärmel, bis ihr Oberkörper frei lag. Schließlich setzte er die Klinge zwischen ihren Brüsten an und durchschnitt den BH in der Mitte. Dabei ritzte er ihr auch in die Haut.

Alina schrie auf. Es war nur ein kleiner Schnitt, doch sofort sickerte Blut heraus.

Der Mann atmete tief ein. Er beugte sich über sie und leckte genüsslich über die Wunde.

Sie erschauderte unter seiner Berührung. Tränen strömten ihr übers Gesicht. Das durfte einfach nicht geschehen. Sie durfte nicht hier sein! Der Raum um sie herum begann sich zu drehen. Lichtpunkte flackerten vor ihren Augen.

Atmen, du musst atmen, beschwor sie sich, doch ihr Körper wollte ihr nicht gehorchen. Sie bekam einfach keine Luft in ihre Lunge.

Der Mann machte sich in der Zwischenzeit an ihrer Hose zu schaffen. So weit es die Gurte zuließen, warf sie sich hin und her. Ein schneidender Schmerz ließ sie innehalten. Sie hob ihren Kopf an und schaute an sich hinab. Der Maskenmann hatte ihr das Skalpell in den Oberschenkel gerammt.

37. Kapitel

Die Waffe im Anschlag betraten sie das Gelände des ehemaligen Verwertungsbetriebs mit den drei verbliebenen Lagerhallen. Fabian gab den anderen ein Zeichen, stehen zu bleiben. Er lauschte. Um sie herum erklangen die üblichen Geräusche eines Industriegebietes. Lkw-Motoren dröhnten, von Weitem war der Verkehr der Schnellstraße zu hören, ein Schiff passierte die Landzunge. Keine Schreie, nichts, was darauf hätte schließen lassen, dass hier jemand festgehalten wurde.

»Ihr geht nach hinten und sichert mögliche Fluchtwege«, sagte er im Flüsterton zu Mario und Tillmann und deutete auf die Halle, die sich ihnen am nächsten befand. Falls jemand bei Alina war, der sie bewachte – oder Schlimmeres –, durften sie nicht zu früh auf sich aufmerksam machen.

Helga und er warteten, bis die beiden an der Seite des Gebäudes entlanggelaufen waren, und gingen dann zur Tür an der Vorderseite. Sie nickten einander zu, um zu bestätigen, dass sie bereit waren. Helga hielt die Waffe im Anschlag, während Fabian die Hand auf den Knauf der schweren Stahltür legte. Mit einem Ruck zog er daran.

Ächzend schwang die Tür auf. Der Raum dahinter lag im Halbdunkeln, durch die staubblinden Fenster drang nur wenig Licht. Das Parterre war bis auf ein paar Container leer. Ihre Schritte hallten von den hohen Wänden wider, ansonsten war nichts zu hören. Ab der

Hälfte der Halle gab es ein zweites Stockwerk, zu dem man über eine verrostete Stahltreppe gelangte.

Von der Rückseite betraten nun auch Mario und Tillmann die Halle. Fabian wartete, bis er sicher war, dass die beiden ihn und Helga entdeckt hatten, und ging dann auf die Treppe zu. Helga blieb dicht hinter ihm.

Auf der oberen Etage waren Wände eingezogen worden. Vermutlich waren das früher die Aufenthaltsräume der Mitarbeiter gewesen. Es gab insgesamt drei Türen. Fabian stellte sich vor die erste und bedeutete Helga, die daneben zu übernehmen. Auf sein Zeichen hin stießen sie die Türen auf.

Der Gestank von Alkohol und kaltem Rauch strömte ihm entgegen. Er hörte Helga aus dem Nebenraum husten.

»Fuck! Das hier hat jemand als Scheißhaus benutzt«, rief sie erstickt.

Fabian checkte den Raum mit schnellen Blicken. Durch ein kleines Fenster fiel etwas Sonnenlicht. Er stand vor einer gammeligen Matratze mit einem Schlafsack darauf. Daneben befand sich eine Batterie leerer Bierdosen, ein Haufen Zigarettenkippen, ein paar Zeitschriften sowie anderer Unrat. Eindeutig das Nachtlager eines Obdachlosen.

Er ging zurück auf die Empore. Der beißende Geruch von Urin breitete sich aus. Wollte hier wirklich jemand Pornofilme drehen? Wohlhabende Männer, die Geld dafür bezahlten, dass Prostituierte so taten, als würden sie von ihnen vergewaltigt? Das war schwer vorstellbar. Außerdem hatte Lydia von einem eingerichteten

Studio erzählt. In dieser Halle war nichts dergleichen zu erkennen.

»Hier ist nichts«, sagte Helga, die aus dem dritten Raum kam.

»Auf zur nächsten«, sagte Mario, der mit Tillmann unten gewartet hatte. Gemeinsam verließen sie die Halle durch den Vordereingang und postierten sich beim nächsten Objekt. Dieses war wesentlich kleiner als die Lagerhalle, im Grunde genommen nur ein aus Stahlcontainern zusammengesetztes Bürogebäude.

»Hier gibt es keinen Hinterausgang und auch keine Fenster zum Main«, flüsterte Mario.

Zu viert stürmten sie hinein. Mit der Waffe in Vorhalte durchkämmten sie die einzelnen Räume. Wie vermutet befanden sich darin verlassene Büros. Vereinzelt standen noch Schreibtische herum, ein altes Sofa, von dem jemand die Sitzpolster entfernt hatte, leere Regale. Eine Teeküche, in der jemand mit einem Gaskocher hantiert hatte. Auf den Möbeln lag fingerdick der Staub. Fabian überlegte, ob er irgendwas davon auf einem der Videos gesehen hatte. Nichts kam ihm bekannt vor. Verdammt. Sollten sie hier wirklich an der falschen Stelle sein? Die gesperrte Straße, die Sprachnachricht, Lagerhalle. Es hatte so gut gepasst.

»Einen Versuch haben wir noch«, murmelte Helga, als hätte sie seine Zweifel gespürt und wollte ihm Mut zusprechen.

Tillmann und Mario bogen um die Ecke. »Keine Spur von Alina«, kommentierte Ersterer die Situation. »Sieht auch nicht so aus, als wäre hier in letzter Zeit jemand festgehalten worden.«

Vielen Dank für die Zusammenfassung, Captain Obvious, dachte Fabian. Er wischte sich den Schweiß von der Stirn. Seine Nerven waren zum Zerreißen gespannt.

Das letzte Gebäude auf dem Grundstück war wieder eine Lagerhalle mit einem kleineren Anbau rechts daneben. Es war eher eine Art Holzverschlag in der Größe einer Garage, dessen Brettertür einen Spalt offen stand.

Helga ging darauf zu und zog sie auf. Fabian sog scharf die Luft ein. Ein Auto parkte darin, Mercedes S-Klasse, schweineteures Modell. Irgendjemand *war* hier und das war garantiert nicht der Obdachlose, der vorne seine Toilette eingerichtet hatte.

38. Kapitel

Mit einem leisen Ploppen traf ihr Blut auf den Boden auf. Es floss aus unzähligen Stichen in ihrer Haut, sammelte sich unter ihrem Körper und tropfte vom OP-Tisch herunter. Wie viel sie wohl schon verloren hatte? So nass, wie sich die Liegefläche anfühlte, musste es einiges sein. Wie lange dauerte es, bis man verblutete? Hoffentlich nicht so lange. Dieser Albtraum sollte einfach nur enden, selbst wenn das bedeutete, dass sie starb. Alina atmete schwer. Der Schmerz war überall.

Der Maskenmann hatte sich einen Stuhl geholt und saß ruhig neben der Kamera. Sein steifer Penis ragte zwischen seinen behaarten Oberschenkeln hervor und drückte sich gegen seinen Bauch. Seine Haut war rot und glänzte von ihrem Blut.

Alina war vollkommen nackt. Ihr Körper war über und über mit Stichen übersät. Er hatte sie überall geschnitten. Der Stich in den Oberschenkel war erst der Anfang gewesen und im Gegensatz zum Rest fast gnädig, denn sie hatte nicht damit gerechnet. Sie hatte ihn erst gespürt, als es zu spät gewesen war. Bei jedem Schnitt, den er ihr zugefügt hatte, hatte er ihre Reaktion genau beobachtet und sich daran aufgegeilt.

Der Maskierte stand auf. »Genug Pause gehabt, was meinst du?«

Er stellte sich hinter ihren Kopf, sodass sie ihn nicht sehen konnte. Dann beugte er sich herunter und schnupperte an ihren Haaren.

»Lassen Sie das«, jammerte Alina schwach. Ihre Stimme war heiser, so viel hatte sie geschrien. Niemand kam ihr zu Hilfe. Kein Juri, kein Boss. Sie war allein mit diesem Monster, das sie umbringen wollte. *Wenn er es doch nur zu Ende bringen würde,* dachte sie.

»Ob ich mir erst die Haare nehmen soll?«, fragte der Mann in einem Tonfall, als überlegte er, ob er heute Abend lieber Pizza oder Sushi bestellen sollte.

Sie spürte ein Stechen an ihrer Schläfe. Aus dem Augenwinkel sah sie, dass er das Skalpell angesetzt hatte. Mit den Fingern der anderen Hand kämmte er sie. Seine Berührung widerte sie an und sie hätte am liebsten den Kopf gedreht, hatte aber Angst, dass das Skalpell sie dann verletzten würde. »Vermutlich ist das besser. Es wäre doch schade, wenn sie durch das ganze Blut versaut werden.«

Er nahm das Skalpell herunter und strich damit ihren Hals entlang in Richtung ihrer Brust. Sein Atem ging heftig.

Alina hörte ein schmatzendes Geräusch. Wieder das Schnuppern, dann ein Stöhnen. Holte er sich da gerade einen runter?

Sekunden später ergoss sich eine warme Flüssigkeit auf ihre Schulter. Der Maskenmann grunzte. Ihr wurde schlecht. Ein Schwall Mageninhalt schwappte in ihren Mund und sie bäumte sich zur Seite auf, um ihn auszuspucken.

Der Mann lachte heiser. »Das musste raus. Sonst wäre ich geplatzt. Jetzt kann ich umso konzentrierter ans Werk gehen.«

Wieder setzte er das Skalpell an und ritzte ihr in die Kopfhaut. Alina brüllte und warf ihren Kopf hin und her, sodass er abrutschte und die Klinge quer über ihre Wange zog. Der Schmerz machte sie blind.

»Andererseits hast du recht. Du könntest ohnmächtig werden und verbluten, ohne von dem ganzen restlichen Spaß etwas mitzubekommen.« Er legte das Skalpell beiseite. Stattdessen nahm er eine der Zangen zur Hand und stellte sich neben sie. Mit schiefgelegtem Kopf berührte er nacheinander ihre Finger. Alinas Herz raste. Es machte sie wahnsinnig, dass sie sich nicht wehren konnte. Die Fesseln saßen einfach zu fest.

»Was glaubst du, auf welchen könnte man am ehesten verzichten?« Er packte ihren Daumen.

»Auf ... auf keinen«, stammelte sie. Ihr Hals brannte und jedes Wort fühlte sich an, als schnitte ihr eine Rasierklinge in die Stimmbänder.

»Wusstest du, dass man ohne Daumen in bestimmten Berufen als arbeitsunfähig gilt?«

Alina schüttelte den Kopf. »Bitte, hören Sie doch auf.« Aus ihrem Mund kam nurmehr ein Krächzen.

»Es ist der stärkste Finger an der Hand. Ohne ihn kann man nicht mal einen Stift gescheit halten, geschweige denn einen Schraubenzieher. Ein Elektriker kann sich ohne Daumen einen neuen Job suchen.« Ein bösartiges Lächeln erschien auf seinem Gesicht. »Aber zum Glück bist du ja kein Elektriker.« Blitzartig riss er ihre Hand nach oben, setzte die Zange an und drückte zu.

Die Schneiden durchtrennten ihre Haut und glitten durch ihr Fleisch. Der Schmerz, als das Metall auf ihren Knochen traf, machte sie besinnungslos.

Wie aus weiter Entfernung hörte sie ein dumpfes Geräusch. Dann eine Stimme.

»Polizei! Keine Bewegung!«

Der Maskenmann erstarrte und ließ die Zange los, die klirrend zu Boden fiel. Er sprang auf. Mit einem Satz hechtete er aus ihrem Blickfeld.

Polizei, hallte es in Alinas Kopf wider. Sie holte den letzten Funken Kampfgeist aus sich heraus und schrie. Brüllte aus voller Kehle. *Hier bin ich! Helft mir!,* wollte sie rufen, doch ihr Mund formte die Worte nicht.

Plötzlich erschien die Maske über ihr. Er presste ihr eine Hand auf den Mund. In der anderen hielt er das Skalpell. Er holte aus und rammte es ihr in den Hals.

39. Kapitel

Sie standen vor der schweren Stahltür und lauschten. Fabian schwitzte, die Sonne brannte ihm auf den Rücken. Er drehte seinen Kopf hin und her, um seinen verkrampften Nacken etwas zu lockern. Außer dem Rauschen seines Blutes in seinen Ohren war kein Geräusch zu hören. Waren sie zu spät? Fabian wagte es kaum, zu atmen. Er hob drei Finger und nickte Helga zu. Dann zählte er herunter. Drei, zwei, eins. Sie riss die Tür auf. Fabian stürmte mit vorgehaltener Waffe in die Halle, Helga dicht hinter sich. Sein Finger lag auf dem Abzug, bereit, sofort zu schießen, wenn er den Täter sah.

»Polizei! Keine Bewegung!«, brüllte er in den menschenleeren Raum. Sie befanden sich in einer Art Korridor, von dem mehrere Türen abgingen. Alle Außenwände der Halle waren mit weißen Platten aus Noppenschaumstoff gedämmt, sodass kein Geräusch von außen hereindrang. Deswegen hatten sie draußen nichts gehört. Der Fußboden war mit dicken Linoleumplatten belegt, die ihre Schritte dämpften. Das Ganze sah aus wie ein professionelles Filmstudio. Er erkannte sofort einzelne Schauplätze von den Vergewaltigungspornos wieder. Da waren die Mannschaftsdusche mit den türkisfarbenen Kacheln und den altmodischen Armaturen aus den Achtzigern, der Fitnessraum mit Beinpresse und Hantelbank sowie das Büro mit einem wuchtigen Schreibtisch, einer Psychiatercouch und Regalwänden voller Bücher. Alles Attrappen in mit Leichtbauwänden voneinander abgetrennten Kammern. Scheinwerfer beleuchteten die einzelnen Studioelemente.

Ein greller Schrei zerriss die Stille und ging in ein Gurgeln über. Das musste Alina sein! Sie lebte.

Fabian preschte los. Neben ihm setzte sich auch Helga in Bewegung. Sein Blick glitt über die einzelnen Aufbauten vor ihnen. Niemand war zu sehen. Durch die Schallisolierung war es unmöglich zu sagen, woher genau der Schrei gekommen war.

»Du sicherst hier vorne. Ich gehe nach hinten.« Ohne eine Antwort abzuwarten, rannte er weiter in einen Gang, der sich zwischen zwei Themenräumen auftat. Es war so eng, dass er das Gefühl hatte, leicht schräg gehen zu müssen, um hindurchzupassen. Weitere Räume und Abzweigungen gingen von dem Durchgang ab. Die Halle war riesig. Wo zum Teufel blieben Mario und Tillmann?

Gehetzt schaute Fabian sich um, nahm eine Abbiegung nach rechts. Dann sah er es. Sein Atem stockte. Die Szenerie wirkte, als stammte sie aus einem Horrorfilm. Direkt vor ihm befand sich ein nachgebauter Operationssaal. Auf dem Boden, an den weiß gekachelten Wänden, überall war Blut.

Unter dem Operationstisch in der Mitte, der von etlichen Scheinwerfern angestrahlt wurde, hatte sich eine Lache gebildet. Darüber lag eine nackte Frau, auf die eine Kamera gerichtet war, die auf einem Stativ stand. Ihr Körper war von unzähligen blutenden Stichen gezeichnet und in ihrem Hals klaffte ein tiefer Schnitt. Aus angsterfüllten Augen starrte sie ihn an. Ihr Blick zuckte immer wieder zu Boden und dann zurück zu ihm.

Sie öffnete den Mund, versuchte, etwas zu sagen, doch ihre Stimme war nur ein heiseres Flüstern.

Fabian senkte die Waffe und machte einen Schritt auf sie zu. »Alles wird gut.« Er versuchte, seiner Stimme einen beruhigenden Tonfall zu geben, was ihm nur mittelmäßig gelang. Er zitterte vor Anspannung. »Wir sind hier, um Ihnen zu helfen.« Sein Fuß rutschte wegen all des Blutes und er schlitterte ein Stück nach vorne. Er war nur noch einen Schritt von ihr entfernt.

In diesem Moment kippte ihm die OP-Liege entgegen. Reflexartig streckte er die Hände aus, obwohl klar war, dass er sie nicht würde auffangen können. Krachend fiel sie um. Das Mädchen, das mit Gurten an die Liege gefesselt war, ruckte darin herum, ihr Kopf schlug hart auf den Boden auf. Sie röchelte.

Hinter dem Tisch schnellte wie aus dem Nichts eine Gestalt hervor. Der nackte Körper war über und über mit Blut besudelt, das Gesicht hinter einer schwarzen Ledermaske verborgen. Mit erhobener Hand sprang der Mann auf Fabian zu. Er versuchte, ihm auszuweichen, doch sein Fuß rutschte weg und er geriet ins Straucheln. Der Mann stürzte sich auf ihn.

Ein stechender Schmerz durchzuckte Fabians Oberkörper. Durch die Wucht des Aufpralls verlor er endgültig das Gleichgewicht und ging zu Boden. In der nächsten Sekunde spürte Fabian, wie warmes Blut an seiner Schulter herunterlief. Ein Skalpell aus Edelstahl steckte in seinem Fleisch.

Der Nackte hockte auf ihm und griff danach. Fabian hob die Arme, um ihn abzuwehren, doch der andere war schneller. In einer fließenden Bewegung zog er das

Skalpell heraus und stach erneut zu, während Fabian seine Füße auf den glitschigen Boden stemmte und seinen Unterkörper ruckartig nach oben stieß. Das Skalpell traf ihn in der Brust, bevor er den Mann abwerfen konnte. Er zog die Klinge quer durch Fabians Haut, ehe er von ihm abließ. Vor Schmerzen schrie Fabian auf.

Die Gestalt rappelte sich hoch. In der Türöffnung erschien Helga. Der Mann strauchelte und rutschte, doch irgendwie schaffte er es, sich auf den Beinen zu halten. Helga starrte ihn wie paralysiert an.

»Stehen bleiben!«, brachte Fabian mit schwacher Stimme hervor. Das weckte Helga aus ihrer Erstarrung.

»Polizei!«, rief sie, da rannte der Maskierte sie mit voller Wucht um. Er stieß sie zur Seite, noch bevor sie die Waffe auf ihn richten konnte, und verschwand hinter der Ecke. »Hol ihn dir«, presste Fabian hervor. »Ich komm klar.«

40. Kapitel

Vor Schreck konnte Helga kaum denken. Sie starrte auf Fabian, dessen Hemd an der Brust aufgeschlitzt war. Blut quoll daraus hervor und vermischte sich mit dem, was vom Boden an seiner Kleidung klebte.

»Los, geh schon«, sagte er mit zusammengebissenen Zähnen. Neben ihm lag ein Skalpell. Die Klinge war kurz, konnte ihn also nicht lebensgefährlich verletzt haben.

Helga schüttelte sich kurz, um wieder klar zu werden. Dann drehte sie sich um und folgte den roten Fußspuren des Nackten.

»Bleiben Sie sofort stehen!«, rief sie. »Sie haben keine Chance, zu entkommen.«

An der nächsten Biegung war er nach links auf die Außenwand der Halle zugelaufen. Die Abdrücke wurden schwächer. Wenige Meter von sich entfernt entdeckte sie ihn. Helga blieb stehen, hob die Waffe und drückte den Abzug. Der Nackte schlug einen Haken und die Kugel verfehlte ihn. Unbeeindruckt rannte er weiter. In der nächsten Sekunde war er hinter einer Wand verschwunden.

»Scheiße«, fluchte sie leise. Das hier war ein verdammtes Labyrinth. Sie setzte sich in Bewegung und folgte ihm. Unter keinen Umständen durfte er zu seinem Auto gelangen. Bisher hatten sie keine Verstärkung angefordert, und der Dienstwagen stand viel zu weit entfernt, als dass sie ihn rechtzeitig erreichen könnte, um ihm zu folgen. Fieberhaft überlegte sie, ob sie überhaupt sein Kennzeichen notiert hatten. Vermutlich hatte in diesem Moment keiner von ihnen daran gedacht.

Ein Poltern ertönte vor ihr, die Wände neben ihr erzitterten. Dann noch ein Krachen und ein Geräusch, als würde jemand Pappe zerreißen.

Sie erreichte die Abzweigung, an der der Maskierte abgebogen war, und verlangsamte ihren Schritt. Die Waffe auf die Türöffnung gerichtet, ging sie vorsichtig darauf zu, bemüht, ihre Atmung zu normalisieren. Sie trat um die Ecke und stand in dem Nachbau einer Bar oder eines Clubs. Die Wände waren dunkel gestrichen. An der Stirnseite stand ein Tresen mit einem Glasregal dahinter. Einer der Barhocker lag umgekippt auf dem Boden direkt neben einem Loch in den Gipskartonplatten. Der Täter hatte die Leichtbauwand zerstört, da er sonst in der Falle gesessen hätte.

Helga bückte sich und schaute hindurch. Ein weiterer Gang tat sich vor ihr auf. Gerade als sie hindurchsteigen wollte, nahm sie aus dem Augenwinkel eine Bewegung wahr. Sie zuckte zurück und schlug sich den Kopf an. Ein Fuß schoss an ihr vorbei und verfehlte ihr Gesicht nur knapp. Der Nackte hatte direkt neben dem Durchbruch hinter der Wand gekauert, um sie zu attackieren. Nun stürmte er wieder los, doch dieses Mal war Helga schneller. Sie ließ sich auf die Knie fallen, lehnte sich nach vorne durch das Loch und schoss.

Der Mann brüllte auf, beugte sich vornüber und umklammerte seinen Oberschenkel. Sie hatte getroffen. Er hinkte weiter, doch er kam nicht weit, bis sie ihn erreichte und mit einem heftigen Stoß in den Rücken zu

Fall brachte. Mit den Knien voran warf sie sich auf ihn und hielt ihn am Boden, während sie mit einer Hand die Handschellen von ihrem Gürtel pfriemelte. Der Mann unter ihr zappelte und versuchte, sie abzuwerfen. Mit der freien Hand packte sie sein Handgelenk und drehte ihm den Arm auf den Rücken, bis er gezwungenermaßen stillhielt, wenn er nicht wollte, dass sie ihm ihn brach.

»Das war's, du Mistkerl.« Helga legte ihm die Handschellen an und zerrte ihn auf die Füße.

»Einen Krankenwagen«, hörte sie Fabians verzweifelte Stimme. »Wir brauchen sofort einen Krankenwagen, sonst verblutet sie mir hier.«

41. Kapitel

Fabian kroch zu der Liege. Der Schnitt in seiner Brust brannte wie Feuer, aber zum Glück war er nicht so tief, wie er zunächst angenommen hatte. Alinas Kopf hing schlaff zur Seite, in der Zwischenzeit hatte sie das Bewusstsein verloren. Ihr Atem ging stoßweise, blutiger Schaum hatte sich vor ihrem Mund gebildet. Helgas Schritte entfernten sich. Sie brüllte dem Täter hinterher, dass er stehen bleiben sollte. Kurz darauf donnerte ein Schuss durch die Halle.

Fabian biss die Zähne zusammen und stemmte sich auf die Knie. Er machte sich daran, die Gurte zu lösen, mit denen Alina an die Liege gefesselt war. Von all dem Blut waren seine Finger so glitschig, dass er mehrere Male abrutschte. Fluchend wischte er sich die Hände an seiner Hose ab. Ein sinnloses Unterfangen, da diese ebenfalls vollgesogen war.

Ein weiterer Schuss erklang, dann ein Schrei, eindeutig ein Mann. Helga hatte den Maskierten erwischt. Fabian atmete auf.

Erneut versuchte er, die Schnallen aufzumachen. Nach und nach gelang es ihm und ihr Körper glitt zu Boden. Sie stöhnte leise. Vorsichtig stabilisierte er ihren Kopf und öffnete ihren Mund, damit das Blut hinauslaufen konnte. Dann tastete er nach ihrem Puls und fühlte nur ein leichtes Flattern.

»Einen Krankenwagen!«, schrie er in der Hoffnung, dass Mario und Tillmann ihn hörten, während er seine

Hand auf ihre Halswunde drückte. »Wir brauchen sofort einen Krankenwagen, sonst verblutet sie mir hier.«

Warum nur hatten sie ihre Zeit damit verschwendet, in der Wohnung nach Alina zu suchen? Hätten sie nicht mehr mit Loose geredet, sondern wären einfach direkt losgefahren, hätten sie all dies verhindern können. Wenn Alina jetzt und hier in seinen Armen starb, war das seine Schuld. Weil er sich nicht auf sein Bauchgefühl verlassen hatte.

»Verdammt noch mal! Kommt jetzt endlich jemand?«, brüllte Fabian.

Immer mehr Blut drückte sich zwischen seinen Fingern hindurch. Er musste die Wunde irgendwie abdrücken, aber wenn er fester zupackte, würde sie keine Luft mehr bekommen. Alinas Körper verkrampfte, die Augen unter ihren Lidern zuckten wild hin und her.

»Oh nein, du wirst mir nicht sterben«, sagte er leise. Anstelle seines Handballens legte er nun zwei Finger auf die Wunde und drückte zu, um gezielter die Blutung zu stillen. Bei jeder Bewegung hatte er das Gefühl, den Schnitt auf seiner Brust ein wenig mehr aufzureißen, doch er ignorierte den Schmerz. Am Rand seines Sichtfeldes tauchte jemand im Türrahmen auf. Er hob den Blick. Es war Tillmann.

»Fuck, Mann!«, rief er aus und eilte sofort zu Fabian. »Was haben die Schweine mit ihr gemacht?« Ohne zu zögern, zerrte er sich das Hemd über den Kopf. Er knüllte den Ärmel zu einem kleinen Bündel zusammen und presste es auf den Schnitt. »Heb ihren Kopf an«, sagte er.

Wie in Trance befolgte Fabian die Anweisung, während Tillmann aus seinem Hemd einen Druckverband bastelte. Alinas Atem wurde immer schwächer. Jegliche Farbe war aus ihrem geschundenen Gesicht gewichen. Immerhin schienen sie es geschafft zu haben, die Blutung weitestgehend zu stoppen, denn das Hemd saugte sich kaum voll.

»Wo bleibt der Krankenwagen?«, fragte Fabian verzweifelt.

»Mario hat sich drum gekümmert, er wartet vor der Tür auf die Sanitäter.« Tillmann half ihm auf und führte ihn zu einem Hocker, der neben der umgekippten Kamera stand. Er warf einen sorgenvollen Blick auf die Schnittwunde an Fabians Brust, aus der nach wie vor Blut quoll. »Wie schlimm ist es?«, fragte er.

»Wird schon wieder.« Fabian zuckte die Achseln. Erst jetzt bemerkte er das Stechen in seiner Schulter und erinnerte sich, dass der Täter ihn dort auch erwischt hatte. Er verzog das Gesicht. Erschöpfung machte sich in ihm breit. Der Schlafmangel und die Verletzungen forderten jetzt, da die Konzentration von Adrenalin in seinem Blut abnahm, ihren Tribut. »Kümmer dich lieber um Alina. Wir müssen sie irgendwie warmhalten.«

Tillmann kniete sich neben das Mädchen. Die Krämpfe hatten aufgehört. Er fühlte nach ihrem Puls und checkte ihre Atmung.

»Sie schafft es bestimmt. Ist ein zähes Mädchen«, sagte er zuversichtlich und zog sich das T-Shirt aus, das er unter dem Hemd getragen hatte, um damit Alina zuzudecken.

Schritte näherten sich und Fabian schaute auf. In der Tür erschien Helga. »Hab ihn«, sagte sie knapp. Ihre Hose und Hände waren blutverschmiert.

»Das hast du gut gemacht.« Fabian zwang sich ein Lächeln auf. »Ist er ... Hast du ihn erschossen?«

Sie schüttelte den Kopf und deutete auf ihren Oberschenkel. »Wird eine Weile dauern, bis er wieder normal gehen kann. Jetzt liegt er erst mal verschnürt wie ein Päckchen im Gang und wartet darauf, dass wir ihn abholen.«

Erleichtert atmete Fabian auf. Obwohl der Drecksack es mit Sicherheit verdient hätte, war es besser, dass sie ihn lebend bekamen. Mit etwas Glück würde er versuchen, seinen Arsch zu retten und ihnen genügend Informationen liefern, um Loose und den Rest der *Produktionsfirma* dranzukriegen.

Nach einer gefühlten Ewigkeit näherten sich endlich Sirenen aus der Ferne. Mario musste die Tür offengelassen haben. Kurz darauf stürmten Sanitäter in die Halle und Helga machte sich auf den Weg, sie zum nachgebauten Operationssaal zu führen.

Hektisches Stimmengewirr erfüllte die Luft, Notfallkoffer wurden aufgestellt, eine Bare hereingebracht. Ermattet beobachtete Fabian das Treiben um sich herum. Der Notarzt traf ein und übernahm die Versorgung von Alina, bellte Befehle. Einer der Sanitäter kam auf Fabian zu, während die anderen sich um Alina kümmerten. Vorsichtig zog der Mann ihm das Hemd aus und begutachtete die Wunden. Dann half er Fabian auf und wollte ihn zum Ausgang leiten.

»Kommen Sie, ich bringe Sie zum Rettungswagen«, sagte er, als Fabian sich weigerte, den Raum zu verlassen. »Wir haben hier alles im Griff und Sie sind ernsthaft verletzt.«

42. Kapitel

Drei Tage später

Am Montagvormittag trat Fabian seinen Dienst wieder an. Der Schnitt auf seiner Brust war mit zwanzig Stichen genäht worden und verheilte recht schnell, ebenso wie die Stichwunde in seiner Schulter. Nur bei bestimmten Bewegungen zog es noch ordentlich und gerade beim Anziehen musste er aufpassen. Der Maskenmann – Jonathan Bacher war sein Name, ein hoch dotierter Wirtschaftsanwalt, der für die großen Banken in Frankfurt arbeitete – hatte ihn zum Glück nur oberflächlich erwischt. Bei dem Sturz hatte Fabian sich außerdem eine Rippe gebrochen und er fühlte sich ein wenig wie vor zwei Jahren, als ihn ein Täter aus einem Haus heraus angeschossen hatte. Tiefes Einatmen tat weh, Lachen tat weh, unbedachte Bewegungen taten weh. Eigentlich hatten ihm die Ärzte geraten, noch eine Woche auszusetzen, bis die Fäden gezogen würden, doch er konnte unmöglich tatenlos zu Hause rumsitzen, auch wenn Josi das gar nicht passte.

Alina lag auf der Intensivstation. Der Blutverlust war kritisch gewesen, doch sie hatte das Wochenende überlebt und war auf dem Weg der Besserung. Ihre körperlichen Verletzungen würden verheilen, anders sah es vermutlich mit den seelischen Wunden aus, die ihr Loose und Bacher zugefügt hatten. Bisher war sie noch nicht näher befragt worden, aber Fabian hoffte, dass sie bald dazu in der Lage wäre. Auch Lydia Pauly hatte den Angriff überlebt. Allerdings lag sie aufgrund ihrer schweren Verletzungen weiterhin im künstlichen Koma.

Helga hatte ihn am Morgen über die Ergebnisse der DNS-Untersuchung informiert und spätestens da war sein Entschluss gefallen, schon heute in den Dienst zurückzukehren, egal, was der Arzt sagte. Loose war eindeutig nicht die Person, die Meike Liebig vor ihrem Tod gekratzt hatte. Bacher und Naumann wurden ebenfalls ausgeschlossen. Was den Mord an Meike Liebig anging, standen sie quasi wieder am Anfang.

Als Fabian sein Büro betrat, erwarteten ihn dort Helga und Peitsch. An die Armlehne seines Schreibtischstuhls war ein Heliumballon mit der Aufschrift ›*Welcome back*‹ gebunden. Helga grinste, als sie seine Reaktion darauf sah.

»Der ist von mir«, sagte sie. »Ich dachte, du könntest eine kleine Aufmunterung gebrauchen.« Mit ausgebreiteten Armen trat sie auf ihn zu und umarmte ihn.

Fabian verzog das Gesicht, als sie seine Schulterwunde berührte.

Peitsch beobachtete ihn mit kritischer Miene. »Und Sie sind sich sicher, dass Sie schon wieder arbeitsfähig sind?«

Fabian winkte ab. »Solange ich nicht wieder mit irgendwelchen Nackten wrestlen muss, wird das schon.«

Sein Chef zog die Augenbrauen hoch, sagte aber nichts weiter dazu. Humor war nicht so sein Ding.

Fabian setzte sich und fuhr den PC hoch. Die beiden brachten ihn in Kurzfassung auf den neuesten Stand der Ermittlungen.

Loose hatte ein umfassendes Geständnis darüber abgelegt, wie und warum er Alina entführt hatte. »Sie war ein Zufallsopfer«, erklärte Helga. »Vor diesem Abend hatte er sie noch nie gesehen. Als er sie dann mit Meike auf der Straße traf, entschied er, dass sie genau zu Bachers Vorgaben passte. Ein unverbrauchtes Gesicht. Bacher wollte eine echte Vergewaltigung, die gestellten Videos reichten ihm nicht mehr. Loose folgte den Freundinnen also in den Club, passte die richtige Gelegenheit ab und mischte ihnen K.-o.-Tropfen in die Drinks.«

»Aber warum auch bei Meike? Sie war ihm doch längst hörig.«

»Laut seiner Aussage hat er zunächst versucht, die beiden freiwillig zum Mitkommen zu überreden, um bei Alina seinen üblichen *Modus Operandi* anzuwenden. Er wollte sie auf eine Party schleifen, sie unter Drogen setzen und sie dann beim Sex mit verschiedenen Männern filmen, um sie damit zu erpressen.«

»Das hat aber nicht funktioniert.« Fabian öffnete sein E-Mail-Postfach. Zahlreiche Nachrichten von Kollegen mit Besserungswünschen warteten auf ihn.

»Alina war eigentlich bereit, mitzukommen, aber Meike wollte ihre beste Freundin nicht Loose und seinen Machenschaften ausliefern. Sie redete Alina aus, auf diese Party zu gehen.«

»Also hat Loose sie beide zur Scheune gebracht und Meike für ihren Ungehorsam dann von einem Handlanger umbringen lassen.«

»Das war auch meine Theorie«, sagte Helga.

»Aber?«

»Nachdem sein Anwalt mit der Staatsanwaltschaft verhandelt hat, lieferte Loose eine Menge Leute ans Messer, um seine Strafe möglichst gering zu halten.« Helga deutete auf einen Stapel von Akten, die auf Thomas' Schreibtisch lagen. »Wir haben uns die letzten Tage mit den Vernehmungen aller Beteiligten um die Ohren geschlagen. Niemand von ihnen hat zugegeben, Meike im Auftrag von Loose getötet zu haben, obwohl wir natürlich Deals angeboten haben.«

»Möglicherweise sind sie so loyal ihrem Boss gegenüber, dass sie ihn nicht verraten.«

»Das könnte sein, wenn er es denn wäre.«

»Ist er nicht?«, fragte Fabian überrascht.

Helga schüttelte den Kopf. »Er war nicht mehr als ein Handlanger, der es geschafft hat, sich bis zum Kopf der Organisation hochzuschlafen.«

Fabian zog die Augenbrauen hoch. »Mazur? Sie ist ›der Boss‹?«

»Ganz genau. Sie ist nicht nur Wohnungsbesitzerin und Zuhälterin, sondern auch die Geschäftsführerin von *Slash-Productions,* der Produktionsfirma, die die Vergewaltigungspornos produziert. Loose war seiner Aussage nach lediglich dafür verantwortlich, immer neue Mädchen ranzuschaffen.« Helga verzog angewidert das Gesicht. »Mazur war es auch, die Alina aus der Wohnung weggebracht und an Bacher ausgeliefert hat. Von ihr kam explizit die Aufforderung, Alina die ganze Sache nicht überleben zu lassen. Bacher ist äußerst redselig, um seinen Kopf irgendwie aus der Schlinge zu ziehen.«

Fabian war fassungslos, dass eine Frau wirklich in der Lage war, für Geld einem jungen Mädchen so etwas anzutun. »Dann war sie womöglich auch diejenige, die Meike Liebig umgebracht hat.«

»Leider nein. Zu den meisten Vorwürfen schweigt sie beharrlich. Sie hat denselben Anwalt wie Loose. Aber für Samstagnacht hat sie ein wasserdichtes Alibi vorzuweisen. Wir haben es bereits überprüft. Verschiedene Personen haben unabhängig voneinander bestätigt, sie in der Nacht auf einer Veranstaltung gesehen zu haben. Ihr Auto stand die ganze Zeit über auf einem überwachten Parkplatz.«

»Das kann doch nicht wahr sein!« Fabian schlug mit der Faust auf den Tisch und atmete scharf ein, als sich ein stechender Schmerz durch seine Brust zog.

»Loose behauptet steif und fest, dass Naumann es war. Er hätte es ihm gegenüber zugegeben.«

»Die Spuren am Ast und unter Liebigs Fingernägeln schließen ihn als Täter aber aus.«

»Korrekt. Übrigens war es auf keinen Fall Naumann, der seine Frau und sich selbst umgebracht hat. Er war Linkshänder und hätte sich kaum mit rechts die Pulsadern aufgeschnitten. Außerdem passen seine Fingerabdrücke auf dem Messer nicht zu einer Selbstverletzung.«

Fabian rieb sich über das Gesicht. Die Flut an Informationen erschlug ihn. Deshalb hasste er es, inmitten laufender Ermittlungen auszufallen. Es war unglaublich anstrengend, wieder den Anschluss zu kriegen. »Wir haben also einen weiteren ungelösten Mordfall auf dem Tisch.«

»Darüber mache ich mir keine Gedanken.« Helga klang zuversichtlich. »Es ist nur eine Frage der Zeit.

Wenn die Spuren ausgewertet sind, bin ich mir sicher, dass wir Loose dafür drankriegen. Immerhin dachte er, Naumann hätte eines seiner Mädchen getötet. Dafür musste er offensichtlich mit seinem Leben bezahlen.«

Fabian verkniff sich einen Kommentar. Er wollte Helga nicht in ihrer Euphorie bremsen, aber er glaubte nicht, dass es so einfach sein würde, wie sie es sich ausmalte.

»Dann hätten wir soweit das Wichtigste«, sagte Peitsch, der die ganze Zeit über schweigend zugehört hatte. »Sie beide gehen am besten noch mal alle bisherigen Erkenntnisse durch und überlegen sich, an welcher Stelle etwas übersehen wurde. Der Mörder von Meike Liebig ist noch auf freiem Fuß und muss so schnell wie möglich gefasst werden.« Er verabschiedete sich und ließ Helga und Fabian allein im Büro.

Als er aus der Tür war, seufzte Helga. »Das ist doch seltsam, oder? Da haben wir eine Bande von Menschenhändlern, die Frauen Drogen einflößen, als wären es Gummibärchen, und keiner von ihnen soll unser Täter sein.« Sie ließ sich auf den Stuhl gegenüber von Fabian fallen. »Wie hoch ist wohl die Wahrscheinlichkeit, dass sich zufällig irgendein Unbeteiligter im Wald aufgehalten hat, auf den Meike getroffen ist und der sie dann umgebracht hat?«

»Wenn du mich fragst, relativ gering«, murmelte Fabian. Er scrollte weiter durch seine Mails und entdeckte eine von der Technikabteilung. Neugierig öffnete er sie. Anscheinend waren die Mitarbeiter davon ausgegangen, dass Thomas ebenfalls in dem Fall ermittelte, denn anstelle von Helga stand er im CC. »Du hast das nicht bekommen?« Fabian klickte auf den Anhang und las den Inhalt.

»Keine Ahnung. Glaube nicht. Was ist das?«

»Die gelöschten Nachrichten, die in der Nacht von Samstag auf Sonntag auf Liebigs Handy geschickt wurden. Das solltest du dir ansehen.«

Helga rollte mit dem Stuhl zu ihm rüber und schaute auf seinen Monitor. »Oh. Das ist interessant.«

»Es wird noch interessanter, wenn man sich anschaut, um welche Uhrzeit sie wieder gelöscht wurden.« Fabian deutete auf die Zeitangabe, die in Klammern hinter der Nummer des Absenders stand.

»Was glaubst du, wer sie geschickt hat?«

»Ich wage zu behaupten, dass es nur eine Person gibt, von der sie stammen können.«

»Bingo.«

43. Kapitel

Etwa eine Viertelstunde später standen Fabian und Helga vor dem grauen kastenförmigen Gebäude der Berufsgenossenschaftlichen Unfallklinik. Sie betraten den Eingangsbereich und nahmen den Aufzug zur Intensivstation. Am Empfang wiesen sie sich aus und eine Schwester führte sie zum Zimmer von Alina Sander. Fabian klopfte an die Tür aus Milchglas. Aus dem Inneren des Raumes drang das regelmäßige Piepsen der Geräte.

Alinas Vater öffnete die Tür ein Stück und zog die Stirn kraus, als er Fabian und Helga erkannte. Er sah noch schlimmer aus als bei der letzten Befragung. Sein Gesicht war aschfahl und die Haare strähnig, als hätte er sie seit Tagen nicht gewaschen. Im Hintergrund waren das Fußteil des Krankenbettes und ein Arm von Alinas Mutter zu erkennen.

»Guten Tag, Herr Sander. Wir hätten da ein paar Fragen«, erklärte Fabian ihre Anwesenheit.

»Meine Tochter ist noch nicht dazu in der Lage, eine Aussage zu machen. Sie bekommt starke Medikamente und steht unter Schock. Ich dachte, das hätten wir geklärt.«

Helga verschränkte die Arme vor der Brust. »Wir möchten auch lieber mit Ihnen sprechen.«

»Mit mir?« Sein Blick zuckte nervös zwischen den beiden Kommissaren hin und her. »Ich kann zu der Sache überhaupt nichts sagen.«

»Was gibt es denn, Dietmar?«, fragte Alinas Mutter. Sie war aufgestanden und trat nun neben ihren Mann.

»Ich weiß nicht. Die Polizei will mit mir sprechen.«

»Lassen Sie uns doch ein paar Schritte gehen«, schlug Fabian vor.

»Also gut.« Er wandte sich an seine Tochter. »Ich bin gleich wieder da«, sagte er, obwohl sie überhaupt nicht mitzubekommen schien, was vor sich ging.

»Worüber wollen Sie mit mir sprechen?«, fragte er, während sie über den Flur gingen. »Ich dachte, die Männer, die meiner Tochter das angetan haben, wären längst festgenommen.«

Fabian und Helga flankierten ihn. »Das sind Sie auch«, sagte Helga. »Sitzen allesamt in Untersuchungshaft, keine Sorge.«

»Dann verstehe ich nicht, was Sie von mir wollen.«

»Es gibt da ein paar Unklarheiten.« Fabian griff in seine Hosentasche und holte den Ausdruck der gelöschten Nachrichten hervor. Er reichte ihn Herrn Sander. »Würden Sie sich das hier bitte durchlesen?«

Alinas Vater starrte auf den zusammengefalteten Zettel, nahm ihn aber nicht entgegen. »Was ist das?«

»Schauen Sie es sich an.«

Zögernd griff er nach dem Stück Papier und faltete es auseinander. Seine Lippen bewegten sich, während er las.

»Lesen Sie es uns doch mal laut vor«, forderte Helga ihn auf.

Sander schüttelte verständnislos den Kopf, doch in seinen Augen blitzte ein Anflug von Panik auf. Er räusperte sich. »Wo ist Alina? Was hast du Schlampe mit ihr gemacht? Wenn ihr etwas zugestoßen ist, dann gnade dir Gott. Melde dich sofort!« Er schaute von dem Zettel auf.

»Weiter bitte«, sagte Fabian.

»Muss das sein? Sie wissen doch, was da steht.«

»Kommen Ihnen die Nachrichten bekannt vor?«

Alinas Vater zuckte die Achseln. Man sah ihm deutlich an, wie er mit sich rang. »Ja«, flüsterte er schließlich. »Ich habe sie geschickt.«

Fabian legte ihm die Hand auf die Schulter. »Sie haben die Freundin Ihrer Tochter also beschimpft und ihr damit gedroht, sie eigenhändig zu erwürgen, wenn Alina etwas passiert sein sollte?«

»Aber das war doch nur so dahergesagt. Ich bin umgekommen vor Sorge, da rutschen einem schon mal unbedachte Worte raus.«

Helga brummte missbilligend. »Morddrohungen sind etwas mehr als unbedachte Worte.«

»Deshalb haben Sie die Nachrichten sofort wieder gelöscht, nicht wahr?«

»Genau«, sagte er, offensichtlich dankbar für die Vorlage, die Fabian ihm geliefert hatte. »Mir wurde klar, was ich da geschrieben habe, und habe alles entfernt. Es war ein Fehler.«

»Sofort nach dem Absenden?«, fragte Fabian.

Sander rieb sich fahrig über die Stirn. In seinem Kopf schien es zu rattern. »Nun, nach der letzten eben. Ich habe ja nicht alle direkt nacheinander geschickt.«

»Und sobald die letzte raus war, haben sie alles gelöscht?« Die Wunde auf Fabians Brust brannte und er bemühte sich, möglichst flach zu atmen, damit sich sein Brustkorb nicht zu weit nach vorne wölbte.

»Ja, so war es.«

»Haben Sie die Nachrichten geschickt, bevor Sie losgefahren sind, um nach Ihrer Tochter zu suchen, oder danach?«

»Ich ... Was? Woher wissen Sie, dass ich losgefahren bin?«

»Ihre Frau hat mir das erzählt, als Sie mit meiner Kollegin in Alinas Zimmer waren.«

»Ach so. Ja, klar. Also ...«, er zögerte kurz und warf einen Blick auf den Ausdruck in seiner Hand, bevor er weitersprach. »Davor natürlich. Und gelöscht habe ich es, als ich zurückkam. Weil ich mir dachte, dass sie sich erst recht nicht melden wird, wenn ich ihr drohe.«

»Oder, weil Sie zu diesem Zeitpunkt wussten, dass Meike Ihre Nachrichten ohnehin nicht mehr bekommen wird.« Helga baute sich vor Sander auf.

Sander verzog den Mund. »Was soll das heißen?«

»Herr Sander, Sie stehen im Verdacht, Meike Liebig in der Nacht vom vierundzwanzigsten auf den fünfundzwanzigsten August zunächst mit einem Ast angegriffen und anschließend stranguliert zu haben«, belehrte Fabian ihn. »Es steht Ihnen frei, sich zum Tatvorwurf zu äußern. Insbesondere müssen Sie sich nicht selbst belasten.«

»Allerdings sollten Sie wissen, dass es ein Leichtes sein wird, Ihre Bewegungen über den Standort Ihres Handys nachzuvollziehen.« Helgas Augen blitzten angriffslustig. »Ihre Frau hat uns bereits bestätigt, dass Sie zu der fraglichen Zeit unterwegs waren. Sie kannten den letzten

Standort des Handys Ihrer Tochter, bevor es ausgeschaltet wurde, wo Sie vermutlich auch gesucht haben. Sie waren also in der Nähe des Tatortes.«

Plötzlich wich die Anspannung aus Sanders Körper. Er senkte den Kopf und fiel in sich zusammen. Tränen bildeten sich in seinen Augen. »Ja«, sagte er.

»Was ja? Geben Sie zu, dass Sie Meike Liebig umgebracht haben?« Fabian wunderte sich. Auch wenn Sander kein Psychopath, sondern lediglich ein normaler Familienvater war, hätte er nicht gedacht, dass der Mann so leicht zu knacken wäre.

»Erzählen Sie uns, was passiert ist.« Helgas Stimme klang sanft und aufbauend. »Es ist immer besser, wenn man sich Luft macht, es sich von der Seele redet.«

»Ja, ich habe sie umgebracht. Aber ich wollte es nicht, das müssen Sie mir glauben.« Sander schlug die Hände vors Gesicht, seine Schultern zuckten. Fabian bekam beinahe das Bedürfnis, ihn in den Arm zu nehmen und ihn zu beruhigen.

Es dauerte einen Moment, bis Sander wieder an Fassung gewann. Mit rot geweinten Augen schaute er sie an. »Ich war die ganze Nacht unterwegs auf der Suche nach Alina. Gerade als ich aufgeben wollte, lief Meike mir vors Auto. Ich traute meinen Augen kaum.« Er schüttelte bei der Erinnerung daran den Kopf. »Sie war völlig in Panik, erzählte mir etwas von Männern, die sie und Alina festgehalten hätten. Ich habe sie aufgefordert, mich zu dem Ort zu führen.«

»Warum haben Sie nicht die Polizei gerufen?«, fragte Fabian. »Diese Männer sind gefährlich, das hat sie Ihnen doch bestimmt gesagt.«

Sanders zuckte die Achseln. »Was glauben Sie, wie oft ich mir diese Frage gestellt habe? Keine Ahnung, was ich mir dabei dachte. Vermutlich gar nichts. Ich war einfach krank vor Sorge um meine Tochter und wollte sie nur noch da rausholen.«

»Was ist dann passiert?«

»Sie sagte, wir müssten zu Fuß gehen. Eine ganze Stunde sind wir durch den Wald geirrt. Meike war völlig drauf, ich hatte das Gefühl, wir laufen im Kreis. Irgendwann brannte mir eine Sicherung durch. Ich konnte nur an Alina denken und was diese Männer möglicherweise gerade mit ihr anstellten. Sie war allein mit diesen Monstern. Ich musste sie retten!«

»Und dann haben Sie sie erschlagen, sodass Sie gar keine Chance mehr hatten, Ihre Tochter zu finden?«, fragte Helga verwundert.

»So war es nicht.«

»Wie dann?«

»Ich wurde wütend, habe sie angeschrien, dass sie sich zusammenreißen soll. Vielleicht habe ich sie auch am Arm gepackt, ich weiß es nicht mehr.« Er rieb sich über die Stirn. »Sie hat angefangen zu brüllen wie am Spieß, wollte weglaufen. Plötzlich war da der Ast in meiner Hand und ... Oh Gott! Was habe ich nur getan?«

»Sie haben Sie also geschlagen. Wie oft?«

»Das weiß ich nicht. Es ist wie ein Blackout, als wäre der Moment aus meinem Gedächtnis gelöscht. Erst als sie am Boden lag, kam ich wieder zu mir. Sie stöhnte und murmelte, dass ich dafür ins Gefängnis kommen würde. Ich habe ihr gesagt, dass mir das egal ist, solange sie mir nur verrät, wo meine Tochter ist. Doch sie sagte gar nichts mehr. Ich weiß nicht, ob sie bewusstlos war. Jedenfalls war ich so wütend und ich hatte solche Angst, da habe ich sie ... ich habe ...«

»Sie erwürgt.«

Sander schluchzte laut auf und nickte.

»Herr Sander, wir müssen Sie mit aufs Revier nehmen, damit Sie dort eine offizielle Aussage machen.« Helga griff an ihren Gürtel, wo die Handschellen waren, aber Fabian schüttelte den Kopf. Er glaubte nicht, dass Sander versuchen würde, zu flüchten.

»Aber natürlich. Ich bin ein Mörder und gehöre ins Gefängnis.«

»Für mich klingt das bisher eher, als würden Sie wegen Totschlags angeklagt werden«, sagte Fabian, auch wenn den Mann das momentan vermutlich wenig tröstete.

»Darf ich mich noch von meiner Tochter verabschieden?«, fragte Sander.

»Aber sicher. Wir warten vor der Tür.«

Alinas Vater nickte dankbar.

»Mann, du hattest die ganze Zeit recht«, sagte Helga, als er hinter der Milchglastür verschwunden war. »Auch wenn du es natürlich nicht ernst gemeint hattest.«

»Wovon redest du?«

»Erinnerst du dich noch, was du im Auto zu mir gesagt hast, nachdem wir von der Befragung der Eltern zurückkamen?«

Fabian dachte nach, kam aber nicht drauf, worauf sie anspielte.

»Dass der Vater dahintersteckt«, half Helga ihm auf die Sprünge. »Du hattest die ganze Zeit den richtigen Riecher. Er hatte zwar nichts mit der Entführung zu tun, wie du vermutet hast, aber er war es.« Sie boxte ihm freundschaftlich auf die Schulter. Fabian verzog das Gesicht. Sie hatte die verletzte Seite erwischt.

»Oh! Scheiße, sorry!«

»Schon gut. Ich werd's überleben.«

»Heute Abend gehen wir dafür einen draufmachen, oder? Ich kenne da eine fantastische Pizzeria. Bier geht auf mich.«

Fabian nickte, obwohl er nicht fand, dass dieser tragische Ausgang ein Grund zum Feiern war. Sie hatten Meikes Mörder geschnappt, doch er konnte keine Genugtuung darüber empfinden.

Helga schien in diesem Augenblick denselben Gedanken zu haben. Der Stolz, der ihr eben noch ins Gesicht geschrieben war, verschwand und ihre Miene verfinsterte sich. »Die Familie Sander tut mir verdammt leid«, sagte sie. »Ihr Leben wird nie wieder dasselbe sein, selbst wenn der Vater nach ein paar Jahren guter Führung rauskommt.«

»Hoffen wir für ihn, dass seine Tochter ihm irgendwann verzeihen kann.«

Eine Bitte

Liebe Leserinnen und Leser,

ich bedanke mich bei Ihnen dafür, dass Sie mein Buch gekauft und gelesen haben. Natürlich hoffe ich, dass es Ihnen gefallen hat. Sollte dies nicht der Fall sein, freue ich mich über Ihre Rückmeldung, denn nur durch Kritik können sich Autorinnen und Autoren weiterentwickeln und erkennen, was sie falsch gemacht haben.

Ebenso wichtig wie die ehrlichen Rückmeldungen der Leserinnen und Leser sind die Bewertungen auf den Verkaufsportalen. Sie sind Anreiz für die Kaufentscheidung vieler Menschen. Leider gibt es dort immer weniger Rückmeldungen von den Leserinnen und Lesern. Woran das liegt, kann ich nur mutmaßen. Ich weiß lediglich, dass es beinahe allen Autorinnen und Autoren so geht. Vielleicht glauben viele Leserinnen und Leser, dass ihre Meinung nicht von Interesse wäre oder nicht wichtig oder sie glauben, sie hätten nicht genug zu dem Buch zu sagen.

Das stimmt allerdings nicht. Auch eine kurze Bewertung, in der Sie ausdrücken, warum Ihnen das Buch gefallen hat (oder eben nicht), reicht aus, um anderen Leserinnen und Lesern die Kaufentscheidung zu erleichtern und außerdem dem Autor oder der Autorin eine Freude zu machen.

Denn nur für Sie schreiben wir, für die Leserinnen und Leser. Sie können mir glauben, dass ich mir jede einzelne Rezension durchlese und mich darüber freue.

Selbst wenn sie nicht so positiv ausfällt, wie man es sich erhofft, kann man doch meist daraus etwas lernen.

Ich würde Sie also bitten, sich doch die Zeit zu nehmen, kurz auf das Verkaufsportal zu gehen, auf dem Sie mein Buch erworben haben, und mir ein oder zwei Sätze zu meinem Buch zu schreiben. Denn mehr muss es gar nicht sein. Sie müssen keinen Roman verfassen, um Ihre Meinung auszudrücken, Sie müssen auch nicht den Inhalt nacherzählen oder sich etwas aus den Fingern saugen. Sagen Sie einfach kurz, ob es Ihnen gefallen hat und ob Sie mein Buch weiterempfehlen würden. Das genügt schon, wenn Ihnen nicht mehr einfallen sollte. Gerne erfahre ich aber auch, was genau Ihnen gefallen oder nicht gefallen hat, doch das liegt bei Ihnen.

Vielen Dank für Ihre Zeit.

Danksagung

Vielen Dank, liebe Leserinnen und Leser, dass Sie Fabian und Thomas so sehr die Treue halten. So durfte ich bereits den fünften Band mit den beliebten Ermittlern verfassen. Thomas wurde dieses Mal etwas stiefmütterlich behandelt, aber keine Sorge, er wird erholt aus seinem Urlaub zurückkehren, um sich den kommenden Herausforderungen zu stellen. Derzeit hat ihn Helga meiner Meinung nach hervorragend vertreten. Ich hoffe, sie konnten der neuen Ermittlerin genauso viel abgewinnen wie ich.

Sollte Sie noch Fragen an mich oder Anmerkungen zum Buch haben, schreiben Sie mir gerne eine Mail, besuchen Sie mich auf meiner Homepage oder folgen Sie mir auf Facebook (es gibt dort immer mal wieder kleinere oder größere Gewinnspiele, melden Sie sich einfach in der Mailingliste an, wenn Sie nichts mehr verpassen wollen):

melisa.schwermer@gmail.com

www.melisa-schwermer.de

https://www.facebook.com/melisa.schwermer

Ich bin immer bemüht, so schnell und ausführlich wie irgendwie möglich zu antworten, auch wenn es manchmal einige Tage dauern kann. Außerdem können Sie mir auf meiner Autorenseite auf Amazon folgen, dann verpassen Sie keine Neuerscheinung.

Bei jedem neuen Thriller der Prior-Reihe bin ich immer schr unsichcr, ob ich dic Erwartungcn an meine Ermittler erfüllen kann und ob ich die Leser mit meinem Plot noch überraschen kann. Deswegen bin ich meinen Testlesern Susanne B., Bettina R., Yvonne R. (du warst dieses Mal wirklich in Rekordzeit fertig) und allen anderen extrem dankbar, dass ihr mich beruhigt und mir die Zuversicht gebt, dass ich nicht plötzlich langweilige Bücher schreibe. An dieser Stelle möchte ich auch meiner Lektorin Simona Turini danken, die sich jedes Mal von mir anhören muss, wie unzufrieden ich bin, um mich dann wieder zur beruhigen und mit mir gemeinsam das Beste aus der Geschichte rauszuholen. Meine Korrektorinnen Sandra Bethke und Jasmin Krieger merzten dann noch die letzten winzigen Ungereimtheiten aus und kümmern sich um die lästigen Tippfehler. Danke für eure großartige Arbeit. Außerdem – wie immer – ein großes Danke liebe Mika, dass du dir ständig mein Gejammer anhörst, mir hilfst, wenn ich hänge und mich motivierst, weiterzumachen. Ich weiß, das kann wirklich anstrengend sein und ich weiß es sehr zu schätzen, dass du so viel Geduld mit mir hast.

Ein letzter Dank geht wie immer an Stefan, meinen Lebensgefährten, der all meine Launen erträgt und sich darum kümmern, dass die Katzen regelmäßig ihr Futter bekommen, wenn meine Deadline mal wieder gefährliche nahekommt. Ich liebe dich sehr.

Bis zum nächstcn Mal
Ihre Melisa Schwermer

Weitere Bücher der Reihe in der Reihenfolge des Erscheinens:

So bitter die Schuld

Als Josi erkennt, wer die bis zur Unkenntlichkeit entstellte Leiche ist, reißt es ihr den Boden unter den Füßen weg. Dieser Tote ist ihr bester Freund Dirk. Was hat ein geheimnisvoller Brief mit dessen Tod zu tun? Die Erklärung reicht zurück bis in Josis Vergangenheit im Kinderheim. Wenn Josi dieser nicht auf die Spur kommt, werden noch mehr Menschen sterben.

So dunkel die Angst

Ein mysteriöser Entführungsfall stellt Fabian Prior und Thomas Wendtner vor ein Rätsel. Von einem angeblichen Kinobesuch mit Freunden kehrte die sechzehnjährige Sophie nicht wieder nach Hause zurück. Jahre später steht sie plötzlich völlig verwahrlost vor der Tür ihrer Eltern. Offensichtlich konnte sie ihrem Peiniger nur knapp entkommen. Doch etwas scheint an ihrer Geschichte nicht zu stimmen. Was verschweigt sie den Ermittlern?

So kalt der Zorn

In einer regnerischen Novembernacht wird in einem Frankfurter Park ein Mann brutal erschlagen. Die Ermittlungen führen Fabian Prior und Thomas Wendtner schnell ins Rotlichtmilieu. Währenddessen wird der Ehemann der hochschwangeren Rebecca entführt. Nur kurz darauf erhält sie verstörende Nachrichten von dem Täter mit Bildern ihres gefesselten Ehemanns. Als Prior und Wendtner dem Täter gefährlich nahe kommen, verschwindet auch Rebecca. Werden die Ermittler es schaffen, das Leben der werdenden Mutter und des Babys zu retten?

So tödlich die Stille

Es ist ein trüber Februarmorgen, als die Polizei in Frankfurt einen anonymen Anruf erhält. Am Ufer des Mains wurde die Leiche eines Kindes angespült. Der ertrunkene Junge trägt nichts als einen Schlafanzug am Leib. Die Ermittler der Kripo stehen vor einem Rätsel. Warum hat niemand das Kind als vermisst gemeldet? Während Fabian Prior und Thomas Wendtner fieberhaft ermitteln, ahnt am anderen Ende der Stadt eine Familie nicht, dass sie längst ins Visier des Täters geraten ist.

Printed in Poland
by Amazon Fulfillment
Poland Sp. z o.o., Wrocław

53527158R00183